数霊（かずたま）
時空間日和

——じくうかんびより——

祝 国常立大神始動（クニトコタチオオカミシドウ） 次元反転（ジゲンハンテン）

深田剛史
Fukada Takeshi

今日の話題社

数霊　時空間日和　目次

カバーイラスト　中野岳人

数霊　時空間日和

序章

地球上で最もその悪名が知れ渡っている諜報機関「CIA」は、首都ワシントンD・C・から北西約20kmのバージニア州ラングレーに本部を置いている。

CIA（Central Intelligence Agency＝中央情報局）が通称〝ラングレー〟と呼ばれるのはそのためで、所在地名がそのまま組織を表す名前として通っているのだ。

他に〝カンパニー〟と呼ばれたりもしているため、〝カンパニー・マン〟とはCIAの局員のことである。

1997年から2004年までジョージ・テネットという男がCIAの長官を務めた。

この男、何を血迷ったのかCIAの正式名称を、あろうことか「ジョージ・ブッシュ情報センター」に改名してしまった。

この「ジョージ・ブッシュ」とは、〝頭カラッポ脳足りん〟ブッシュ・ジュニアではなく、〝極悪非道軍団のリーダー格〟パパ・ブッシュのことだ。

〝ラムズフェルドさんやチェイニー君と一緒に世界中で戦争してガッポリお金儲けします仲間〟のパパ・ブッシュはフルネームでジョージ・ハーバート・ウォーカー・ブッシュというのだが、奴さんは第41代合衆国大統領に就任する前はCIAの長官を務めていたため、恩恵を受けた子飼いが恩返しのためアホなことをしたのであろう。

ただし、この名称についてはあまりにもアホくさいので、その名で呼ぶ者は誰一人としていないらしい。

「41」は9方陣＝ミロク方陣の中心に位置し、ハタラキも他の数との比較では非常に強い数霊力を持つ。

どのようなハタラキかは他でさんざん書いているので省くが、強いだけあって反作用も大きい。よく効く強いクスリは、同時に高いリスクが裏にあるのとよく似ている。

「41」の反作用、代表格は〝崩壊〟。

ホ＝27　ウ＝3　カ＝6　イ＝5　合計41。

そして、

U＝21　S＝19　A＝1

USAも「41」。

1989年、日本が平成（一八十成＝岩戸開きが成される世）時代へ移ると、アメリカ合衆国では第41代として〝極悪非道〟の大統領が誕生した。合衆国崩壊の始まりだ。

同時に世界でも「崩壊」が始まり、中国では天安門事件が、ドイツではベルリンの壁が崩壊し、アメリカ軍はパナマに侵攻、ルーマニアではチャウシェスク大統領が処刑され、イスラエルは軍をレバノンに侵攻させた。

この流れはとどまることを知らず、やがてソビエト連邦を崩壊させ、ワルシャワ条約機構も解体に至ったため、東西冷戦に終止符が打たれた。

ユーゴスラビアは完全に分裂し、その後チェコとスロバキアが離婚。まさに激動・激変の時代として歴史に刻まれたのだが、きっかけは1989年にある。

89年に戻ると、ビルマが国名をミャンマーに改称し、アウンサン・スー・チー女史は自由を奪われていたが、外ではダライ・ラマ14世がノーベル平和賞を授賞した。10月5日のことだ。

「105」は〝世界平和〟。さすがダライ・ラマ、お見事です。

日本ではこの年の「41」の日「4月1日」から消費税が導入されている。

さて89年を大々的に取り上げたのは他にも理由があり、それがとても重要なのだ。

ミレニアム2000年を時代が大きく変わる節目とすると、

1989年
→（11年）
2000年
←（11年）
2011年

1989年の対称は2011年になる。

なので、千年に一度のミレニアムイヤーを基準にした鏡を覗くと、2011年に写るのが1989年だ。

天安門事件に対して写ったのはリビアなどの民衆蜂起がそれで、アラブの独犬カダフィ大佐独裁41年目のことである。

1988年12月21日、フランクフルト発ロンドン経由でニューヨーク行きのパン・アメリカン航空機が、ロンドンのヒースロー空港を飛び立った後にスコットランド上空で爆発。乗員乗客と住民270人の犠牲者を出したテロの首謀者こそがムアンマル・アル＝カッザーフィー、狂犬カダフィ大佐である。

リビアは正式名称を「大リビア・アラブ社会主義人民ジャマーヒリーヤ国」という。

天安門事件後に続いて起こった東欧諸国の社会主義崩壊は、チュニジアやエジプトから中東全体に広がったアラブの大変革に対比できる。

サンフランシスコ大地震に対してはニュージーランドの大地震。

そして1989年の場合、10月17日にマグニチュード7・1の大地震がサンフランシスコを襲った17日目の11月2日、同じくマグニチュード7・1の地震が東北・北海道で起きている。

　2011年の場合、2月22日にニュージーランドでマグニチュード6・3の地震が起き、大きな被害をもたらした。

　その17日後は3月11日である。

17日目と17日後の違いはあるが、鏡写しと考えても差し障りない。

　このように、まったくもって鏡写しなのだが、深くは後ほど触れることにしてCIAに戻りますがいけませんか。別にいいですよ。ありがとうございます。

　C＝3　I＝9　A＝1

「13」になる。

　シリーズ第2弾『臨界点』で、ロバートが健太や言納(ことの)に伝えた〝13の陰謀〟の元凶は、CIAでもあったことが数霊から判断できる。

　そして第5弾の『ヱビス開国』で健・言コンビは大いなる「13」の謎を解いた。

　振り返ってみると数限りないCIAの悪事。

　1963年11月22日、テキサス州ダラスでケネディ大統領を狙撃した犯人はリー・ハーベイ・オズワルドということになっているが、そんなことを信じるアメリカ人は35人ぐらいしかいない。

　やらかしたのはCIAに雇われたマフィアのヒットマンで、事件の捜査をかく乱・妨害したのもCIAだ。

　そもそも、アメリカ人がアメリカ国内でアメリカ人を殺したのだから、捜査はFBI（Federal・Bureau of・Investigation＝連邦捜査局）の管轄であるはずだ。

　なのにCIAがしゃしゃり出て勝手に取り仕切ったのは、大統領暗殺計画の中心にCIAがいたからでしょ、ってこと。

ベトナム戦争でもやらかした。

アメリカがベトナム戦争に本格介入するきっかけとなったのはトンキン湾事件である。

アメリカ軍の駆逐艦が魚雷攻撃されたというが、この事件自体が実は自作自演であったと暴露されている。

戦争状態を欲する軍産複合体と利益が一致したCIAの仕業に違いあるまい。

1991年の湾岸戦争ではサダム・フセインがマンマとアメリカの策略に引っ掛かった。

そもそもイラクがクウェートへ侵攻したのは、取り決められたOPEC(オペック)価格を無視したクウェートが石油の安売りをしたからだ。

それでイラクに損害をもたらしたクウェートを、サダム・フセインが攻めたのだ。

しかも、クウェートの土地は、フランスとイギリスがサイクス・ピコ条約で勝手な境界線を地図上に引くまではイラクだった。だから国境が不自然な直線をしている。

で、クウェートにOPEC価格を無視させたのがアメリカだ。

「きっとサダム・フセインが攻めてくるけど、なぁに、心配はいらんよ。世界最強の我が軍がちゃあんと守ってやるけん」

そうクウェートをそそのかしたのだ。

してアメリカは欲していた戦争状態を手に入れたわけだが、CIAが無関係だなんてことはアルマジロ。違う、あるまいに。

あの時パパ・ブッシュはサダム・フセインに警告した。

「何月何日までにクウェートから撤退しろ。さもないとイラクを空爆するぞ」と。

しかし撤退されて一番困るのはアメリカだ。だって戦争できないもん。

なのでサダム・フセインが警告に従わぬよう陰でご活躍されたのもＣＩＡのエージェントだったんじゃないのかな。

ダメだ。キリがない。

９・11のＮＹテロでいかにＣＩＡやブッシュ家とその仲間たちが世界中を欺いたか、そしてアフガニスタン・イラクへの侵略でＣＩＡがとても頑張って市民を殺害したことも書こうと思ってたけど中止。

２０１１年は９・11テロから10年。世界各地で真実が暴かれることを防ぐため、ＣＩＡはまた何かをやらかすであろう。

日本政府はダンマリを貫くだろうけど。

以上、ＣＩＡでした。

＊

地球上で最も悪質な諜報機関がＣＩＡならば、最も裕福なのはＮＳＡだ。「ＮＡＳＡ」の間違いではありませんよ。

同じくアメリカの政府機関で、Ｎａｔｉｏｎａｌ・Ｓｅｃｕｒｉｔｙ・Ａｇｅｎｃｙ＝国家安全保障局のことである。

ＮＳＡはスーパーコンピューターの保有台数が世界一で、世界中の電話やファックス、それにＥメールを傍受している。つまり盗聴だ。

とはいっても係官がヘッドフォンを耳に当てて聞いているのではない。そんなことしてたら数百万人は人員が必要になってしまう。

そうでなくて、電話もファックスもメールもスーパーコンピューターを通過させ、キーワードが含まれるもののみがチェックされる仕組みだ。

ただ、数千あるいは数万あるとされるキーワードを一度使ったからといって、すぐに盗聴が始まるわけではないので心配することはない。

そのＮＳＡの年間予算ときたら３００億ドルを越

えるらしい。２００７年のデータのため、当時のレート１ドル＝115円で換算すると３兆４千５百億円になる。小さな国の国家予算以上だ。

この数字は韓国やインドの年間軍事予算の約２倍に相当し、イタリアのそれと同程度、ロシアの50％弱に匹敵する。一機関でだ。

２００７年時には54個の偵察衛星を利用し、集めた情報は必要に応じてＣＩＡやＦＢＩにも送られている。

そしてこの年の電気代は６千万ドル＝約69億円だそうだ。

アメリカは日本よりも電気代が安いため、同じ量の電気を日本で利用した場合、１２０億円分程度という。

笑ってしまうのは駐車場。３万８千台分のスペースがあるんですって。（『インテリジェンス　闇の戦争』参照　ゴードン・トーマス著　玉置悟訳　講談社）

『臨界点』でロバートは生田（いくた）から質問を受けた。所属していた組織はＣＩＡか、と。

ロバートはこう答えた。

「違います。あんなあからさまな手段で世界を破壊するような品のない組織ではありません。もっと計画的で気付かれないように世界を破壊していくところです」と。

初めて明かすけど、それはＮＳＡだ。

＊

他にもＤＩＡ（Ｄｅｆｅｎｃｅ　Ｉｎｔｅｌｌｉｇｅｎｃｅ　Ａｇｅｎｃｙ＝国防情報局または軍情報部）といった軍が直轄する機関や、ＩＮＲ（国務省情報調査局）、ＵＳＩＡ（合衆国海外情報局）、ＮＳＣ（国家安全保障会議）など、インテリジェンス・コミュニティーとして16の諜報機関が存在している。

純真なスピリチュアルファンには刺激が強すぎるかもしれないが現実だ。

奴らの思想を正すことができるかどうかも日本人の全体意識にかかっている。存在を知っておいてもいいのではないかと思うので、最後まで読んでいただきたい。決して悪いようにはしませんので。

こんな話はお好きでない？

ならばお好きであろうお話をご提供いたしましょう。

１８４６年に発見された海王星は、公転周期が１６５年です。つまり、太陽のまわりを１６５年かけて1周するんですが、２０１１年は海王星発見からちょうど１６５年。

なので現在海王星がいる位置は、人類が海王星を発見した時とちょうど同じ位置にいます。

また、２００4年8月に打ち上げられたＮＡＳＡの水星探査機「メッセンジャー」は、２００8年1月に水星のわずか２００㎞まで接近し、その後は水星の周回軌道に入って本格的に観測を開始するのですが、それが２０１１年3月。

「海」の星と「水」の星からはどんなメッセージが届くのでしょうか。

第一章　天地大神祭　最終節へ

その1　オペレーション〝51〟

２０１０年４月
バージニア州ラングレー、ＣＩＡ本部

長官室のドアがノックされた。秘書のクリスティーナだ。

「長官、ＮＳＡのエリック・ハミルトン氏が到着されました」

「通してくれ。よし、これで全員揃ったな。……ああ、そうだ、クリスティーナ。しばらくは電話をつながないでくれ。相手が誰であってもだ」

「判りました。大統領からでもですね」

「大統……いや、大統領の場合、機嫌がよければつないでくれて結構。判断は君にまかせるよ」

「はい。ではそのようにいたします」

クリスティーナはエリックを中へ通すと、閉めかけたドアの外側からふいに振り返り、

「奥様からのお電話もご機嫌次第では外出中とお伝えしておきます。携帯に直接お掛けになった場合は関知できませんが」

そう言い残し、軽くウインクをしてからドアを閉めた。


「ミラー長官、お久しぶりです」

「エリック、よく来てくれた。わざわざ呼び立てて悪かったなぁ」

「お気になさらないで下さい。ちょうどラングレーには、失礼しました。ＣＩＡには他にも用がありましたので、タイミングとしてはパーフェクトです。

それに長官。またお会いできて光栄です」

「私こそ君のような若くて優秀な男と一緒に仕事ができて嬉しいよ」

「ありがとうございます」

二人はここでガッチリと握手を交した。

「それにしても長官」

エリックがアゴでドアを差した。

「美しい女性ですね。しかも知性的で、なおかつユーモアに溢(あふ)れている。うちにはいないタイプですよ」

「おいおい、天下のＮＳＡが何をおっしゃるウサギさんだ。しかしこれは脈ありだぞ、エリック。彼女がおどけるのは気に入った男がいるときだけなんだ。よし、あとで紹介することにして、まずはこちらが先だ」

それまで椅子に腰掛けていたスティーブが立ち上がった。

「エリック、彼はうちで対外作戦部を率いているスティーブ・ピーターセン部長だ」

右手を差し出すスティーブを、エリックは見上げるようにしてその手を握った。

１９５ｃｍ、１２０ｋｇの巨漢が相手では、１８０ｃｍのエリックが小柄に見える。

スティーブの容姿は、かつて国務副長官を務めたリチャード・アーミテージにそっくりだった。

アーミテージは元海軍中佐としてベトナム戦争に従軍したが、スティーブもやはり海軍兵として91年の湾岸戦争に参加している。

ときはすでに21世紀だというのにマッカーサー元帥への憧れは衰えず、なので元帥気取ってパイプなんぞくわえているのだが、人は彼を〝喫煙マンモス〟と呼んでいる。

したがって、スティーブ〝マンモス〟ピーターセンだ。

「こちらは国務省のジョーイ・クレイン君だ」

「エリック・ハミルトンです。よろしく」

「こちらこそ。ミラー長官からあなたの噂は聞いていますよ、何度も」

「悪い噂じゃなければいいんですが」

「とんでもない。ミラー長官によれば、CIAのヘッドハンティングリストの一番最初にはあなたの名前が……」

「おいっ」

調子に乗ってしゃべりすぎた国務省の脇腹をミラーが突いた。だが本当の話だ。

国務省ジョーイはフィンランド人のような色白で瘦身（そうしん）。鼻が極端に高く尖っているため、ジョーイ〝ピノキオ〟クレインとする。

ついでに長官のティモシー・ミラー、通称ティムは典型的なWASP（ワスプ）（White・Anglo-Saxon・Protestant＝白人でありアングロサクソン系でありプロテスタント）のくせしてナゼか加山雄三に似ているため、ティモシー〝若大将〟ミラー、または〝若大将〟ティムと呼ぶ。

ガイジンの名前が同時にたくさん出てくると誰が誰だか判んなくなっちゃうけど、これなら区別がつくでしょ。マンモスとピノキオと若大将で。

「それでは始めるとしよう」

〝若大将〟ティムが三人に座るよう促し、早速本題に入った。

「今日集まってもらったのは他でもない。例のオペレーション〝51〟についてだ。この件はまだマスコミにリークされたくないので、ここでの会話は一切口外せぬように。メモも禁止だ。いいな」

オペレーション〝51〟——直訳すれば〝51〟作戦。

この〝51〟はアメリカ合衆国51番目の州を表しており、それは日本のことである。

国連安保理の常任理事5ケ国が秘密裏に進めている「日本分割構想」において、特にアメリカ、中国、ロシアが互いを牽制し合っている。できる限り多くの領土と資産を得るために。

したがってオペレーション〝51〟は、「日本分割構想」を優位に運ぶため、アメリカが企てている対中国・対ロシアの国家戦略なのだ。

「実はオペレーション〝51〟についての草案を早急に提出するようにと、国務長官から連絡があった。かなり焦った様子でだ」

するとミラーの言葉にNSAエリックが疑問を投げかけた。

「長官、確か日本の経済破綻は2020年に設定されていたはずです。なのでオペレーション〝51〟もそれまでに完了していればいいのではないでしょうか。中国やロシアの国内情勢も不安定なので、何も今からそんなに焦らずとも……」

「その通り。我々もそう考えていたさ。だが状況は刻一刻と変化している。その変化に対処しつつ国家に最大限の利益をもたらすのが我々に課せられた任務だ」

「ええ、その点について異論はありません。しかしナゼ急に……」

「中国だ」

「中国？」

「そうだ。当初の予想を遙かに上回る勢いで中国国内に変化が起きている」

「内部崩壊ですね」

〝若大将〟ミラーは黙ってうなずくと話を続けた。

「中国の内部崩壊が予想よりも確実に早まりつつあるため、日本の経済破綻を2015年に変更する。遅くとも2016年だ。したがってオペレーション〝51〟はそれ以前に完了させ、日本の主要な地域にはすべて星条旗をかかげるんだ。51番目の州として」

エリックは他にも進めている作戦があり、それはオペレーション〝51〟と同時進行させるべき性質のものであるため、日本の経済破綻が早まったとなれば、他の作戦プランも練り直さなければならない。

なので早速頭の中でシミュレーションを始めていた。

「どうかしたのか」

考え込んでいるエリックに、ミラーが声を掛けた。

「……いえ、何でもありません。それよりも長官。我々の分析では中国国内の、特に内陸部における農民たちの暴動に変化が現れていまして……」

事実、内陸部のあちらこちらで毎日起きている暴動の様相は、ここにきて急激に変わってきている。

２００８年8月に行われた北京オリンピック以前、中国政府にとっての危険分子はごく限られていた。一部の民主活動家であったり、中央に不満を持つ貧しい農民や少数民族であったりと。

なので政府にとってはさほど脅威ではなく、たとえ暴動が起きても公安や軍が武力で抑え込めばすぐに鎮圧できたし、内陸部の単発的で小規模な暴動のため、国外のメディアにも知られずに済んだ。

ウイグル人などの人権活動家の名前がときどきノーベル平和賞候補に挙がるが、中国政府はそのつど圧力をかけて潰してきている。

２０１０年秋、やっとのことで民主活動家の劉暁波氏がノーベル平和賞を受賞することができたが、これについては劉氏のみならず授与した側にも心から敬意を表す。

同じノーベル賞でも化学賞や物理学賞とは違い、平和賞候補は常に命の危険にさらされている。嘆かわしいことだ。

ノーベル平和賞が劉暁波氏に決定したのは10月8日、戸（十）開き（八）の日である。

この年は5月から半年間にわたり上海で万博が開催されていたが、この頃には都心部に暮らす漢民族が政府への不満をあらわにし始め、万博後の広州アジア大会ではその怒りを激しく爆発させた。戸が開いたぞ。

そこで中国政府は、自分たちに向けられた怒りの鉾先を他へ転嫁することに躍起で、取った行動があの尖閣諸島事件等である。

漁船を装った工作員に尖閣諸島で問題を起こさせたり、黄海の韓国排他的経済水域（ＥＥＺ）で韓国海洋警察の警備艇にケンカを売ったりと。

国際世論に対し中国政府は、やれ日本が謝罪しろだの韓国側に問題ありだのとほざいているが、そんなことをすればするほど〝うちの国内、もう限界なの〟と公言してるのと同じだ。

話が進みすぎたので時間を戻す。まだ春だった。それに、エリックが喋ってる途中でもあった。

「……その変化ですが、どうも各地で発生する暴動が組織的になってきています。どうやら背後で大きなネットワークが存在するようなんですが、彼らが独自につくりあげる力はありませんので、誰か外部から……」

そう言いつつエリックがミラーに目を向けると、ミラーとスティーブ〝マンモス〟は互いにニヤリとした視線を送っていた。

「やっぱりそうだったんですね、長官」

するとミラーの代わりに〝マンモス〟が答えた。さも驚いたフリをして。

「我々ＣＩＡの仕業だと言いたいのか、君は」

「いえ、そうではなく……」

エリックが〝マンモス〟への対応に困っていたので、〝若大将〟ミラーが助け船を出した。

「まぁ、いいさ。君たちＮＳＡの情報収集と分析能力がやがては13億の民に自由を与えることになる、とだけ言っておこう」

やはり背後で動いているのはＣＩＡだった。

しかしこの場合、中国政府にとっては破壊工作だが、民衆にとっては民主主義への手助けになるので、決してテロ行為ではない。

１９８９年12月にルーマニアのチャウシェスク大

統領が処刑されたが、そこに至るまで民衆を蜂起させたのはCIAとの見方が強い。

訓練されたわずか4人ないしは5人のエージェントが民衆を立ち上がらせ、それが都市部で大規模なデモへと発展し、ついには独裁政権を転覆させたのだ。

たまには人類の発展に貢献してるじゃないか、CIA。しかし、その100倍の悪事を働いているのも事実なので騙されてはいけない。

「ところでジョーイ、中国政府は日本の分割案について何か国務省に伝えてきてるか?」

ミラーに指名され、国務省〝ピノキオ〟が分厚いファイルを開いた。

「はい、相変わらず強気です。憎くて仕方なかった日本を植民地扱いできるのがよっぽど嬉しいのか、好き勝手なこと言ってきてますよ」

「続けてくれ」

「まず沖縄と九州についてですが、双方とも我が国固有の領土であることは歴史が証明しているため、早急な返還を望む。さらに分割については、本州の一部と四国を所有する権利が中華人民共和国にはある、とのことです。どこから引っ張り出した権利なのかは理解に苦しみますが」

「謙虚さの欠片(かけら)もないな。どうしたらそこまで傲慢になれるのか教えてもらいたいぜ」

ミラーが言い放つと、〝ピノキオ〟が

「うちの部署では、SARS(サーズ)に感染したハクビシンの食べ過ぎだと分析しています」

と真面目な顔で言うもんだから、室内は笑いに包まれた。面白いぞ、ジョーイ。

「で、本州の一部や四国を所有する権利ってのは何のことだ」

「なんでも、日本ではチャイナのことを〝チュウゴク〟と呼んでいるようなんですが、本州の最も西側エリアも〝チュウゴク地方〟と呼んでおり、これはまさに日本国民がそのエリアを中国に譲渡しようとしている証拠である、と」

それを聞いた〝若大将〟ミラーは苦笑していたが、スティーブ〝マンモス〟に笑みはなかった。

「四国についてもお聞きになりますか？」

「ああ、話してくれ」

「四国は……えー……私もよく理解できてないのですが、中国政府は四国をオーストラリアに貸し出してもいい、と。……多分地理的には必要ないのでしょう、中国にとって四国は。ただ、万が一にも貰える可能性があるなら、主張するだけしておいて損はないってことなのでしょう」

「ん、どういうことだ。さっぱり判らん」

ジョーイに疑問を投げかけるミラーの隣りでは〝マンモス〟が貧乏ゆすりを始めた。ヤバイ、噴火の予兆だ。

「送られてきた文書をそのままお伝えします。『我々中国政府は世界各国との相互理解を深め、真なる世界平和の実現に向けて〝助け合い〟と〝思いやり〟の精神を惜しみなく発揮する用意がある。残虐かつ野蛮な行為で我が国を苦しめた日本帝国に対してでも、我々は格安でパンダを貸してあげてる。これは、中国こそが世界一のフレンドリーな国家である証明ともなろう。したがって、オーストラリア政府が望むのであれば、友交国の証(あかし)として特別に年間100億ユーロで四国全土を貸し出してもよい』んだそうです」

「ウーッ」

低い呻き声が聞こえる。熊でもいるのか。いや、違う。では列車か。それも違う。じゃあ何だ。あっ、あれはマンモスだ。

スティーブは拳を机に叩きつけると、鬼のような行相でまくし立てた。噴火したのだ。

「ナメたことを吐(ぬ)かしてくれやがる。しかもユーロで払えだと、ふざけやがって。何が世界一フレンドリーだ。自由を求める自国の学生を戦車で轢くことも厭わない連中が、真なる世界平和の実現に向けてとは、チャンチャラ可笑しいぜ。チベット、内モンゴル、雲南省や青海省でいったいどれだけ殺した。新疆ウイグルにしてもそうだ。あそこはあと30年もすればウイグル人は消え、漢民族だけになる。エスニック・クレンジングの完了だ。奴らほど人権を無視した……」

〝マンモス〟部長が話している最中だが、ここで少し解説をしておく、しておくとき、しておけば、しておけ。

部長の話に「エスニック・クレンジング」という言葉がでてきたが、「民族浄化」と訳されている。

民族浄化自体極めて悪質だが、その極限ともいうべき例が、近年ではユーゴスラビアで起こった。

1990年代に入るころ、東ヨーロッパに大変改が起き、各国が次々と民主化していった。ポーランドしかり、ハンガリーしかり。

だが、ユーゴスラビアの場合は他と事情が異なり、それまではひとつの国家であったのがバラバラに分裂してしまったのだ。

そして誕生したのがスロベニア共和国、クロアチア共和国、ボスニア・ヘルツェゴビナ、セルビア・モンテネグロ、そしてマケドニア旧ユーゴスラビア共和国である。

今となってはそれぞれが独立国家だが、分裂当初は〝宗教〟〝言語〟〝民族〟が異なる者同士で激しいジェノサイド＝大量虐殺が起き、並行して行われたのがエスニック・クレンジングだ。

憎き対立民族を消滅させるため、まずは男性を片っ端から殺害する。そして女性には集団レイプで自分たちの子を産ませ、その赤ん坊は我が民族として教育し、その地から対立民族を消す。

これがエスニック・クレンジング＝民族浄化の実態である。とても血の通った人間の成せる業とは思えない。

そのたった6年前には「平和とスポーツの祭典」として冬季サラエボ・オリンピックが開催された国家だというのに。


悪魔のエスニック・クレンジング。手段をややソフトにしたものが、中国では現在も進行中だ。

新疆ウイグル自治区が中国の一部になる以前は、東トルキスタンというウイグル人の国だった。

そこへ中国政府は漢民族をジャンジャカ移送し、ウイグル人を虐殺したり弾圧をかけ続けたのだ。

そして若い女性を遠く離れた都会へ連れて行き、仕事を与えつつウイグル人としての文化・風習を奪ってしまった。

田舎の若者が都会へ出れば、物質的な豊かさや街の刺激に酔いしれるのは必至で、故郷の男たちは太田裕美の「木綿のハンカチーフ」を聴きながら泣くのだ。

男どもは結婚相手もおらず、だから跡継ぎ(あとつ)もできず、そうしてウイグル人は消えてゆく。

他にも中国政府によるウイグル人への迫害は山ほどあり、とてもじゃないが書ききれるものではない。

一方、亡命ウイグル人たちは「東トルキスタン・インフォメーション・センター」なるものを組織化し、ウイグル人の土地と人権を取り戻すためにアメリカやヨーロッパで活動している。頑張れウイグル人。

というわけで、スティーブ〝マンモス〟の怒りには共感するが、あなただってイラクで劣化ウラン弾やクラスター爆弾を撒き散らして、市民を大量殺戮なさってるでしょうに。


スティーブの怒りが収まると、ミラーは不可思議に思っていたことを〝ピノキオ〟に尋ねた。

「ジョーイ、教えてくれ。何でオーストラリアに限定されているんだ。オーストラリア側から中国政府に何か打診でもしたのか？」

「違います。単に四国の形がオーストラリアに似ているからというのが理由のようで、四国はプチ・オーストラリアだと」

これには全員が爆笑した。〝マンモス〟も仰け反って笑っている。

日本は世界の雛形で、確かに四国はオーストラリアと対比されているので中国政府の捉え方はまんざら的外れではないのだが。

ジョーイ〝ピノキオ〟が続けた。

「もう今後はSARS菌を撒くのは止めましょう。これ以上彼らがハクビシンを食べると、私たちが笑い死にます」

またまた大きな笑い声が室内に響いた。

「それは中国政府からの公式なコメントなのか？名前が同じだとか、形が似ているというのは」

「どうでしょう。外交部の李宝平氏から送られてきたものですが、まさか李氏個人の意見ではないでしょうから……」

「いいか、もう一度はっきりと伝えるんだ。日本の分割に関して貴国は沖縄か九州のどちらかを選択する権利がある。ただし、そのどちらか以外のお答えをいただいた場合、譲渡の権利を放棄したものとみなす、とな」

「判りました」

「もし従わない場合、台湾に配備するステルス戦闘機を3倍にするとリークしろ」

本当はウソだけど、ディスインフォメーション（ニセ情報）を流して相手を威圧するのはアメリカの常套手段だ。

日本の政治家もこれにやられ続けている。

ときには〝脅し〟だと見抜いて強気に出ると、奴らは本当に実行してくるので始末が悪い。

ミラーが続けた。

「スティーブ部長。中国国内に送り込むエージェントを増員するんだ。沿岸部にも内陸部にもだ。チベットへ供給予定の武器も倍増しておけ。それと、大切なのはルートだが……」

「大丈夫だ。武器流入のルートについてはインド政府から了承を得ている」

「よし、判った。早急にかかってくれ。オペレーション〝51〟においては中国の内部崩壊をトップ・プライオリティー（最優先）とする。内部崩壊の期限は……日本の経済破綻より1年前、つまり2014年までだ」

「ミラー長官」

「何だ、エリック」

「その期限は崩壊が始ま……」

「ノー。終了期限だ。中華人民共和国終焉の。したがって内部分裂の本格的な開始は2013年の春節だ。そこに照準を合わせろ」

春節は旧暦での元日。中国では最も重要な祭日である。

日本にとっては中国崩壊後の対応が大きな課題だ。

人民解放軍は何をしでかすか予想がつかないし、本土からは台湾、韓国、九州などへ難民が大挙して押し寄せてくるであろう。

ロシアは国境沿いに軍を配備し、状況いかんでは中国領土内へ侵攻するかもしれない。

日本海は原子力潜水艦の見本市になる。

そこで問題なのが北朝鮮である。

これまでアメリカは極東での緊張状態を作り出すため、北朝鮮を生かさず殺さずいいように利用してきた。日本や韓国へ武器を売るために。

日本と韓国が、あるいは日本と中国の関係が密になりつつあると、それを壊してきたのもアメリカだ。

とにかく極東の各国が仲良しになってもらっては困るのだ、アメリカは。武器も売れないし基地も必要なくなってしまうので。

だが、大国中国が崩壊したとなれば、極東のパワーバランスは完全に崩れ去る。

したがって北朝鮮も不要になるわけだ。

「ミラー長官。北朝鮮に対するオプションはどうお考えでしょうか」

「君はどう思っているんだ、エリック」

「はい。おそらく韓国軍は大量の難民に対処するだけで手一杯でしょうから、ほとんどが黄海沿岸及び済州島に集められるはずです。となると、北朝鮮に対しては我が軍の第7艦隊で対応するしか……」

「その必要はないさ」

ミラーがエリックの言葉を遮った。

「北朝鮮には、しばらくは食料と石油を与えておとなしくさせておけばいい。ときどき日本海へ向けて労働（ノドン）ミサイルを打ち込むよう指示するが。そうして2、3年待ったのち、必要とあらば空爆する」

「韓国に駐留する我が軍にですね」

「いや、違う。他にも優秀な連中がいるだろう、アジアには。アメリカ製の戦闘機に〝日の丸〟をつけた連中が」

「まさか……」

「そのまさかさ」

「しかし彼らのことですから憲法違反だとか何とか言って……」

「だから中国崩壊後2、3年待てと言ったろ」

「ええ……」

「日本国は経済破綻とともに自衛隊をアメリカ軍極東指令部に組み込まれる約束が、大統領と日本の首相の間ですでに交わされている。つまり自衛隊はアメリカ軍になるということだ。ただし、これはトップ・シークレットだ。いまの話はすぐに忘れるんだ、いいな」

ミーティング終了後、ミラーはエリックとクリスティーナを誘い、お気に入りの〝スシ・バー〟へと向かった。

その2　シャルマの野外授業

2010年5月
岐阜県下呂市金山町　金山の巨石群

この数週間、月曜日は雨が降ってない限り二人は揃ってここ、下呂市の山奥深くに鎮座する「金山の巨石群」を訪れていた。

それが月曜日なのは、春分の日にオープンした言納の店〝城下町かふぇ「むすび家　もみじ」〟の定休日だからだ。

「むすび家」の名は、福岡で言納が修行した〝西野のお母（かん）〟の店の暖簾（のれん）分けである。

お母（かん）にとっても「もみじ」のオープンは我が事のような喜びで、オープン当初は泊り込みで手伝いに来てくれていた。

あれから2ヶ月弱、店の仕事にも慣れてきたことと、普段の疲れを癒すのとで言納は月曜日のこの時間をとても楽しみにしていた。

岐阜県は全国的にも磐座（いわくら）などの巨石が多い地域で、ペトログラフで名が知れた笠置山（かさぎやま）も岐阜県にある。

というよりも、笠置山界隈の恵那（えな）市や中津川市はそんな巨石だらけだ。なので奈良県における天皇陵と同じで、あっちこっちにありすぎて地元ではあまりありがたがられていない。

金山の巨石群は恵那・中津川地区から少し離れているが、これがなかなかのすぐれもので、巨石の隙間に差し込む太陽の光の角度から、閏（うるう）年までも知ることができる天文観測所なのである。すごい精度だ。

マヤやエジプトに劣らず、古代の日本にも正確な暦を知る智恵と技術があったのだ。

しかし健太は、ここが太陽観測以上に大切なハタラキがあったことを感じていた。
それは巨石群脇に祀（まつ）られているのが妙見神社であることからも判るように、〝星信仰〟である。
特に〝北極星〟を、太古にこの地で暮らした人々は崇めていたのだろう。宇宙の中心として。

シャルマはその北極星からやって来た。健太の意識をさらに進化させるため、一火が呼び寄せたのだ。目的は「時空間」を超越した意識を健太に伝えるため。

エルサレムから帰ってから、一火は健太に「時間」の捉え方を指導して……いや、指導というよりは、それまでの概念を打ち破らせようとしていた。「未来」と「過去」では、「未来」の方が先にできる、といったような。（『弥栄三次元』361ページ）

しかしその捉え方自体は健太を育てるための一過程にすぎず、ここにきていよいよ〝時、満ちた〟ため、宇宙のコネを最大限に利用して専門家に来てもらった。

なので、北極星の「銀河磁場領域研究所」で星間次元の「時空間調整」を専門とするシャルマは、健太の家庭教師なのだ。

授業は毎回、ここ金山の巨石群内の北極星観測ポイント付近で行われる。

健太は背中を巨石にピタリとくっつけ、地ベタにあぐらをかいた。

（本日もよろしくお願いします。シャルマさん、いらしてますか？）

『お待ちしてましたよ。こちらこそよろしくお願いします』

シャルマの口調はやわらかで丁寧だが、授業内容は度胆を抜くものばかりだ。

初めての授業からしてそうだった。

健太はこんな質問をした。

（最近、時間の流れが速くなってると聞くんですが、地球の自転や公転速度が速くなっているということですか？　それとも銀河とか宇宙全体がそうなっているのでしょうか？）

するとシャルマはこう答えた。

『時間は流れていません』

（えっ……）

『時間が流れているのではなく、時計が動いているだけです』

シャルマによるとこうだ。

仮に時間が流れていると仮定すると、〝時間の流れが速くなる〟ということは、イコール〝時間の流れを遅くする〟ということなのだそうだ。

数十年前だったら10年かかって変化した社会事情や街の様相も、今や2年3年でそれ以上に変化している。

その〝時代の変化〟についてを〝時間の流れが速くなった〟と表現するのは間違いではないように思うのだが……

それをシャルマはこう説明した。

健太の自宅からこの巨石群まで車で約2時間かかる。

移動手段が徒歩しかなかった時代、道路や橋も限られたであろうから、この距離を移動するのに2泊3日――ここではそれを60時間とする――が必要だったとしよう。

かつて60時間が必要だったことが、今では2時間で済む。1／30に短縮されたのだ。

時代の移り変わりもそうだが、必要だった時間が短縮されたことを〝時間の流れが速くなった〟として捉えているのならば、全く逆の捉え方も存在する。

仮に60時間かかる時代にも時計があったとして、時計の動きを30倍遅くしてみる。ということは、実際の30秒で時計は1秒だけ進む。

その時計を使って2泊3日、60時間で巨石群まで歩いて行っても、時計は2時間しか進んでいない。

現代は時計に細工をしなくても、時計が2時間進むうちに巨石群まで行くことができるため、当時に比べ現代人は、

〝時間を30倍ゆっくりにする術を身につけた〟

あるいは、

〝30倍もゆっくりと時間を進める技術を開発した〟のである。

飛行機を利用した場合はなおさらだ。半年、1年とかかるであろうユーラシアの果てまで、わずか半日で行けてしまうのだから。

なので、時間が速くなったと考えることは、時間が遅くなったことでもある。

ただし、ときどき聞かれる、

「最近は時間が速くなってるんですって」

「やっぱりそうでしょ。なんだか近ごろ、一年が速く感じられるのよ」

「そうそう、速いわよねぇ」

という会話。

昔に比べて1年が速く感じられるのは年老いたからである。

子供のころはあらゆることから刺激を受け、次々といろいろなものに興味を持った。

ところが年老いてくると、日常の中で感じる刺激は少なくなってしまう、多くの人の場合は。それで印象に残る想い出が少ない分だけ、ふり返ると1年が速かったように感じてしまうのだ。

日常生活の中の刺激や興味、ワクワク・ドキドキがどれだけあるかで時間の感覚は変わってくる。

旅行に行ったときなど、普段と違った出来事が

次々と起きるので、たとえ1泊2日の旅行であっても、家を出たのが3日も4日も前のことのように感じるのはそのためだ。

それと、自分に期待してない人ほど、一年は速く感じる。もっと自分のやらかすことにワクワク・ドキドキしてみてはいかがか。

時間が速くなるというのは、地球の自転が速くなったということか?

もしそうだとしても地球だけが速く自転すれば月との位置関係が狂い、場合によっては1日に2回月が昇る。

もし月も一緒に回ってくれても、太陽のまわりを1周する前に地球が365回転してしまえば、今度は季節に狂いが生じ、同じ季節がめぐって来るまでに500日とか600日が過ぎてしまう。

太陽と地球と月が同じだけ速く動いたとしても他の惑星がそれについて来なければ、火星や木星との関係性が変わり、必ず天文学者が発表する。

「変なんです、地球が」と。

だったら太陽系全体の動きが速くなればいいのかというと、ちっともよくない。

冬の夜に春の星座が現れ、夏には秋や冬の星座になってしまい、国立天文台が記者会見を行ってこう言う。

「とっても変なんです、太陽系が」

だったら銀河系全体で宇宙空間の移動や回転が速くなればどうなるか。

同じ。すぐに判る。判らないのはいい加減な情報を真に受ける人だけ。

それにだ。

「秒」という単位は、セシウム原子133から出ている約92億Hzのスペクトル周波数が基準になっている。

この基本周波数は変わらないので1秒の長さも変わらない。

「なんだか一年が速く感じる」のは、ワクワク・ドキドキが無い生活になっているからである。恋でもしろ。

もし仮に、その周波数も地球の自転も公転も、宇宙全体の拡張・収縮もあらゆるすべてが速くなっているとしたら、心臓の鼓動や脈拍、呼吸、人が喋るスピードも思考にかかる時間もすべて同じだけ速くなる。

野菜の育ち方も動物の寿命も時計の進み方もだ。

なので実際には何も変わらない。

何も変わらないので感じもしない。

全くもってどうでもいいことで、遠くでカラスが「カァ」と鳴いただけでも、その方がよっぽど人類に与える影響は大きい。

宇宙全体に時間的変化が起き、それが存在するすべてに同じだけ影響を及ぼすのであれば、それは何も変化は起きないのだ。

もしその変化を感じる存在があるとすれば、それは宇宙の外からこの宇宙を観察している者だけだ。

プレアデスやシリウスからのメッセンジャーの存在はよく耳にするが、宇宙外からの宇宙人のことはまだ聞いたことがない。

そもそも宇宙の外にいる存在なんだから、宇宙人と呼ぶのは変だ。宇宙外人か？

地球外生命体っていうのはよく聞くけど、宇宙外生命体はまだ聞いたことがない。

シャルマの授業が始まる。

『それでは始めましょう。まず、先週学んだ時間の〈密〉と〈疎〉について、何か質問はありませんか？』

大変申し訳ない。

せっかく授業が始まったのに、これも説明しておかないことには何のことかさっぱり判らない。

先週の授業でシャルマは「時間の密度」についてを健太に伝えた。

時間は流れているのでなく、なので速くなったり遅くなったりもしないが、〈密〉な状態と〈疎〉の状態があるという。

例えば、〝最近は出会うべく人と、すぐに出会う。次々と出会う〟と感じている人が多いはずだ。以前だったら10年かかって出会った人たちが、今では1年もあれば必要な人が集まってしまう、と。

そして人は、そのような状況を踏まえて「時間が速くなった」と表現するが、これこそが〈密〉なのである。

それだけ互いの意識が共鳴し合うところまで、内に密めた高次元意識を外側に表わせるような時代になったということだ。

また、個人個人でも〈密〉な時間と〈疎〉の時間があるとも。

今、健太の意識はシャルマと向い合っている。なので言納の存在はほとんど意識してないし、言納以外の人に至ってはその存在さえどこかへ行ってしまっている。

このとき健太とシャルマの間に存在する時間は〈密〉で、言納との時間が〈まあまあ疎〉で、他の人とは〈疎〉の状態である。

ただし、この瞬間に言納が健太のことを強く意識していたとすれば、言納から健太への時間は〈けっこう密〉だ。

そして、物理学では〝重力が強いほど時間は遅れる〟と説明するように、〈密〉な時間ほど印象に残るため、振り返ると時間がゆっくり流れていたようにも感じる。

意識が重力のように相手を引っ張っているからで、だからこそ〈密〉なのだ。

別の言い方をすれば、〈密〉なときは時間が太くなり、何年も会っていない人や普段は存在を忘れてる人との間の時間は〈疎〉なので細い。

〈疎〉の時間の間柄だと、何年もの時間がアッという間に感じられるのは意識の重力をかけてないからだ。

授業が終われば健太はシャルマと別れ、言納と二人で車に乗って帰るため、言納との時間は〈密〉で太くなる。

これは個人対個人でのことだけでなく、大勢であっても同じことが起こる。

ということで、シャルマは時間の在り方が人それぞれ常に変化しているということを健太に伝えたのだ。

なるほど。時間の速度が変化するのでなく、今は誰とどういった〈密〉具合かが重要で、変化するのは「速度」でなく「密度」だった。

『疑問に思ったことはありませんでしたか？
〈密〉と〈疎〉について』

（はい。人と人の間における〈密〉と〈疎〉については感覚がつかめました。相手が人や生命体でない場合も同じなんでしょうか？）

『と申しますと？』

（例えば失ってしまった〝物〟ですとか、集中して何かを考えているときです）

『同じです。紛失した〝物〟との間を〈密〉にすれば、意識の重力がかかり引き寄せられますし、ある事に集中すれば……たとえば、あなたたちが理解しやすい表現をするならば、集中することでその分野を司る神との間が〈密〉になります。するとその神の意識がインスピレーションとしてあなたに流れ入ります。あなたたちはそれを〝つながった〟と言っていますね』

（それは宇宙に遍満するエネルギーにチューニングが合った、と考えていいのでしょうか？）

『そうです』

（でしたら、どこにいようがそれは可能なんですね）

『それにつきましては〝そう〟とも言えますし、

〝そうでない〟とも言えます』

（………………）

『あなたたちが神と呼ぶ存在の多くは、肉体を持って生きた人間です。人間、時間、空間。どれも間がありますが、肉体世界は間というものが限定された世界です。いいですか。これを憶えておいて下さい。

肉体の世界
＝
〝いつ〟〝どこで〟――限定の世界

意識の世界
＝
〝いつでも〟〝どこでも〟――無限の世界

ですから、肉体を持って生きた人の意識エネルギーは、その人と縁が深い場である方が〈密〉になりやすいことも確かです。あなたはエジプトでツタンカーメンと意識が交（まじ）わりましたね』

（はい）

『それは、そこがエジプトだったからです』

（では神々も、その神が祀られている神社へ行った方が意識を合わせやすいんですね？）

『ええ、もしその神と呼ばれる意識体が神社に祀られることによって、その場に封じられているのなら』

（えっ……お祀りするのは、いけないことなんですか？）

『いけなくはないですが、そろそろ次のステップへと進化して下さい』

つまり〝解放〟しろというわけだ。

カ＝6　イ＝5　ホ＝27　ウ＝3　41だ。

解放することで本来の〝神〟＝「41」に戻ることができる。

そして、人はいつまでも神を社の中に閉じ込めておくのでなく、自らが神の宿る社となり、イヤシロ地へ神のエネルギー探しに行くのは卒業して自らがイヤシロ人になれということである。

なので健太や言納を真似て金山の巨石群へは行かなくてもいいってこと。行きたければ行ってもいいけど、べつに。

授業へ戻ろう。

健太は目を閉じ心落ちつかせると、ハープの音色が聴こえてきた。そして、合わせるようにしてシャルマが語り出した。今日のメインテーマだ。

『過去にあなたが直面し、当時は答えが見つからずに悩んでいたことも、今となってはすでに解決していることがたくさんありますね。

10年前、どうしていいのか判らず苦しんでいたことや、5年前、不安で不安で仕方がなかったことでも今は答えが見つかっているから、もう大丈夫。そんなことが誰しもあることでしょう。

同じように、今は答えが見つからずに悩んでいる問題点も、5年先、10年先には解決できていることが必ずあるはずです。

あるとき本屋さんで一冊の本が目に止まった。手に取ってみるとその本に求めていた答えが書いてあった。

ふとしたきっかけで縁になった人が自分と同じ悩みを過去に抱えていて、その人の考えに触れることで気持がとても自由になれた。

山登りに誘われたので思いきって参加してみた。

そしたら、苦しかった道中であることにハッと気付き、失っていた大切なことを思い出して涙が溢れてきた。

といったように、求めていれば必ず答えが与えられます。

このようなことを人は〝神の導き〟、そう呼びます』

ここで曲調が変わり、重低音の打楽器のような音が加わった。

『現在・過去・未来が同時存在であるということを聞いたことがありますね。

現在――それは〝今〟という瞬間のことですが、〝今〟を中心にして過去も未来も広がっている、という捉え方です。

もし過去から現在、そして未来までもが同時存在ならば、今この瞬間も過去の自分や未来の自分が時空を越えて同時に存在しているはずです。

そう、時空を越えた存在であるならばいつ、どこであっても、今ここに居ます。

過去に生きたブッダやキリストが今現在でも存在しているように。

それでは本題に入ります。

今現在は答えが見つからずに悩んでいる問題が5年先には解決できているのならば、5年先の自分はその問題をすでに解決済みです。

なので、どこに答えがあり何をしたら答えに出会えるかを経験上で知っています。

本との出会い、人からの教え、山登りの道中、答えがそこに〝あった〟ということを。

ですから、〝今、ここだ〟というタイミングを見計らってその本と出会わせたり、ある人との縁を結ぶために陰で根回しをしたのも、山登りに参加してみようという気分にさせたのも、〝神の導き〟に違いはありませんが、その神が未来の自分であるということを考えたことがありますか。

そうです。あなたにとっての救いの神＝救世主（メシア）は、時空を越えたあなた自身。過去や未来へ広がるあなた自身なのです。

今、あなたはメシアの存在にはっきりと触れましたね』

健太は大きな衝撃を受けた。外側にしか見ていなかったメシアさえもが自分自身だったとは。

シャルマはここで語りを止めた。健太がそれを消化するための時間を与えたのだ。

音楽は重低音が止み、ハープと琴の共演に変わった。

不思議なのはすべての音にそれぞれ色があることで、その美しさはまるで漆黒の宇宙空間に咲く花のようであった。

『人は神に問いかけます。

神様がいらっしゃるのなら、なぜ戦争をなくして下さらないのですか？

神は人に問い返します。

本当に戦争をなくしたいのなら、なぜ武器を作り続けることを止めさせないのですか、と。

人は神に訴えます。

もうこれ以上、大きな災害を出さないで下さい、と。

神も人に訴えます。

災害が起こったときにしか恩に気付けず、人を思い遣れなければ、災いなくして人はいつ恩を知り、いつ愛を発揮なさるのですか。


人は神に祈ります。

どうか世界を平和にして下さい、と。

しかしその祈りの奥に、神へ何らかの要求をしているのであれば、神も人に祈ることでしょう。

どうか世界を平和にして下さい、と。

世界が平和であるために、何をなさってるのですか。

まずは祈るあなたの心こそが平安でありますように。


お気付きになりましたね。

祈ったのは自分ですが、祈られたのも自分です』

健太はこのとき〝鏡開きは神棚開き〟の教えを思い出していた。

自分の望みを叶えてくれる神を求めて各地の神社を探しまわったが見つからない。

それで、本当に神は居るのか確かめたくて観音開きの神棚を開けたら、そこは三面鏡になっていたという話。

三面鏡なので、どこから見てもどこまで遠くも写っているのは自分だけ。

「そこに写ったその者こそが、求めて止まなかった神の姿じゃ」のあの教えだ。

健太にはそのことが、シャルマの授業にて奥底まで理解できた。そして今までは信じていいものか迷っていた疑問が確信へと変わった。

そう、自身を追いかけずして何が見つけ出せるというのだ。

三面鏡の話はどこかでいっぱい書いた。

※いい加減な著者のため、編集者注。詳しくは『弥栄三次元』に出てきます。

『祈ったのは自分ですが、祈られたのも自分です。

祈られた自分はその期待にどう応(こた)えるか。

自分から分離させた外側の神に何らかの行動を求めるのでなく、祈られた自分は祈りに応えるためにどうあるべきか、何をすべきか。

そこに決意が生まれた瞬間、あなたはメシアとしての存在になります。


千年経っても二千年経ってもメシアが現れないのは、外側を探していたからです。

あなたにとってのメシアは、あなたの中から出現するということに気付いていただけましたね。

おめでとうございます』

これで今日の授業は終わった。時間としては短かったが、内容は健太の意識を進化させるに充分で、むしろこれ以上の情報は入れない方がいい。シャルマ先生はそう判断したのだ。


『疲れてませんか』

（はい。大丈夫です）

『それでは次回、この続きをやりますので、今日学んだことを吸収したままの状態で日々を過ごして下さい』


いつもなら健太の授業中、言納(ことの)はお昼寝の時間なのだが……。

言納にはお気に入りの岩があった。

金山の巨石群は3つのエリアから成っており、健太が授業を受けているのは「線刻石のある巨石群」エリアだ。

言納のお気に入りは、妙見神社を囲むようにどっしり据えられた「岩屋岩陰遺跡巨石群」エリアにあり、今日もそこに寝そべっている。

とはいってもただボーッとしているだけではなく、店で出すメニューを考えているのだ。結局はそのうち寝てしまうけど。

新しいメニューは、昨年5月17日「太子祭り」で奈良へ行った際に、石上神宮で受け取ったレシピを読み解くことで生まれてくる。

読み解くといっても文字が書いてあるわけではないので、レシピに意識を合わせているとアイデアが浮かぶのだ。まさに言納とレシピの間が〈密〉の状態だ。

今日は、来月から始めるモーニングについて思いをめぐらせていた。愛知県尾張地方の喫茶店は、モーニングの内容が売り上げを左右する。

言納は「むすび家　もみじ」らしい和風モーニングを提供したかった。

なのでトーストは厚切りのものを半分に切り、名古屋っぽく〝小倉トースト〟に決めた。

しかしそれだけでは色気がないので、小倉の上から振りかける「抹茶」「生姜パウダー」「シナモン」を用意する。客はどれか好きなものを注文すれば、緑か黄色か茶色のアクセントに飾られた小倉トーストになって出てくる。

ミニサラダはどこの店も刻んだキャベツかレタスにキュウリが2枚とトマトがひと切れだが、これでは能が無い。

なのでその時期手に入る野菜をスティックにして、その脇にモロ味噌を添えることにした。

このモロ味噌は、福岡の〝西野のお母〟特製の「五穀モロ味噌」で、抜群に旨い。無料のサービス・モーニングに出すのはもったいない品物だ。

デザートは黒ゴマプリンや、オリジナルの梅ジャムをヨーグルトに入れたりと、日替りで出せばいい。この程度ならいくらでもアイデアは沸いてくる。例のレシピのお陰だ。

『わー、美味しそう』

『ホント、ホント。食べたーい』

(何っ？　誰っ？)

言納の眠気は一気に吹っ飛んだ。

『言リンさんのお店へ行けば食べられるんですか？』

『早く食べたーい。わたしは抹茶で。あっ、やっぱりシナモンにする。メラは？』

(メ、メラって……あのぉ、あなたたちは……)

『私はメラク。ミルクは私のことを〝メラ〟と呼んでます』

『わたしはミルクだから〝ミル〟よ。私たち双子なの』

(双子なの？　どちらがお姉さん？)

『双子は双子よ』

ミルクは理解してないようなのでメラクが代って説明した。

『肉体人間と違うから姉も妹もないの。意識体の場合、同時誕生よ』

(………………あっ、そっか)

言納も理解するまでに3秒かかった。

意識体だけの双子でも性格の違いはあるようで、メラクはややおしとやか。ミルクはオチャメで天真爛漫娘だ。

二人はこと座内のM56球状星団からやって来た。

言納はエジプトのピラミッド内で「櫛」と「かんざし」をこと座のM57から贈られていて、こと座内で名の知れた地球人なのかもしれない。

それでメラクとミルクは言納のもとへ送られて来

たのだが、二人にはすでに大きな任務が与えられていた。

それは〝てんびん座　581番惑星〟に降臨し、星開きのための準備をすること。

ではなぜわざわざ地球に来たかの訳は、〝てんびん座　581番惑星〟こそ地球人類が次に転生するメインの星だからだ。

800年ほど前に衰退したマヤ文明を築いた人々、約500年前スペインに滅ぼされたインカ文明の人々は、すでにてんびん座内581番惑星に移っている。

やがて581番惑星にどの次元かの文明が起きたとき、マヤの人々・インカの人々が大昔この星に降り立った最初の神として神話の主人公になるのかもしれない。

メラクとミルクも縁あってそこへ行くのだが、その前にマヤ人・インカ人が暮らした地球へ、三次元を学びにやって来たのだ。

で、こと座では有名な言納が育て役として選ばれたのだ。

ここでひとつ、素晴し恐し超不思議なお話を。

シリーズ第3弾『天地大神祭』の265ページに、こんな会話が出てくる。一火が健太に語りかけている場面だ。

『人類が新たに暮らす星としては、てんびん座の581番惑星がすでに用意してある。随時移行する者が出てくるだろう。天地大神祭終了後にな。けど、今の地球三次元はなくならないから疎かにするなよ。卒業式だからといって在校生までいっぺんに卒業するわけではないだろ。卒業生だけだ』

また、339ページにも、

「てんびん座？………ひょっとして581番惑星か。次に人類が移り住むっていう」

とある。

『天地大神祭』の発売日は２００８年2月26日。なので原稿は２００７年内には書き終えていた。で、決して驚かないように。いや、それではつまらないから、ぜひとも驚いてほしい。

「２０１０年9月29日、ＮＡＳＡが公表。てんびん座方向約20光年に、生物が存在する可能性がある最有力候補の星〝グリーゼ５８１ｇ〟……」

まさに驚愕（きょうがく）である。もう少し詳しくお伝えしておく。何割かの人は次にその星へ行くことになるだろうから。

ただし、ＮＡＳＡが公表した〝存在の可能性がある生物〟と同じ波動領域に生きるのかは判らない。多分違う。

その生物が進化して高度な脳を持つ以前の、地球でいうところの「神代（かみよ）の世界」だと思う、地球人玉（たま）し霊（ひ）が生きる世界は。

グリーゼ５８１は、地球からてんびん座方向に20・4光年離れた赤色矮星。

その周りを公転する惑星には、地球の2倍から海王星（直径は地球の10倍）程度の質量を持つ惑星が6個発見されている。

惑星には発見順にｂ以降のアルファベットが振られており、中でもｃ、ｄ、ｇは生命が誕生するのに適した環境で、「生命居住可能領域」に入っている。

特に、内側から数えて第4惑星のグリーゼ５８１ｇは地球とよく似た星と推測され、ＮＡＳＡが２０１０年９月29日に公表した。

この惑星は地球の3〜4倍の質量を持ち、37日間で公転していると考えられている。

ということは、1年が37日だ。

地球における月と同じで、グリーゼ５８１ｇの自転周期は公転周期と同じため、恒星（地球にとっての太陽）にはいつも同じ面を向けている。

地表は岩で成り立っており（つまり、木星のようなガスの星ではない）、大気を持つために必要な重力を有している。

地表温度はおそらくマイナス12度C～マイナス31度Cと考えられ、これまで発見された生物の存在が期待される星の中で、太陽系外としては最有力候補だ。

共同発見者のスティーヴン・ヴォートは個人的な意見として、「グリーゼ５８１ｇに生物が存在する可能性は１００％」とまで述べており、彼はこの星を妻の名前で「ザルミナ」と呼んでいる。

そんなことは知らんちゅうねん。

それよりも、地球人類に与えられた次の星というのはどうも本当のことらしい。

だからこそ今は地球に恩返しをしなければいけないのだ。立つ鳥後を濁さず。

言納はだいぶ事情が飲み込めたようだ。

（へー、そうゆう訳だったの）

『だから、しばらくお世話になります。あっ、そうだ、忘れてた、桜子様が〝よろしく〟っておっしゃってました』

（桜子ちゃんを知ってるの？　だから私のことを〝言リン〟って呼んだのね）

『ええ、お聞きしてましたから、王妃から』

（お、お、王妃！　王妃って誰がよ？）

『…………桜子様ですよ。近々地球へお寄りになるので伝えておいて、とも』

いったい何が起こっているのだろう。

桜子が王妃に…………。

ひょっとして豆彦の、いや、国底立大神の后にあの桜子が？

真意は桜子が地球に来たときに尋ねるとしよう。

その3　ヤタガラス、墜（お）とされたり

２０１０年6月
バージニア州ラングレー　ＣＩＡ本部

長官室ではティモシー〝若大将〟ミラー長官他、ＮＳＡのエリック・ハミルトン、国務省だけどＣＩＡエージェントのジョーイ〝ピノキオ〟クレインらが顔を突合わせていた。オペレーション〝51〟について二回目のミーティングが行われているのだ。

スティーブ〝マンモス〟ピーターセン部長は今回この場にはいない。北京市内で、中国全土に散らばったエージェントからの情報を解析し、民衆に向けてさらなる反政府感情を煽るよう指揮しているのだ。

代わりにＣＩＡ対外作戦部のロシア担当チーフ、ミック・ギャレットが参加していた。

ミックは大学でロシア語を専攻していたため、その語学力が買われてロシアを担当している。

ロシア語を専攻するきっかけは、子供のころに食べたボルシチのパイ包みがあまりにも美味しかったことが理由で、以来ほとんどの小遣いをロシア料理店で使ってしまう、一風かわった少年時代を過ごしている。

夢はロシア大使。

なので〝ボルシチ〟ミックだ。

「日本では小沢潰しが随分と進んでいるようですね、ミラー長官」

「親中反米は生き残れないさ、どれほど大物であろうとな。奴さえいなくなれば残りは腰抜けばかり。民主であろうが自民であろうがこちらの思い通りにコントロールできるという訳だ。国務省としてもラクだろ、ジョーイ」

「ええ、日本ほど脅しが効くところは他にありませんからね」

実はそうなのだ。だから日本の外務大臣は、学生時代ケンカばかりしてたヤツを選んだ方がいいかもしれない。

それと、アメリカの策略から逃れる手段としては、地方がより力と責任を持ったシステムに移行すること。中央の必要性は半減している。

「ジョーイ。日本の分割案についてロシアから返答が来たと言っていたなあ」

「ええ、来てます。お聞きになりますか?」

「ああ、頼む」

ジョーイ〝ピノキオ〟が例によって分厚いファイルを開いた。パソコンと違って外部から盗み見される心配がないので、彼はいつもそれを持ち歩いている。

それに電源が不要なので、いつでもどこでも瞬時に情報を得ることができて便利だ。重いけど。

「えー、ロシアの要望ですが、北方四島は言うに及ばず、北海道並びに東北全域と関東の……」

「何だって?」

ミラーが叫んだ。

「ナゼそうなるんだ? 大統領はそんなこと言ってなかったぞ。ホットラインで向こうの大統領と話したら、北海道だけでいいと……」

「完全にナメられてますね、うちの大統領は」

「まさか東北地方はロシアに気候が似てるからなんて理由じゃないだろうなぁ」

「さすがにロシアはそこまで……しかしまだありますよ、続きが」

ミラーはジョーイを睨むようにして見た。

「あっ、えー、東京と大阪についてですが……」

怒りを抑え、ミラーは黙ったまま聞いた。

「東京と大阪はロシアとアメリカの二国間で共同統治するという案を合衆国政府に提言する、と言ってきています」

するとミラーは天を仰ぎつつ笑い出した。怒りの意識が外れ、呆れてしまったのだろう。

そしてこう言った。

「ここにスティーブがいなくてよかったぜ」

スティーブとは〝マンモス〟部長のことだ。

「あいつがいたら、すぐさまモスクワへ向けてＩＣＢＭを打ち込むだろうな」

「まったくです」

「ミック。君はロシアの対応をどう考える」
※ＩＣＢＭ——大陸間弾道ミサイル
「そこまで強気なことを言ってくるのは、次の大統領選に向けた国内へのアピールが多分に含まれていると思います。おそらくメドベージェフはプーチンを牽制するためのパフォーマンスが今後も増えるであろう、とクレムリンの同胞からも報告が来ています」

〝クレムリンの同胞〟とは、ロシア政府に潜り込ませたＣＩＡのエージェント、つまりスパイである。ポパイではない。

〝ボルシチ〟ミックが続けた。

「とにかくロシアに関しては次の大統領選まで刺激を与えない方が得策です」

「では何のアクションも起こさず、ただ黙って見ているのか」

「いいえ、すでに複数のオプションを同時進行させています。スタートは中国の内部分裂が激しさを増した瞬間を狙うことになるでしょう」

1991年にソビエト連邦は崩壊して15ケ国に分裂したが、現在のロシア連邦内には今でも独立を求める共和国がたくさん存在している。

最近はロシアに抑えつけられておとなしいが、中国崩壊と時を同じくしてまた動き出しそうだ。チェチェンが、北オセチアが、タゲスタンが。

そして背後で彼らに武器を与えるのがＣＩＡとそ

の仲間たちである。

モスクワやサンクトペテルブルクでもイスラム原理主義者によるテロが頻発するであろうが、原理主義者たちをそそのかすのも……。

これがアメリカの企むオペレーション〝51〟の概要である。

「日本分割構想」は米中ロの思惑が錯綜して進んでいるが、他の常任理事国イギリスとフランスにも分割した日本を統治する権利はある。

しかしアメリカは、できる限り本州と九州を独占したいがため、イギリスには四国を与えるようだ。

しかし、そうなるとカナダ・オーストラリア・ニュージーランドに次ぐ女王陛下のお国がアジアにも誕生することになる。

旱魃に喘ぐオーストラリアからは毎年数万人から十数万人の移民がやって来るであろうから、本当にプチ・オーストラリアになるかもしれない。

そうなった場合、四国は好景気がしばらくは続くであろう。皮肉なことだが。

フランスが望むのは経済的恩恵なので、領土については南の島、雪国、温泉保養地などのリゾート地が十箇所ほど手に入ればいいのではなかろうか。

その地区の通貨は〝ユーロ〟と〝円〟。通りにはパリのようなカフェが並び、街ゆく人もフランス人だらけ。

考え方によっては、国内にいながらフランス旅行の気分が味わえてしまうかもしれない。

が、そんなことを言っている場合ではなかった。まったくもって許し難い話だ。

特にアメリカ。日本に買わせ続けた数百兆円のアメリカ国債。もし買い戻せないんならハワイとグアムを差し出して〝これでご勘弁を〟ぐらい言わなきゃいけない立場なんだからな、アメリカ合衆国。

信仰者などなど。

〝幻覚の十字架〟作戦については後ほど。

ミラーは両手に持ったコーヒーカップの一方をエリックの前に置いた。

そしてそのまま受話器を取ると、たとえ上機嫌な大統領からでも電話を取り次がないようクリスティーナに伝えた。

というのも、〝ヤタガラス作戦〟はNSA内で進められている極秘の作戦で、エリックがそれをCIAの、しかも長官に全容を明かすとなると考えられることは二つ。

一つは、CIAにとっては不都合な結果を招くであろう作戦のため、あらかじめ組織の長には知らせておく。そうしないと途中で潰し合いになるか、あとで揉める。

もう一つは、力を借りたいかだ。

*

〝ピノキオ〟と〝ボルシチ〟が部屋を出て行った後も、NSAエリックはそこに残った。

「部長、先日もお話しした、オペレーション〝ヤタガラス〟の件についてですが……」

「ああ、判ってるさ。ちょっと待ってくれ。いまコーヒーを入れるから。少し気分を落ちつかせようじゃないか」

「ええ、そうですね」

〝ヤタガラス作戦〟とは、全世界洗脳プロジェクトオペレーション〝ファントム・クロス（幻覚の十字架作戦）〟のサブ・プロジェクトで、NSA内で極一部が独自に仕掛けようとしている対日戦略の一環だ。

ターゲットはずばり、精神世界に夢中な者、逃げ込んでる者、溺れる者、私こそが神に選ばれたと錯覚している者、それに、疑うことを知らない純心な

「では、話を聞こうか」

「長官にお願いがあります。機械にめっぽう詳しい技術屋を誰か紹介していただきたいんです。日本で、いえ、できれば東京で」

「技術屋ならNSAにもいるだろう。うちより優秀なのがゴマンと」

「ええ。しかし、コトがコトなだけに誰でもというわけにはいきません。それに今、うちでは対日本戦略に時間とマンパワーを使うことが難しい状況です。極東においては中国、台湾、韓国がすべてといっていいくらいで、日本については全く相手にしていません」

「安保条約で結ばれた友交国だというのに、何てことだ」

あまりにも嫌みなためエリックは瞬間笑ったが、すぐに続きを話し始めた。

「これはオペレーション〝ファントム・クロス〟(幻覚の十字架作戦)を成功させるためのサブ・プロジェクトですので、通信・傍受が主のうちが独自にやるよりも……」

「つまり、お宅の長官たちは乗り気でないってことだな」

「はっきり言えばそうゆうことに……」

「O・K、事情は判った。他ならぬ君の頼みだ、力になろうじゃないか」

「ありがとうございます、ミラー長官」

「しかしだ、エリック。私はそのオペレーション…

……何だ」

「〝ヤタガラス〟です」

「オペレーション〝ヤタガラス〟の内容についてを何も知らされてない。協力する以上、知る権利はあると思うがね」

「失礼しました。コトのあらましはこうです」

エリックが〝ヤタガラス作戦〟の全容を明らかにした。

「ご存じかとは思いますが、いま日本は空前のパワースポット・ブームに沸いています。ひと昔前のスピリチュアル・ブームがやや下火になりつつあったところへ突如現れた、我々にとっては千載一遇の大チャンスで、そいつを利用しようというのがこの作戦です。必ずやオペレーション〝ファントム・クロス〟を成功に導くための後押しになると信じています」

　ミラーは黙ったまま聞き入っていた。

「最近になってようやくスピリチュアルな流れに感化された連中は、ひとことで言うと非常に幼いメンタリティでものごとを判断しています」

「我々にとってはまさに打って付け、というわけか」

「そうなんです。それでその幼い連中は、自己を見つめることよりもパワースポットへ行って神の痕跡や光のエネルギーばかりを追い求めているので、わずかばかり細工した電磁波を外部から連中の脳幹にぶつけてやると、刺激を受けた脳の反応を無意識に言語化してそれを神からのメッセージだと信じ込んでくれるんですよ」

「なるほど。便利な連中だ」

「ええ。そしてさらに都合がいいことに……例えばパワースポット・デビュー組をスピリチュアル的幼稚園児とするなら、その連中に影響を与えているスピリチュアル小・中学生は〝アセンション〟〝転生〟〝高次元〟といった思想に支配されていますので、現実に起きている国家の危機など全く意に介していません。２０１２年12月22日には地球が次元上昇し、世の中全体が神の世界のようになると信じてますから」

「脳天気なことは幸せかもしれんなぁ」

「まったくです。どうもペンタゴンはその日付けを利用して何か企らんでるようですよ」

「日付けを？」

「ええ、２０１２年12月22日を暗示するような」

　ペンタゴンとは国防総省のことだ。

そして日付けを利用しての企らみは、９・11のニューヨーク・テロを絡ませている。

悪魔が人間化した軍団が自作自演でニューヨークを壊したのが２００１年９月11日。

そして一般向けには終末論、スピリチュアル人には次元上昇に定められているのが２０１２年12月22日。

さて、この「01年９月11日」を「12年12月22日」にもっていくにはどうするか。

12年　12月　22日
−（マイナス）　−　−
01年　９月　11日
＝（イコール）　＝　＝
11年　３月　11日

ここに２０１１年３月11日という日付が現れる。

つまり人々が２０１２年12月22日には、やっぱり何かが起こると思わせるには、

01年　９月　11日
＋（プラス）　＋　＋
11年　３月　11日
＝（イコール）　＝　＝
12年　12月　22日

を強くインプットさせればよい。

ペンタゴンは２０１１年３月11日を標的にしているのだ。

また、２０１１年はニューヨークテロから丸10年に当たり、しかも３月11日は９月11日のぴったり年対称日に一致する。

『数霊』（たま出版）でもその日付けが要注意と警告してある。

『もしニューヨークのテロの911が今後数霊的に現れるとすれば……（中略）……数霊的には911、

119、年対称日の311、四半対称日611、1211など……』（本文379ページより）

『数霊』の原稿は2003年に書いたものだ。

二人の会話に戻る。

「世界中が信じた400年前の予言を利用したときも、見事に大衆をコントロールできたので欲しいまの外交ができたからな」

「長官、たしかあれは1999年7の月だったような。ノストラダムスとか何とかいう預言者の」

「結局は何事もなかったがな」

なかったと言えばなかった。

が、1999年7月は中国で川が氾濫して家屋48万棟が倒壊したり、旧暦7月1日は惑星グランドクロスで、ヨーロッパは皆既日食が見られた。

そして旧暦7月7日にはトルコでマグニチュード7・5の大地震が発生、死者1万7000人以上という惨事になった。

その後ほどなくギリシアのアテネや台湾でも大地震が発生している。

被災者にとっては予言が的中したと信じる者もいたことであろう。

カップに残っていたわずかなコーヒーを飲み干すと、エリックは続けた。

「今回は1999年以上に成果があがりそうですね。予言でさえあの調子ですから、マヤの暦を持ち出したのは大正解だと思います。暦は〝循環〟ですから、終われば最初に戻ればいいだけの話を、よくもまあ」

「ありがたいことだ」

二人は大声で笑った。

そうなのだ。

マヤ暦でも古代インドの暦であっても、終りは確かにある。が、暦なので元に戻って循環すればいいだけの話なのだ。

毎年12月31日の次の日は必ず1月1日が来る。カレンダーが12月31日で終わっているからといって悩むのかって。

それをいちいち終末論として捉えるのは一神教特有の思想であって、神道・仏教共に多神教国家の日本では終末論など本来生まれない。

砂漠で発生した一神教とは異なり、自然が豊かな日本の土壌においては万物に神が宿ると考える。すると、たとえ一部の神々がお怒りになろうとも、あくまで一部であって全体ではない。なので終末はやってくる必要がないが、一神教の世界では神がお怒りになれば終わりが来ると考えてしまうのも仕方がない。

多くの日本人よりもエリックの方が判っている。

「そんな訳で、次なる2016年のオペレーション〝ファントム・クロス〟では、全人類を我々のコントロール下に置くことも充分に可能です。何しろ連中ときたらミツバチが消えたのも……最近世界各地でミツバチが消えてしまっている現象をご存じでしょうか？」

「ネオニコチノイドで消えているという話のことか？」

「そうです。しかしスピリチュアルの連中はミツバチが姿を消した理由を、アセンションによるものだと考えています」

ミラーはそれを聞いてニヤリと口元をゆるませた。さすがNSA。世界中のどこでどんな会話が飛び交っているか、あらゆることを把握している。

「エリック、ひとつ聞きたいんだがいいか？」

「ええ、どうぞ」

「何でミツバチだけがアセンションしたんだ？」

「からだが小さいのでアセンションしやすかったんでしょう」

「だったらハエやアブもアセンションするんじゃないのかね」

「それはですね、ミツバチと違ってハエやアブは意識波動が低いから無理なんだとか」

今度こそ二人は大爆笑した。

「かつてマッカーサー元帥は日本人のメンタリティを12歳と表現した。あの発言は日本人を侮辱したのではなく、今後の成長を期待してのものだが、発言から60年近く経った今も同じままってことか」

「いつでしたか、日本で複数ヶ所にオタマジャクシが空から降ってきたことがあったんですよ。原因については結局のところ判らず仕舞いのようですが、連中の間ではアセンションに失敗して高次元に行けなかったので戻って来たことになっています」

ミラーは笑いすぎて、咽(む)せながら苦しんでいる。

オタマジャクシについてはともかく、ミツバチ消失については確かにアセンションで済ませてはいけない。

というのも、ミラーがそう言ったようにネオニコチノイドが原因である可能性が高いからだ。

ネオニコチノイドとは殺虫剤に含まれる成分で、今まで広く使用されてきたキンチョールやベープマットとは違った威力を持つ。

最近流行りだした〝シュッとひと吹き一晩中〟のあれなどにもネオニコチノイドパワーが含まれているらしい。

判りやすく書かれたものがあるので引用させていただく。

『ネオニコチノイドは従来の殺虫剤と違い、直接虫を殺す成分ではない。虫の中枢神経を狂わせる効果を持っているのだ。

……（中略）……結果、ノミや蚊はフラフラして血を吸いたくても吸えなくなる。

……（中略）……

ミツバチが巣箱から大量に消えたのは外でネオニコチノイドを吸って酩酊し、方向感覚が狂って巣箱ではなくあさっての方向に飛んで、力尽きて死んでいたのだ。近くで死骸が発見されないのはそのためである。

ネオニコチノイド系の殺虫剤は、一般家庭のガーデニング向けから農業用に、広範囲に使用されている。ミツバチがいなくなるのも、ある意味当然なのだ。

そのためフランスでは、ミツバチ保護のため、一九九九年、ネオニコチノイド系の殺虫剤の使用を禁止しているほどで……』

(『ステルス・ウォー』より　ベンジャミン・フルフォード著　講談社)

まだある。ミツバチハッチ、アセンションでGO！　だけではない、勘違いしているのは。

挙げればキリがないが、特に〃神の手雲〃はひどかった。

あの写真、あまりにもワザとらしいので調べてみたところ、沖縄で撮られたものでもなければ、ハリケーン直後のフロリダに現れたものでもない。インターネットにアップされた酷い写真を加工しただけのイタズラだ。

あれが〃神の手〃と信じている人には申し訳ないが、とてもとても大切に持っているようなものではない。

元になった写真は………ダメだ。恥ずかしくて書けない。〃純心〃が売りの著者が文字にするような内容ではないのだ。

とにかく、待ち受け画面に使っていたりしてるんであれば、すぐに消しなさい。今すぐにだ。それは変態男の……。

「その連中をオペレーション〃ファントム・クロス〃が始まる前に洗脳しておこうというんだな」

「そうです。〝シュラインズ・エンジェル〟はほぼ完成しているんですが、あっ、それは連中の脳幹に電磁波メッセージを送る装置で、各地の神社・仏閣に設置するんですが、日本人が受け取りやすい波長を出すために微調整が必要です」

「それで技術屋が必要な訳か」

多くの政治家と国民が、最大の友好国と信ずる太平洋の向うにある大国の国家安全保障局は、日本人を洗脳するためのおぞましい装置を〝シュラインズ・エンジェル＝神社の天使〟と名付けやがった。

「エリック、東京でオペレーション〝ヤタガラス〟に携わっているのは？」

「全容を把握してるのは一人しかいません。東京の大使館に広報担当として送ってあるエージェントだけです。他の協力者は作戦の目的に気付いてませんし、大使や参事官は作戦の存在自体を知りません」

「ああ、その方がいい」

諜報機関が極秘で作戦を行う場合、国家の代表や上官には知らされないことが多い。

もしその作戦が著しく反社会的であったり悪質な場合、代表がまともな人物だと作戦を中止させる可能性があるからだ。

また、何らかのアクシデント等で作戦が明るみに出ても、代表は何も知らない方が国際世論的に国家が受けるダメージは少なくて済むし、国内においても責任追求を逃れられる。


ミラーは瞬時に東京で活動している一人のＣＩＡエージェントを選び出した。

「民間の企業に送ってある男を紹介しよう。内容についてはこちらから伝えておく」

「ありがとうございます」

「根っからの技術屋だから社交性には欠けるが、頭脳と腕は超一流だ。コードネームは〝ＯＣＣ〟」

「めずらしいコードネームですねぇ」

「大使館の仲間に伝えておいてくれ。〝ＯＣＣ〟と接触するときは、土産にオレンジクリーム入りのチョコレートを用意しろ、とな」

「オレンジクリームが入ったチョコレ……ひょっとしてそのコードネームは……」

「オレンジクリームチョコレート。彼の大好物さ。レモンクリームでは協力を拒否する場合があるので注意しろよ」


これで〝ヤタガラス作戦〟は開始の最終段階に入った。

数週間後には各地の神社・仏閣で、奴らが仕組んだニセメッセージを受け取る者が増えるであろう。

メッセージといっても、おそらく初めは単純な図形が脳裏に浮かぶような仕掛けのはずだ。

「ところで〝ヤタガラス〟だが、何のことだ？　その〝ヤタガラス〟っていうのは？」

「〝ヤタガラス〟は日本の神話に登場する神の遣いで、足が三本あるカラスです」

「足が三本？」

「ええ。最初のエンペラーとなる人物を先導した道案内役がヤタガラスなので、次は我々を先導してくれるようにと」

「なるほどな。ではその三本の足は赤と白と青に塗っておいた方がいいな。黄色はナシだ」

そう言ってミラーは右手の親指を立てた。

これは国旗のことを言っている。

アメリカ合衆国、イギリス、フランス、そしてロシアもだが、どこの国旗も赤・白・青の三色で構成されている。

つまり導くのはこれらの国で、黄色＝中国にはオペレーション〝51〟で日本の領土はくれてやるもんか、ということなのだ。

中国の国旗は赤地に黄色い星が5つ。うち、ひとつだけ大きな星があり、それは「中国共産党」を表し、4つの小さな星は「労働者」「農民」「知識階級」「愛国資本家」を示す。

そして別の意味での「黄色はナシだ」は、そのまま黄色人種のことでもある。

結局、白人国家政府の一部は表向きに有色人種に友好的な素振りを見せても、本音は違う。なので、たとえアメリカとロシアが対立しようとも、有色人種が存在する限りは互いに最終戦争までは持ち込まない。

と同時に、白人国家が黄色人種国家を本気で対等かつ尊重するかは甚だ疑問である。

けど一部の白人政府よ、驕(おご)ることなかれ。

ある教会の日曜礼拝で牧師さんがこんなお話をされたぞ。

「神様がパンをお焼きになりましたが、焼きが足りず半生のまま出来上ったパンが白人になり、焼きすぎてコゲてしまったパンが黒人になりました」と。

だったら〝こんがりキツネ色〟にちょうどよく焼けたパンが黄色人種じゃないんですか、と言いたいところだけど、生真生目な牧師さんにそんなツッコミはできませんでした。

まぁそんなことはいいんだけども、世の中から完全に光が失われるか、あるいはすべての人が視力を失えば肌の色による人種差別はなくなるかもしれない。

さらに、神の御名を唱えるための声、人の発する言葉を聞くための聴力、そのどちらかをすべての人が失えば、信仰する神の違いによる宗教戦争はなくなるかもしれない。

ということは、「闇の世界」の方が〝思いやり〟や〝尊び合い〟がある世界なのか。

肌の色を確かめるために視力が与えられたのか。どの神の名を唱えるかを聞き分けるための聴力なのか。

仏陀が最初に説いたとされる八正道からして、人類は未（いま）だ身につけてない。

すぐに悔い改めねば「闇の世界」にて悟らされることになってしまうぞ、天地大神祭（あめつちだいしんさい）の最終章では。

それがたとえ何色であろうとも。


それとヤタガラスについてだが、足が三本なのは、かつてその地で暮らしていた〝サンカ〟の三部族を、後に上陸した朝廷側がカラスの足として封じ込めたのがそのまま現代でも残っているのだ。

本来は社殿で神として祀られる先人たちを、いつまでもカラスの足に封じ込めておけば、必ずや歴史が正されるために大地の変動が起こるであろう。

*

作戦の名前がたくさん出てきたのでおさらい。

オペレーション〝51〟は、51番目の州として日本領土をいかに多く手に入れるかの、対中国、対ロシアに向けたアメリカ合衆国の外交戦略作戦。

オペレーション〝ヤタガラス〟は、〝幻覚の十字架作戦〟をより成功へと導くための対日本戦略で、使用されるのが〝シュラインズ・エンジェル＝神社の天使〟と呼ばれる電磁波発生装置。

オペレーション〝ファントム・クロス＝幻覚の十字架作戦〟は、２０１６年に実施予定の全世界へ向けた……。

その4　4本の時間軸と「元糺（もとただす）の儀」

2010年7月

岐阜県下呂市金山町　金山の巨石群

健太はいつもの巨石にもたれかかると、シャルマに挨拶をする前に水筒のお茶をゴクリと飲んだ。言納が用意してくれたもので、よく冷えていて美味しい。

『ずいぶんと暑いようですねぇ』

(うっ……ごめんなさい。いらしてたんですね)

『いえ、かまいませんよ』

(肉体が無くても暑いんですか?)

『あなたたちの肉体と同じ波動領域に意識を合わせれば暑く感じますよ。しかし、外せば何ともありません』

なるほど、確かにそうだ。でなきゃ、山頂の神社に鎮座する神々は寒くて仕方ないし、宇宙空間は絶対零度といって、マイナス273度の世界だ。ホッカイロがいくつあっても足りやしない。

『私たちがあなたたちに接触する際に注意すべきことは、肉体を持つ人間には暑さ寒さや経済的・時間的な制約があることをどの程度考慮すべきか、ということです。もしそういった制約を無視して〝ああしろ〟〝こうしろ〟と注文すれば、あなたたちへの負担が大きくなりすぎ、ときには社会生活を営むことさえ困難になってしまいます。しかし、肉体三次元の制約を考慮しすぎれば、社会を変化させる力にはなりません。ですから、どこでバランスを取るかが、とても重要なのです。人によっても違ってきますし』

（はぁ……）

『あなたの場合、わりと多くが求められていますが、それだけ自由も与えられていますでしょ』

（そうゆうことだったんですね）

健太の師匠黒岩は、健太の事情をよく理解しているため、今月から完全な自由出勤を許可してくれた。なので休みたいときに休める。

とはいっても給料は働いた分だけしか貰えないが。

『では先回からしばらく間が空いてしまいましたが続きを始めましょう。前回は、時空を越えた自分こそがメシアであるというお話でしたね。今回はそれをもっとグローバルな視野で捉えてみましょう』

（はい、お願いします）

『あなたたちの認識として四次元の世界とはどのような世界を想像しますか？』

（一般的には3本の空間軸x・y・zに時間を加えた世界で、時間も過去へ行ったり未来へ行ったりが自由にできる世界だと）

『そうですね。あなたたちはそれを可能にする装置のことをタイムマシンと呼んでいますね』

（はい。ですが、生田さんは……知り合いの人なんですが、）

『信濃の天狗遣いですね、知っています。彼はあなたを正しく導きますので、信頼して教わりなさい。先月、戸隠であなたが受け取った〝軍配〟も、彼の存在が大きいのですよ』

（そんなことまでご存じなんですか？）

そう、確かに先月、戸隠神社の宝光社にて健太は軍配を授かった。

これには大きな大きな意味が含まれているのだ

が、それについてはまた後ほどに。

(生田さんはこのように教えて下さいました。

「四次元＝三次元 ＋(プラス) 時間軸」ではなく、

「四次元＝三次元 －(マイナス) 時間」だと。

そして
「五次元＝三次元 － 時間 － 自我」

「六次元＝三次元 － 時間 － 自我 － 恐怖心」

だとも)

『三次元的高次元の話ですね。あれは素晴しいです。特に三次元的六次元がミロクの世というのは』
※詳しくは『天地大神祭』210ページ～220ページ。
『地球物理学での時間軸では過去から未来に向けて時間が移動しますので、まず〝原因〟があり、そして〝結果〟が出ます。絶対にこれを覆しません。この時間軸のことを〝一般時間軸〟と呼ぶことにしましょう』

物理学では、過去→未来へと移行する時間軸があることは確かなので、空間軸3本にこの時間軸を加え、この世界を四次元と呼ぶこともあるが、ここでは世間一般の認識として肉体人間が暮らす世界を三次元と表現する。

また、最近の物理学では空間軸x・y・zのそれぞれが実は三次元だとも考えている。

1本だけなので一次元ではないのかと思ってしまうが、そこにあと2つの次元が隠れており、1本が実は三次元なのだと。

その隠れている2つの次元を余剰次元と呼び、x・y・z軸がそれぞれ三次元なので合計九次元であり、そこに時間軸が加わって十次元だなんて話になっている。

が、こうなってくるともうお手上げなので、地球物理学的高次元思考は一切無視することにする。さっぱり判らないからだ。
高校で物理を教える先生二人にも聞いたが答えは「知らんぞ、初めて聞いた」と、「そんな難しい質問はするな」だった。
なので、以上をもってマイクをシャルマ先生にお返しいたします。

『タイムマシンの考え方は逆です。あれでは時空間を越えた意識を持つことはできません。地球人のタイムマシンはこうですね』

ここでシャルマは健太にビジョンを送った。

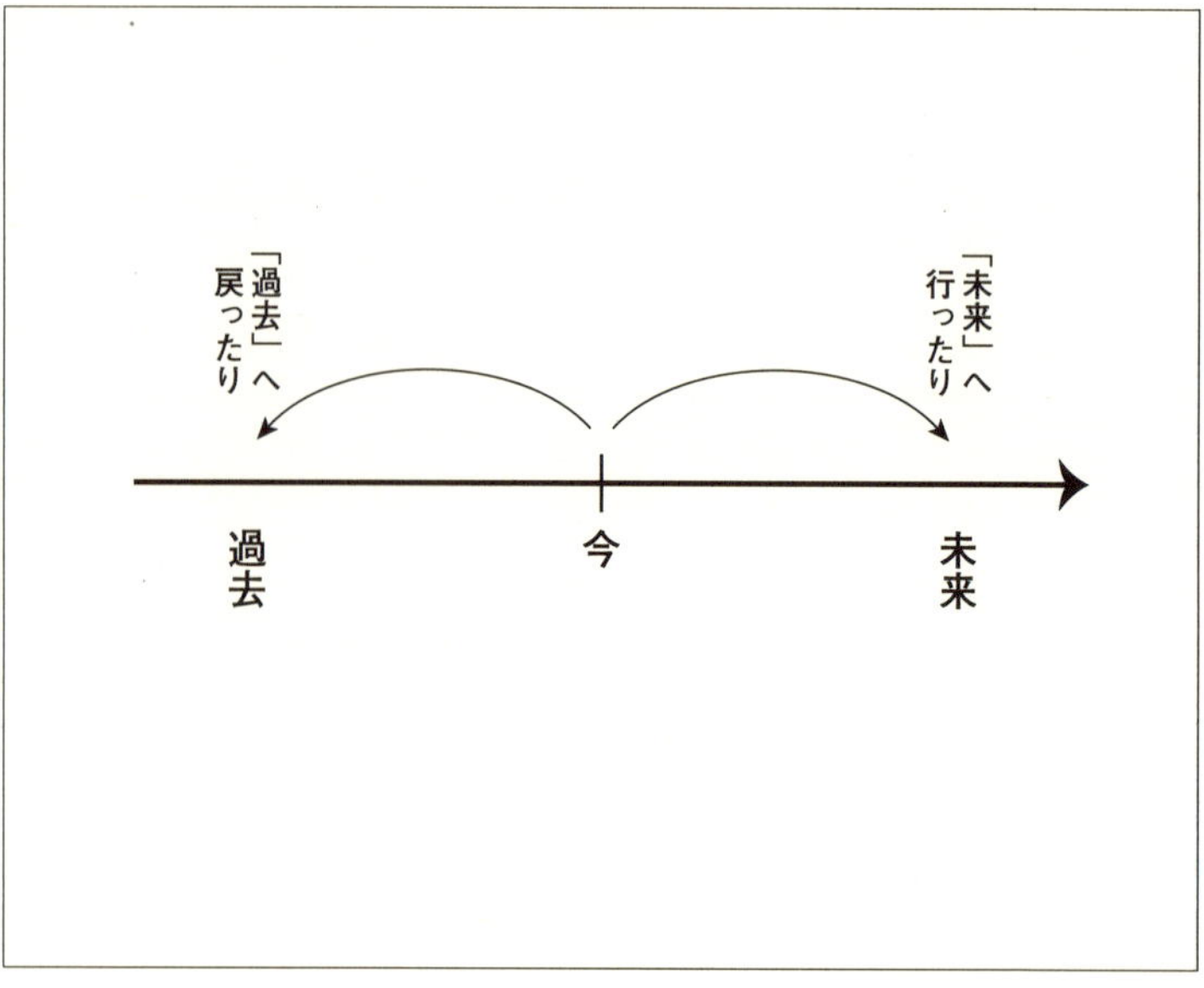

『ですがこれは全く逆で、3300年前のツタンカーメンも1800年前のニギハヤヒ尊も700年前の後醍醐天皇も、そして幕末の志士たちも〝今〟に集結し、共に国造りと人育てを行っています。仏陀もキリストも、聖徳太子も徳川家康もです』

（タイムマシン説が逆というのは、〝今〟から過去へ行くのではなく、あらゆる過去の先人たちが〝今〟という瞬間を共に生きているということなんですね。自分の過去や未来が同時存在であるように）

『そう考えて下さい』

（では、未来は未来人が〝今〟へ来ているのですか？　未来の自分が求めている答えを教えてくれるように）

『そうでもありますが、ここは視点を変えてみましょう。日本が世界の中でも最先端の技術を持っている分野は何がありますか？』

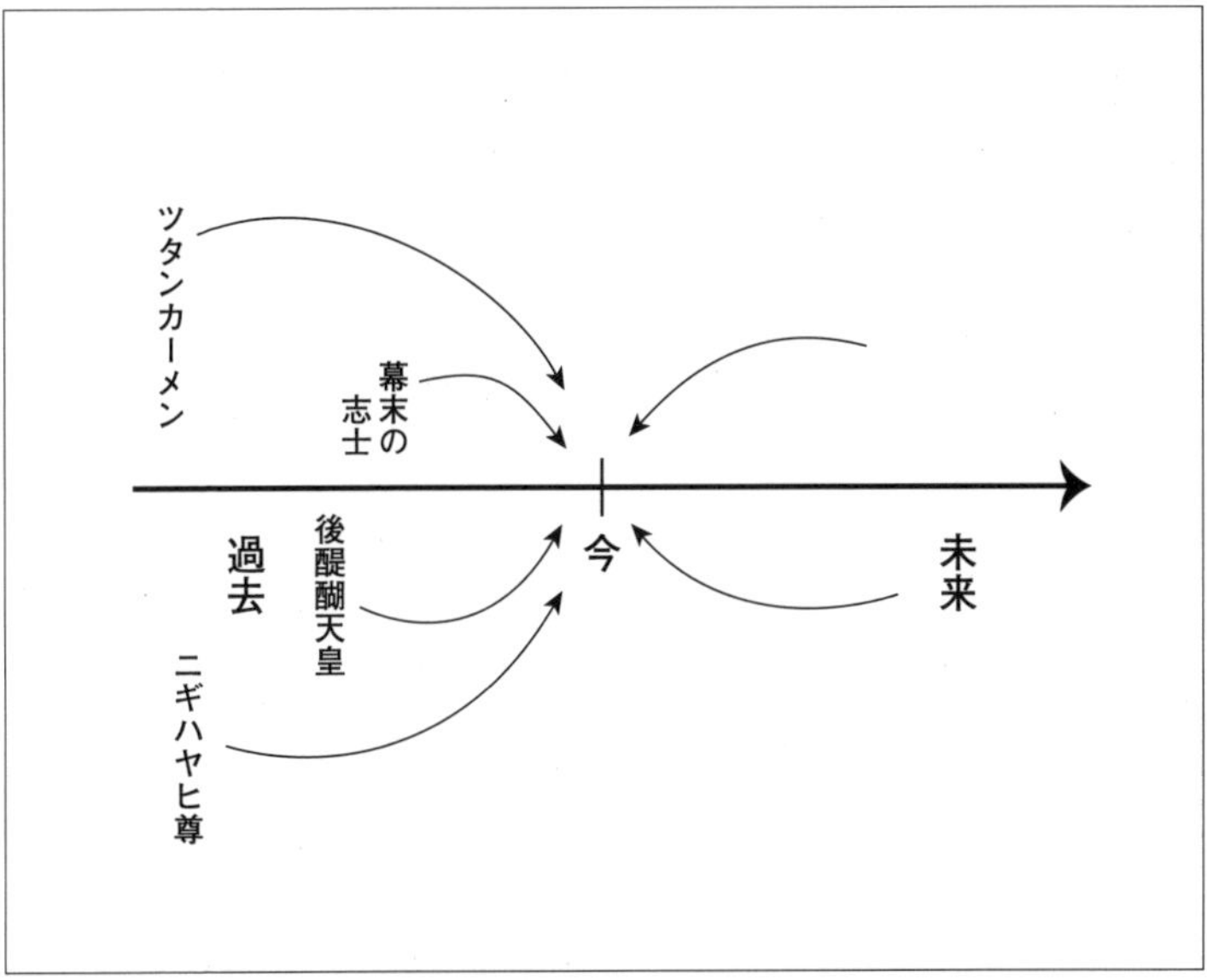

シャルマの教えはこうだ。

自動車製造において、日本の技術は世界でもドイツと一位・二位を競い合っている。

インドでも自動車を製造しているが、技術的には日本と比較にならない。仮にその技術が20年遅れているとしよう。

ということは、20年後には〝今〟の日本の技術水準にまで達するということでもある。

〝今〟の最先端技術を持った日本人が、インドへ行き技術指導をした場合、インド人にとっては「20年先の未来人」が来てくれたことになる。その技術分野においてはだ。

そうでしょ。自分たちが20年後に身につける技術を、その日本人は〝今〟持っているんだから。

ということは、自分が身に付けたい技術をすでに持っている師匠や先輩は自分の未来人でもある。自分よりも過去の人だと思ってやしないか。

逆もまたそうで、後輩や子孫よりも自分は未来人になりうるのだが、シャルマの授業からはズレてしまうので元に戻す。

シャルマ曰く。

地球が西暦４０００年ごろにはこのようになっているであろう世界と同じだけの進歩を、今現在遂げている星が銀河系のどこかにあるとしよう。

その星から進んだ技術によって物質的ＵＦＯや、あるいは霊体としての生命体が地球にやってきたら、地球人にとっては２０００年未来の世界からやって来たことになる。

そんな彼らは、彼らにとっての〝今〟を生きてるだけなのだが、地球人には未来人に映る。

何しにやって来たかといえば、地球の〝今〟に集結して国造りと人育てをしにだ。

なので時空を越えた四次元世界は人が過去や未来へ行くのではなく、過去の人や未来の叡知が〝今〟に集まっていることを認識すればいいのだ。

すればその人はすでに四次元に生きていることに

なる。

生田が健太に教えた三次元的四次元の捉え方を広げるため、シャルマはそのような授業をした。

そして結局は〝今・ここ〟を外した意識は玉し霊（たまひ）が他所（よそ）を向いているのだと。

ただし、〝今・ここ〟を外すなといっても、将来のことを考えていけないのではない。

〝今・ここ〟が将来について考えるべき〝今・ここ〟であるならば、未来に意識を向けてこそ〝今・ここ〟は活かされている。

（今＝36）＋（ここ＝14）＝「50」＝〝メシア〟

〝メシア〟は〝今・ここ〟の内に在り。

『一般時間軸は原因があって結果が生まれる物理学的時間軸ですが、最近はあなた方のように逆向き時間軸の存在に気付く人が増えてきました。つまり時間軸を2本持ち歩いているんですね。これを〝相互時間軸〟と呼びます』

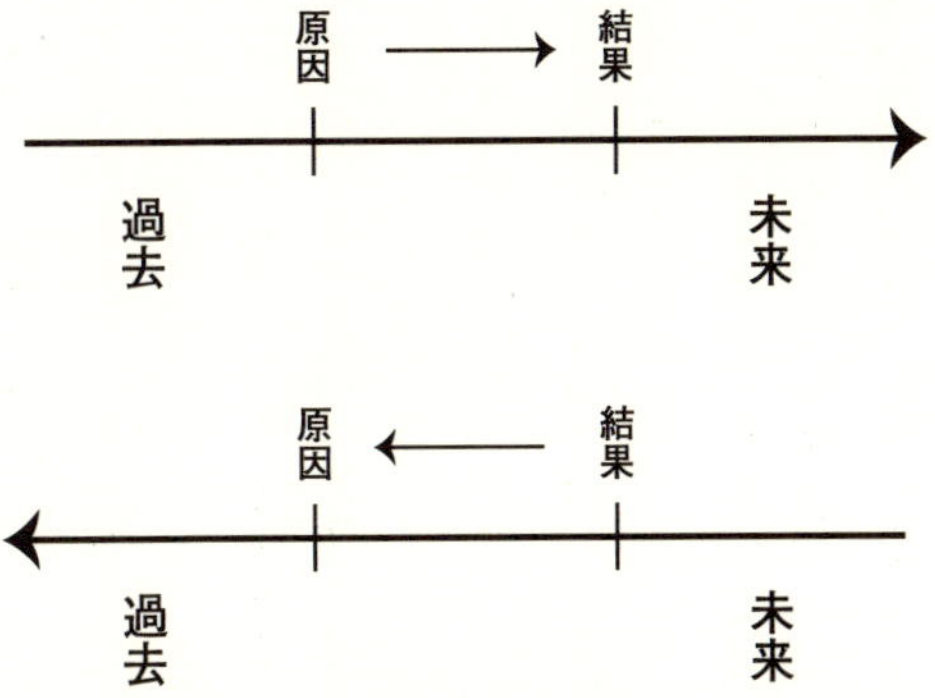

《2本の相互時間軸》

（互いに行き来する、という意味ですか？）

『そうです。一般時間軸とは逆向きの時間軸を加えたもので、〝その結果に至るための原因〟を見出す捉え方とでも考えてみれば判りやすいです』

（その結果になるための………？）

ある目的地へ向かっていたが、途中で道を間違えてしまい、結果として到着が1時間遅れてしまった。というようなことは誰でも経験があるはずだ。

ところが、目的地で運命的な出会いがあった。もし予定通り到着していたらこの出会いはなかったであろう。

そうか、道を間違えてしまったのは、この出会いのための時間調整だったのか、と考えるのは、〝その結果に至るための原因〟なので、〝結果〟が先にありき、である。

あるいはこれと逆に、いつもは渋滞してて2時間程度かかるから少し早目に出発したら、どうゆう訳か今日に限って交通量が少なく、予定より30分以上も早く目的の神社に着いてしまった。

そしたらまさに自分達の到着を待っていたかのように神事が始まり、ちっとも知らなかったけど年に一度の大切なお祭りだった。

神事に参加するため、早目に出発させられたんだ。または早目に出発しようという気分にさせられたんだ。

これも〝結果〟が先に決まっていてのこと。

以上のような捉え方をする人は、相互時間軸を持って生きていることになる。

たーだーし、これは絶対に注意しなければならないのだが、あくまで相互であること。

逆向き時間軸、つまり〝結果が先です〟思考に偏りすぎると、あらゆることを言い訳で解決し出し、自己弁護大明神と化する。

もし、参加するつもりだった神事に遅刻してしまったら、本当は悔しいくせに惨めな自分が可哀想なので、〝私のレベルにはもう必要ないんだわ。だから遅刻させられたのよ。これもミカエルの意志ね〟と考えるのだ。ＮＳＡのエリックが例える〝スピリチュアル幼稚園児・小学生〟に多い。

本当は参加したかったんだから、遅刻したことを反省するか、参加資格を与えてもらえなかった自己を振り返れって。

遅刻した原因を三次元的に反省するのは一般時間軸使用時だ。前の晩に夜更ししたからとか、出発時間を忘れてテレビに夢中になってしまったとか。

逆に、今の自分には参加資格が与えられてないのでテレビに夢中になってしまい、それで遅刻して神事には出られなかったと考えるのは逆向き時間軸使用時だ。

どちらの場合も使用法は先ほどの〝可哀想な私を自己弁護しちゃいます〟使用と違い、自らを育てる。

何でも使い方次第である。

その人が〝輝く〟か〝輝いているつもり〟かは、逆向き時間軸の使い方に大きく左右されることは間違いないあるね。

『ここまではあなたのよく知っていることですが、次が大切です。今日のポイント、それが相互時間軸から二次元上昇した意識による〝解放時間軸〟についてです』

健太はその言葉を聞いた瞬間、鼓動の高鳴りを感じた。求めていた何かがありそうだ。

『解放時間軸は相互時間軸の2本を〝今〟で切断し、時間軸を4本にして捉えます。したがって空間軸3本と時間軸4本、合わせて7本の軸の中に生きるため、あなたたちの言うところの七次元意識への入口にもなるのですよ』

（それは七福神さんの意識と共通するのでしょう

か？　三次元的七次元は七福神のような〝嬉し楽し〟を実感するところに芽生えると教わりました）

『それは〝増幅〟の原理で、あなたが思い浮かべた神々はそのエネルギーをもっとも上手く使いこなす意識体です』

〝増幅〟は「96」で、〝融合〟〝引力〟そして〝菩薩〟に同じである。

『メシアは時空を越えた過去と未来の自分自身であることは理解できていますね』

（はい）

『それが解放時間軸意識です』

確かに〝解放〟は「41」なので、内側に埋れた神を外へ出す鍵となるのがこの4本の時間軸と言える。

外の神から離れ、未来の自分を頼ってみる。

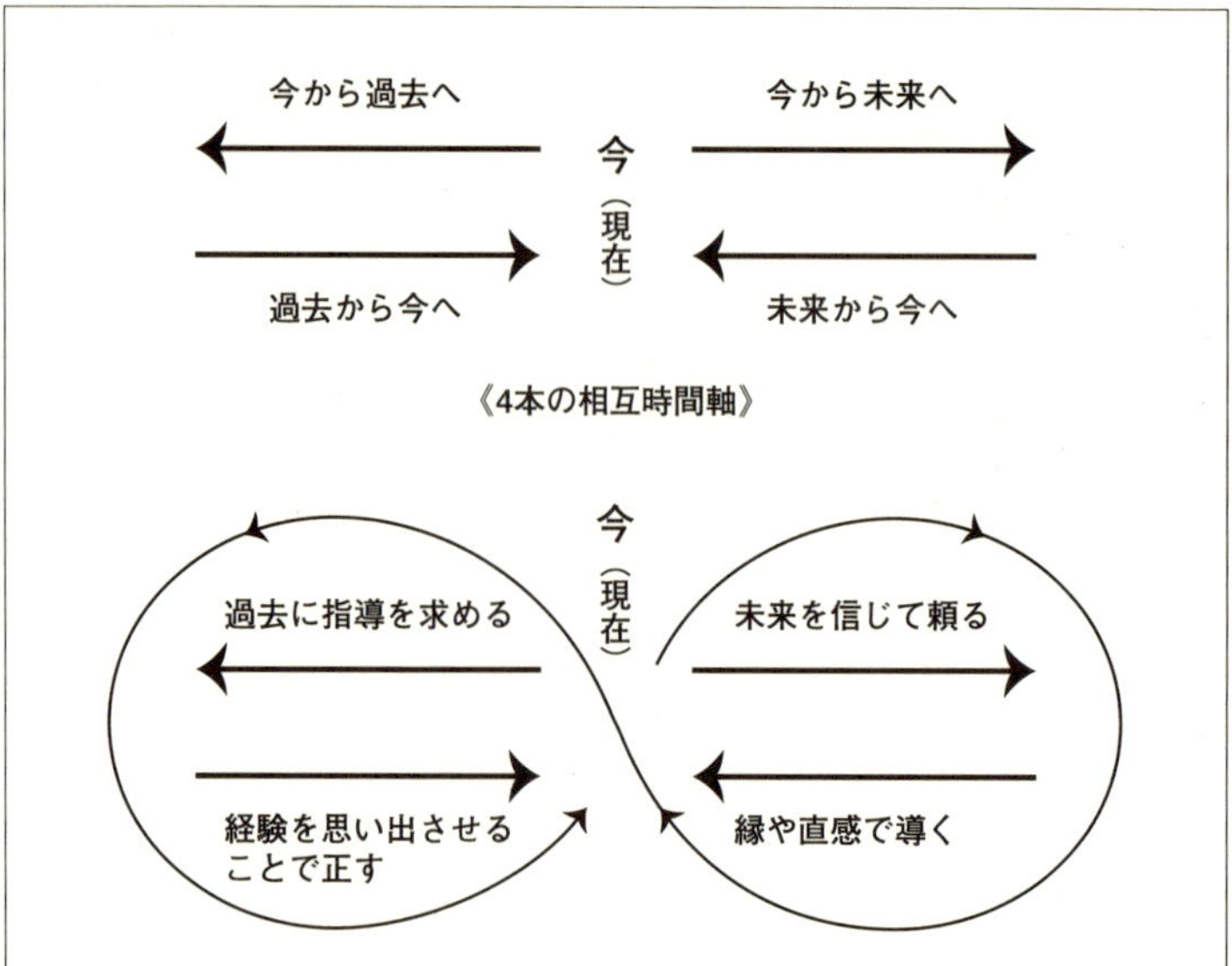

《4本の相互時間軸》

すると経験上から未来の自分は「気分」や、「智恵」、「勇気」を与え、今の自分が望む方向へ進めるよう導く。メシアなんだから。

過去にも問う。あのときはどうしてその結果になったのかを。

すると、それに向う意識状態を過去の自分が思い出させ、なぜ失敗したのか、なぜ成功したのかを知らしめることで足りないところや余分なものを感じることができる。

『〝今〟を中心に4本の時間軸を最大限に活用することで〝無限〟の力が生まれます。以前お伝えしましたが憶えてますか？　肉体は限定の世界で、意識は無限の世界だということを』

〈密〉と〈疎〉の授業で聞いた「肉体の世界＝〝いつ〟〝どこで〟――限定の世界」で、「意識の世界＝〝いつでも〟〝どこでも〟――無限の世界」というあ

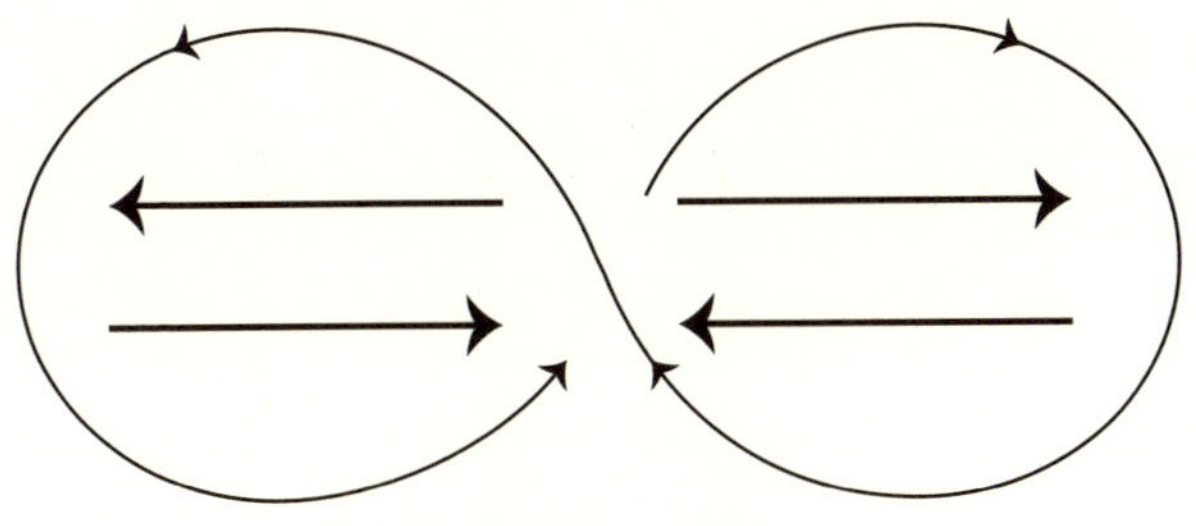

無限大は自らが増幅

れだ。

『この無限大の力は〝今〟を写し鏡にして未来を過去に、過去を未来に写すハタラキを持っています』

（過去と未来が写し鏡の関係にあるんですか？）

『あなたの想像とは少し違います。解放時間軸が起こす写し鏡の作用とは、未来に不安を抱いていると、過去の努力や経験の価値は落ち、それまでの自分自身を辱めることになってしまいます。また、過去に対して〝惨めさ〟や〝情けなさ〟ばかりを抱いていれば、それが未来に写って現実化してしまいます。ですからそれまでの失敗に悔い改めを済ませたら、あとは過去の自分自身を誉め称えるのです。京都でも人々に解放時間軸の使い方を伝え、過去を誉め称える神事をしなさい。人々の玉し霊に直接奉納する神事を』

（京都というのは7月17日のことですか？）

『そうです。人々の元を糺すのです』

健太は7月17日、京都で南紅と共に「元糺の儀」という祭りを行う。祇園祭りの真っ只中、山鉾巡行のその日に。

※1年後の2011年7月、赤外線天文衛星「ハーシェル」が、天の川銀河の中心部に無限大形〝∞〟のリングを発見した。銀河の中心も〝∞〟だったのだ。人は、肉体も意識もまさに小宇宙そのものである。

＊

言納は巨石にもたれたまま、先月訪れた江の島での出来事を思い出していた。

健太が戸隠へ行ったその週、言納は横浜の叔父を訪ね、毎日楽しく順調にやっていることを報告した。

母の弟である叔父の隆史は言納の店の全面的スポンサーなので、どうしても直接会って報告とお礼がしたかったのだ。

そのついでに寄ったのが江の島で、小田急の駅を出て弁天橋を渡っていると、エルサレムで感じたのと同じ何かの存在に気付いた。

そして橋を渡ると正面の江島神社（えのしま）へは向かわず、左手側の海岸沿いへと引っ張られたのでそのまま身をまかせた。

すると、

（えー、なにー、ここ。女神サミットしてる。そうか、エルサレムで最後に見つけた「聖書の丘」と同じ匂いがしてたんだ）

２００９年12月18日・19日、エルサレムの「シオンの丘」上空及び「バイブル・ヒル（聖書の丘）」上空にて、世界中の女神たちが集うサミットが開催された。言納もそれに参加している。

いま目の前にもミニサミット会場があるのだ、物質として。

そこは直径が20メートル程の丸いプール状になっていて、中央には弁財天像が優雅に座っている。

外淵の四方には女神の立像が配され、東洋古典像「百済観音」、東洋現代像「東南アジアの踊り子」、西洋古典像「古代ギリシアの女性」、西洋現代像は「優雅な裸体女性」が微笑む。

洋の東西を問わず、古きと現代共に女神たちが集うその場は、まさに「時間」と「空間」を越えたサミットの場であった。

『女神たちはその力を結集し
　大きなエネルギーとなりつつあります
　しかし未（いま）だに働きを封じられたまま
　洞窟・岩屋に押し込められて働けずにいる女神
　の数のその多さ

　信仰の対象として人々は女神を祀り

その場に閉じ込めてきました
慈愛の女神は人々のすべてを受け入れ
そこに留まることを選びました
これまでの宗教では形としての対象が必要でしたので
女神像しかり
マリア像しかり
あまたの仏像しかり

人々は己れ自身の神性に気付けず
永きに渡って体外に神を求めてきました
女神サミットを三次元で見ていただいたのは
より深く感じていただきたかったからです
エルサレムでのサミットで
女神たちの話し合いは進みました
女神たちのハタラキが
ことさら重要になるこの時期
次々と各地の女神が集い
大きなエネルギーになりつつあります
どうかそれぞれの場にて
女神たちを祈り支えて下さい

……………』

ほらね。やっぱり言納も健太と同じことを伝えられている。神を閉じ込めるな、と。
それにしても思い出すのは、エルサレムから帰った後のこれ。

『ハランの女神　埋もれた女神
声なき声にて光を求め
タガーマ・ハランのその地より

……………』

『タガーマ・ハラン』という言葉が日本に伝わり、その音に漢字をあてはめたのが「高天原（タカマガハラ、タカマノハラ）」であろうことは推測されるが、だからといってどうすることもできずにいた。ハランは現在のトルコにあり、かつては月信仰のメッカだった。

江の島でもまた封じられた女神についてのメッセージだ。

ただ祈るだけで本当に支えになるのだろうか？

言納は巨石にもたれてそんなことをぼんやり考えていると例のメラ・ミルがやって来た。

『遠くの女神は遠くの人がやるから、言リンさんは近くだけでいいみたいよ』

（近くっていうと？）

『まずは戸隠』

（戸隠？　健太は何かやるって言ってたけど……）

『言リンさんもよ。

男女神、和合の神のカタ示し

二人揃わなきゃ太極図が完成しないし軍配もハタラキが出ないのよ』

（えっ、軍配って？　健太も軍配のこと言ってたけど、それが何を意味するのか判らないんだって）

『媛様よ。エルサレムでもハタラキされたでしょ、

ククリの媛様』

ガシャカシャッ。言納の脳が動いた。

〝軍配〟は「125」、〝菊理媛（ククリヒメ）〟も「125」。

そして「125」は〝開闢（かいびゃく）〟〝同調〟〝高次元〟等々。

（あなたはメラクさん？　ミルクさん？）

『私はメラです』

『ミルちゃんもいるよーん』

相変らずなミルクだが、この二人は両方ともが言納の鏡写しでもある。

（ねぇ、メラさん。戸隠で……）

『呼んでる。彼氏の先生が言リンさんもこちらへ

来なさい、って呼んでるよ』
（シャルマさんが？）
言納はその名を健太から何度も聞かされてたが、直接触れ合うのは初めてだ。

*

ひと月前の6月10日、健太は10月に予定している祭りの下見をするため、信州戸隠を訪れた。

この日は平日のため混雑は見られなかったが、昨今のパワースポット・ブームの煽りを受け、週末は大渋滞が続く。

毎度のことながら生田との待ち合わせは仁王門屋だ。健太が到着すると、生田はすでに蕎麦三昧セットを食べ終え、仕上げの蕎麦ソフトを旨そうに舐めていた。とても天狗遣いの行者には見えない。

食事後、戸隠神社の奥社へ向かおうと準備を始めた健太を、生田の知人澤柳（さわやなぎ）が止めた。

彼女は仁王門屋のすぐ近所に住んでおり、店主夫婦もよく知る仲だ。

「九頭龍様の御神木へお連れしなければなりません」

突然の申し出に健太は驚いたが、生田が信頼する女性とあらば従う他ない。

そこは「伏拝所（ふしおがみしょ）」と呼ばれ、仁王門屋からは神道（かんみち）と呼ばれる山道を歩くこと10分程のところにある。

立派な杉が、それは〝くま杉〟と呼ばれていたが、戸隠の神がこの杉に降りたと伝えられ、御神木として信仰の対象になっている。

健太は杉の裏側に回り、磐笛（いわぶえ）を奏でた。すると、濃い緑色と深い青色の太極図が現れた。

『富士はオモテ、戸隠はウラぞ』

声の後、緑と青の太極図がクルッと裏返し、というか表返しになると、それはピンク色とラベンダー色の太極図だった。

8月に行う富士山での祭りは、このピンクとラベンダーの太極図がシンボルに決まっており、ピンクは桜の花を、ラベンダーは藤の花を表している。

桜の花は木花咲耶姫（このはなさくやひめ）の、藤の花は瀬織津姫（せおりつひめ）の花なので、この太極図は木花咲耶姫と瀬織津姫の和睦・融合のシルシでもある。

が、そのことについては後にして、とにかく戸隠の祭りでもシンボルに太極図が必要でそれが緑と青であることと、富士祭りと戸隠祭りはオモテ・ウラの関係のため、どちらか一方では片ハタラキであることが判った。

伏拝所から神道を下ることさらに10分、戸隠神社の宝光社に出る。ここは初めてだ。

（2010年10月10日、この地でお祭りを開催させていただきたく……）

健太が許可を得るため祭りの報告をしていると軍配が現れた。相撲の行司が握っているあれだ。

「あのー、生田さん。戸隠は〝軍配〟が名産品というか、伝統工芸というか、有名なんですか？」

「軍配は聞いたことないぞ、戸隠も鬼無里（きなさ）も」

「ええ、私も聞いたことないです」

澤柳が答えた。

と、そこへ、

「あのー」

仁王門屋の女将（おかみ）だ。

「つい先日のことなんですが、裏のお蔵を整理してましたら立派な軍配が出てきたんですけど、それと何か関係……」

「それです!!　それが祭りの……多分、神籬（ひもろぎ）になると思います。けど、何で軍配なんだろう…………」

『戸隠の隠し戸　奥の奥
　そのまた奥にましまして
　たれも皆みな　その真を

知らずにこれまで来たれども
封印されし地の王に
気付きて尊び愛念を
送りてくれし　ありがたや

愛念は　尊き光　もたらして
忘れ去られし者どもに
いまふたたびの灯火（ともしび）を
灯す時こそ与えたり』

やはり戸隠も現在祀られている祭神は、古き神々に被せた新参の神なのであろう。日本全国どこへ行ってもみな同じ。

新たに祀られた神が悪いのではなく、古き神々を潰し、そこに都合のいい神を祀った侵略者たちに問題があるのだが、それに気付かず古き神々に目を向けない現代の人々にも問題がある。

そこで健太は2010年10月10日の戸隠祭りを
「天地大神祭in戸隠〝古き神々への祝福〟」と名付けた。

ナイル年表にはこの日が『171　〇祭り』と出ており、これは『天地大神祭（あめつちだいしんさい）　時間祭り』と読む。なので現代の人々が古き神々に祝福の想いを届ければ、まさしく時間祭りに相応しい。

（よし、決めた。それでいこう。古き神々への祝……）

その瞬間、地の底から何か突き上げるものを感じた。

すると低くかすれたような声で

『忘れ去られし我等の王よ
久那土（くなと）の神よ
今やこそ
汚名回復　時来たり
闇に落とされおる神の
役割（ハタラキ）知りてほしきもの

永き時空のその中で
押し合いへし合い潰し合い
埋もれし神のおることを
人よ気付いてほしきもの
　艮に　光を当てて下されよ』

と響くように伝わってきた。

間違いなく国常立尊が動く。健太はそう確信した。

その国常立尊こそが久那土大神であり、艮の方角に立つのだと。

この日6月10日は奇しくも〝時の記念日〟であり、岡本天明氏の『日月神示』が始まった日でもある。日と月で神が示したのだ。

さて、シャルマが言納を呼んだのは、軍配のハタラキを二人に教えるためだった。

軍配とは、戦に際して方角を見極め、天文を読んで軍陣を適切に配置することで、軍配を行う者を軍配者と呼んでいた。

また、相撲では勝敗が決まると、行司は勝者に向けて軍配を上げる。

それで相撲以外でも勝利者に対し〝軍配が上がる〟と表現するようになった。

『なぜ軍配を授かったのか判りますか?』

(いえ、まったく見当がつきません)

『お二人に課題を出します。戸隠での神事までに身につけて下さい。

この軍配はいずれにも傾けてはいけません。あなたたちの課題は、何事においても軍配を傾けない、ということです』

(何事においても、ですか?)

『そうです。潰された古き神々と新たに祀られた神、いずれにも。

人と人との揉め事から国家間での争いも。メディアから伝わる加害者と被害者や、病に倒れた人と、人を倒した病原菌にもです。特にスポーツの観戦は、どちらにも軍配を傾けなければ多くの学びがありますが、一方に傾けてですと学びは激減してしまいます。

ですからその術を体得し、ご自身の内部に地球表現での菊理媛を発生させて下さい。あなたたちの表現に合わせるならば、ご自身に菊理媛のエネルギーを降ろすということになりましょうか』

〈シャルマさん。軍配を傾けないよう意識している瞬間は、外側の菊理媛と〈密〉になった状態と考えてもいいのでしょうか〉

『よく理解されてますね。意識を合わせて互いの時間を〈密〉にしてこそ、その神の守護が得られるというものです。好きで追いかけても〈密〉なのは人から神への時間だけで、神からその人への時間は〈疎〉のままです』

〈納得です〉

『はい、それでは次回、肉体三次元に生きながら時空間を越えた超意識の在り方をお伝えします。今までの宗教概念が完全に覆ることになるでしょうから楽しみにしてて下さい』

だからさ、もうそろそろ
「私の守護神は木花咲耶姫様なんだって」

「えー、私もそう言われた」

「キャー、同じだね」

は、いい加減卒業して下さい。進歩がないったらありゃしない。

いつまでもそんなんだからCIAやNSAの餌食になってしまうのだ。

奴らは2016年へ向けてだけでなく、2020年をターゲットにした作戦もすでに練っている。

特に2020年の7月は太陽系内の惑星配列にめ

ずらしいことが起きる。奴らがそれを利用しない手はない。２０１３年頃から話題になり始めるだろうから見てるといい。あそことあそこの出版社から本も出る。

あっ、軍配を傾けちゃった。もうやぁめたっと。

＊

２０１０年７月17日

京都は烏丸御池駅を出てすぐ、役行者町が「元糺の儀」の会場に選ばれた。

御池通りに面したビル内の会場からは祇園祭りの花形、山鉾巡行が眼下に見おろせる。ローリング・ストーンズのコンサートに置換えるなら最前列キース・リチャーズ側ぐらいの特等席だ。

そして神々も、特に七福神は大はしゃぎで、開演前からこんなであった。

『己が御霊よ　栄えませ栄えませ
己が御霊よ　栄えませ栄えませ
弥栄弥栄　栄えませ栄えませ
己が奥の戸　いよ開けて
弥栄八坂　栄えませ栄えませ
イヤハエ　ヤハウェ　栄えませ栄えませ
アッラー　アッラー　栄えませ栄えませ
ナームゥ　ナームゥ　栄えませ栄えませ
アーメン　アーメン　栄えませ栄えませ
〇〇〇〇　栄えませ栄えませ
イヨヤヤヤー　イヨヤヤヤー

我が心
ますます栄え　弥栄の
光の御世に生くるもの
永久に　とこしえに
次元の扉は今ここに
今ここにこそ　ありてある』

ユダヤ教もイスラム教も仏教もキリスト教も、みーんなみんな栄えなさいよ。

ユダヤ人もムスリムも仏教徒もクリスチャンも、そろって一緒に栄えましょうよ。

ヱビスさんが中心になり、七福神がうたい踊った。

○○○○には自分の名前を入れよ、とのことで、やはり〝弥栄自分〟〝自分も弥栄〟でこそ宇宙は栄える。

5行目、『弥栄八坂』の八坂は八坂神社のことで、祇園祭りは八坂神社の祭りなのでちゃんと名前が入っている。

また『弥栄弥栄』はイヤサカイヤサカでいいのだが、弥栄は〝イヤハエ〟とも読め、それはヤハウェのことなので、弥栄の語源がヘブライ語であることがよく判る。

昨年の7月17日、健太は諏訪の守屋山山頂で雨に降られながら、12部族迎えの神事を執り行った。

山頂に集まる12の〝光〟＝「81」が、イスラエルの12部族を表しているのかどうか、判断に迷うところであったが、12×81＝972であることを発見し、間違いなくイスラエルの12部族と確信した。

なぜなら、イスラエルの国番号は972番だからである。

12の光を迎えたのが山頂で彼らを待つ13番目の〝光〟＝「81」。

この光こそが後にヱビスさんとして全国で祀られることになったエブス族であり、81は日本の国番号でもあるため、エブス族が国造りの祖であることも表していた。

同時に「光の遷都」があったり、手長・足長や豆彦と出逢ったのもこの日であった。

一方、同じ日の京都では、南紅らによって「京都開闢祭り」が行われていた。

詳しいことは『ヱビス開国』1680円で。

あれから一年。今年は二人が京都に揃った。

「祓戸の大神　祓いたまへ清めたまへ
九頭龍の大神　日月星地水火風空人の
一二三四五六七八九の十（戸）と
調和せしめたまへ
天地清浄　破魔浄心（浄身）

廻りて巡るいにしえの
アワの渦音鳴り響き
ムスヒの神々あれまして
元を糺すは真名井（真中井）より
光の螺旋　水の龍
水から（自ら）生命を祓い清めて

平安京　縦糸横糸　交わりし
水の流れはヱビス川
円の真中に御池の葆光

此の処を瑞の斎庭と祓い清めて
各自　社を神奈備と
ムスヒに縁の神々を
招き奉り　鎮め奉りて　本日は
平成二十二年　七月十七日
これより元糺の儀　開きたてまつる

掛けまくも畏き真中のス（須）より生（宇）ま
れしムスヒの大神…………」

はじまりの言霊が南紅の知人によって奏上され、水の神事に続き南紅がヱビス舞を奉納した。さすが〝京都の若翁〟と呼ばれるだけあり、翁の面を付けての舞は見事であった。

　昼休み時間がちょうど山鉾巡行と重なったので健太もベランダに出てみたら、鈴鹿権現こと瀬織津姫の鈴鹿山が流れて行くところであった。

昼食後、健太は参加者にシャルマから教わったことを伝えた。メシアは時空を越えた自分であり、自ら無限大のエネルギーを生む「解放時間軸」の話を。すると南紅にどなたかが罹(かか)った。今日は言納がいないので南紅に降りたのだ。

『人々よ
己れの奥に閉じ込めて
忘れ去られしモノとコト
扉をいくつ開けたらば
光当たると思いしか？

遥かな昔も今ここに
同時にあると知りたなら
今こそ許せよ開門を
己れの意思こそ秘鍵(ひけん)なり
長き時空のその中で

あまたの岩戸は閉じられて
開(あ)くる日待ちて幾星霜(いくせいそう)
気付きし人よ　人々よ
己れこそ
秘鍵(ひけん)を握る主(あるじ)なり
己れ修めて　整(との)うぞ善(よ)きに』

開門を許してないのは己れの意志。

閉じられた岩屋（岩戸）の「岩」は大きな石であり、岩となりガンとして動かぬものは己れの大きな意志である。

動かぬ、といってもこれは不動心に非(あら)ず。恐怖心なり。

鍵穴に差し込む鍵は己れの意志。必要な意志は〝覚悟〟のみ。

『忘れ去られしモノとコト』は漠然とだが気付いているはず。

あとは覚悟を決めること。決めりゃ『整(との)うぞ善(よ)きに』である。

けどこの解釈はちと難かしい。

言納に降りてたらもう少し子供向けに翻訳されたであろうが。


そしてこの日、世界各地で神事や祈りを行っている海外の女性グループが、トルコに集結した。もちろん健太たちとは何の関係もないのだが、共通意識の中にいるので同じものを感得していたのだろう。で、何と彼女たちの想いは〝ハランの女神〟に届いた。

その証拠に、翌日の朝一番、言納から健太へこんなメールが送られてきたからだ。

『エボラの女神
カナンの女神
ハランに続きマリにても
女神待ちたる解放の時』

エボラはポルトガル、カナンは聖書にも出てくるパレスチナだ。

マリはアフリカのマリ共和国なのかロシア国内のマリ・エル共和国なのかは判らないが、とにかく埋もれた女神は、まだ世界中にいるようである。

文脈からすると、ハランの女神は解放されたようで、となるとタガーマ・ハランこそが高天原。どうなる、日本の高天原は………。

＊

健太はシャルマからこのように指導されていた。

『京都でも人々に解放時間軸の使い方を伝え、過去を誉め称える神事をしなさい。人々の玉し霊に直接奉納する神事を』と。

それで健太は参加者全員に向け、表彰式をした。もちろんＢＧＭはヘンデルの「見よ、勇者は還る（ユダ・マカベウス）」だ。守屋山での神事からこの曲には縁がある。

そして本日、すべての参加者に表彰状も用意された。見えない表彰状が。

これは各々（おのおの）の未来と過去の自分が用意しているらしい。シャルマにも確認したので間違いないようだ。

なので参加者は両手を前に出し、卒業式のように表彰状を受け取った。

表彰状に書かれた全文はこれだ。

内容は大地母神と名乗る意識体から健太が受け取ったものである。

「　表彰状

愛するあなたへ

あなたはこれまでの人生で、愛する人へ向けた愛が素直に受け取ってもらえず、傷付いてしまったことが何度もありました。

相手への思いやりが誤解され、苦しくつらい日々を過ごしたこともありました。

涙が止まらぬまま朝を迎えたり、もう死んでしまいたいと運命を恨んでいた時でさえ、人に迷惑をかけまいと精一杯努力し、みじめで泣きだしたくても気丈に明るく振るまって、今日（こんにち）まで生き続けて下さいました。

そしてなお、自分のことよりも家族に尽くし、まわりを気遣い、世界の人々の平安を祈ったり、地球の環境が崩れてゆくことに心を痛め、御自身を何かに役立たせたいと願うその想いは、天地を貫き神々の世界までしっかりと届いております。

神々は、そんなあなたをいつも気にかけ、どんな時にもその姿を誇らしい思いで見守ってまいりました。

思いやりにあふれるあなたでいて下さり、本当に、本当にありがとうございます。

私(わたくし)は、いつだってあなたと共に在り、今まで一度たりともあなたから離れたことはありません。
もちろん、これからも。

本日は、あなたの奥深くがつながっている大自然・大宇宙の意識から、あなたのやさしき御心に表彰状をお送りさせていただきます。
どうか御自身に向け、最大限の称讃を、神々に代わってお伝え下さい。
おめでとうございます。

（ここで参加者は表彰状を受け取った）

だれよりも
だれよりも
まずはあなた様を大切になさって下さいね
あなたのお胸に両手を当てて
御自身にお伝え下さい

『大好きです』と

いつもいつもありがとう
これまでないがしろにしてごめんなさいね
辛い思いをさせたり
ときには強く責め続けてしまいました
どうか許して下さいね
と、御自身にお伝えするのですよ
本当は、本当は
とっても愛しているはずなのに

母があなたを慈(いつく)しみつつ撫(な)でたように、
どうかご自身を撫でてあげて下さい
その頭を　その胸を
肩を　腕を　お腹を　腰を
そう　身体中を
心をこめて　やさしくやさしく
あなたのその温かな手で

労わるように　ねぎらうように
必要なのは御自身と深く絆（きずな）を結ぶこと
まばゆいあなたに立ち返り
しっかり大地を踏みしめて
母なる愛の周波数
感じ取って下さいね

世の中で
あなたの知ってる一番やさしき人こそ
いま手を当ててるあなたでしょ
〝頑張らなくてもいいんだ〟
そう知りつつも
精一杯頑張っていることを
一番よく知っているのはあなたなのですから」

誰も認めてくれてないと思っていた今までの努力を、大地母神はすべて判ってくれていたことを知った参加者の目からは止めどなく涙が溢れていた。

自分の過去に誇りをもった分、その光は未来に投影される。

シャルマが教えてくれた宇宙の節理である。

元を糺すというのは、案外こういったところに重要なポイントがあるのかもしれない。

こうして〝元糺の儀〟は終了した。

その5　豆彦帰還

2010年　夏

出雲では2012年の冬至に行われる予定の「八三花一八三花一〇七サミット」に向け、すでに準備が始まっていた。

暗号のようなそのサミットは「ヤサカイヤサカ銀河サミット」と解釈されており、銀河の神々が一同に会するおめでたいサミットなのだ。

あのナイル年表に出てくる行事としては、このサミットが締め括りになっている。なので、とても重要でもある。

また、サミットでは〝プレアデスとオリオンの和解〟も期待されている。

太古の昔にプレアデスからもたらされた龍信仰と、オリオン座のベテルギウスから来た牛信仰が、地上で勢力争いを続けてきたからだ。

健太たちはエルサレムで和解のきっかけに触れている。

『……

牛と龍　和睦の祭りはエルサレム

シリウス　オリオン　プレアデス

星々も

和睦願いて輝きぬ

……』

というやつ。

しかし、永きに渡って啀(いが)み合い続けてきた者同士なので、怨みつらみの根は深い。

エルサレムでの和睦会合は日本に舞台が移され、いよいよ終止符が打たれることになるのか。

そのようなことも含め、新たな秩序を銀河にもたらすための「ヤサカイヤサカ銀河サミット」である。

土星から地球へ戻って来た豆彦は、后に迎えた桜子を伴って出雲大社の大国主命に挨拶を済ませると、すぐに神魂神社へと向った。

出雲大社には金星から明星天子が来ており、天子が豆彦らに神魂の社へ行くよう命じたのだ。豆彦の后桜子は明星天子133番目の眷族だ。

神魂神社の主祭神はイザナミ大神。元はといえばイスラエルからやって来た部族の姫だが、ここに鎮座するナミ神はすでに和神へと帰化している。

社殿は別名「大庭大宮」とも呼ばれ、国宝である。

社殿内には大勢の神々が集まっていた。

中には知った顔もあった。一火とトゥト（＝ツタンカーメン）だ。彼らは昨年、健太たちが泊まるエルサレムのホテルで、クロワッサン・パーティをしているので面識がある。

トゥトの周りにはエジプトから来た他の神々もいた。とは言っても、かつてエジプトで生きた人々の意識体たちがそこにいるのであって、エジプト特集で取上げられる牛や鳥が人間化した神ではない。

確かにそのような神々は今でもエジプトに存在している。

山犬の頭を持つアヌビス、ハヤブサの頭のホルス、ワニ頭のセベクなど。

しかし、奇人アメンヘテプ4世と妻ネフェルトイティがエジプトを一神教にして以来、その動きは封じられてしまった。

さらにイスラムがエジプトを席巻すると、人々から古き神々の記憶は消え、ついには過去の産物になった。

近年それらの神々が復活を果たしているのは、西洋人や日本人の、特に女性がそれらの神々を意識することで古き神々はエネルギーを得ているのだ。

少し話は変わるが、ツタンカーメンやアメンヘテプ4世は、エジプトにおいて歴史上の人物ではあるが、神として祀られてはいない。3300年も前に国造りをおこなった人物というのに。

これがもし日本であったらどうだろう。絶対に神として各地の神社に祀られ、人々はおかげを求めて手を合わせてるはずだ。

ラムセス2世なんて、スサノヲ尊とヤマトタケル尊と応神天皇を合体させたぐらいの神界スーパースターになっているはずだ。

しかしイスラムがそれを阻(はば)んだ。


実際は3世紀に即位しているであろう神武天皇は今から約１８００年前に生きた人物だ。

ツタンカーメンより１５００年も新しい。

仮に古事記のデタラメな年代をそのまま採用したとしても、ツタンカーメンは神武天皇よりもさらに７００年古くに生きている。

神変大菩薩(じんぺんだいぼさつ)の名で祀られる修験道の開祖役小角(えんのおづぬ)は今から１３００年前、日光東照宮の東照大権現徳川家康なんてたった４００年前の人。最近じゃん。


それでも日本では神仏として、人々から信仰の対象とされている。

なので、もしエジプトが多神教国家のままで、なおかつ日本のように先人達を神仏として祀る文化風習があれば、彼らも間違いなくご祭神・ご本尊様になっているであろう。

多分ツタンカーメンは金運を呼ぶ黄金の神として祀られ、大黒天やヱビス天のように人々から愛されるであろう。エジプト版七福神だ。

アメンヘテプ4世はおそらく芸術の神。ラムセス2世は7人の王妃と数十人の愛人に産ませた子供が１３０人とも２００人ともされているため、国造り兼縁結びの神だ。

ラムセス2世の息子は、判っているだけで52人いる。１８１柱の子を残した大国主命のエジプト版そのものだ。

ということは、アブ・シンベル神殿は出雲大社ということか。

話を戻すと、トゥトはエジプトを守護する神として、他の神々と共に日本神界へある懇願をしにやって来ていた。

そこへ豆彦と桜子がやって来た。

『国底立大神（くにそこたちおおかみ）様、桜子王妃様、よくぞ日之本へお戻り下さいました。これよりいよいよ地の清めが始まろうとするこの時期に、国底立大神様が日之本にいらして下されば、封印された国常立大龍王（くにとこたちだいりゅうおう）のご復活も目前でございましょう。ありがたいことでございます』

イザナミ大神がうやうやしく礼を申した。

諏訪の〝根の国〟で育った豆彦は、岐阜県石徹白（いとしろ）の白山中居神社で国常立久那土大神のために玉砕し、国底立大神に昇進している。健太と言納がエルサレムへ行く直前の出来事だ。

ひととおりの挨拶が終わると、トゥトが日本へやって来た事の成行きを説明した。

『この数年間、多くの日之本日の民が、かつて暮らしたエジプトの地を訪れ、数千年前の記憶を思い出したり古き神々に想いを馳せてくれました。その結果、太陽神ラーのエネルギーは満たされ、ホルス神も威光を取戻しましたし、イシス神も呪縛から解放されました。とりわけハトホル神の蘇りにつきましては彼女たちのお陰です』

そう言いつつトゥトが向けた視線の先には一火がいた。『彼女たち』とは言納や健太エジプト四人組のことで、一火もそのとき言納たちと一緒にその場にいたからだ。

『ハトホル神が蘇ったことにより、エジプトでは岩戸が開かれ、いよいよ地上にも大変改の波が押し寄せることになるでしょう。ここまで来るのに永き歳月がかかり、多くの血が流されました』

トゥトは話すのを止め、わずかばかり虚空を見つめてから続けた。

『西暦６４１年、イスラムによるエジプト征服から約１４００年間。エジプト原始の神々はこのときを待ち続けてきました。やっと、やっと望みが叶えられます。一火さん。あなたや、肉体を纏った彼女たちには、どれだけ感謝してもしきれません』

言納らがエジプトに上陸するとコガネムシのスカラベ〝スカビー〟が導き役になり、ハトシェプスト葬祭殿にてハトホル神を蘇らせたのだ。

ハトホル神が復活する際、天空に出現した超次元エネルギーこそが菊理媛のミハタラキで、那川はそれを〝０次元への集約〟と呼んだ。

菊理媛と名付けられた超次元エネルギーは、銀河の主宰者のみが持ち得るほどの超絶パワーだ。

もし肉体人間がこれをまともに浴びると、命を落とすか気が狂れる。

まったくの余談だが、ハトホル神は頭脳明晰な神で、多分だがそのミタマの流れを強く持つであろう日本人タレントがいる。菊川怜だ。多分、だけどね。

『ファラオ。お国の大変改が安穏に済むよう、日之本神界に何かお求めのようですね。何なりとおっしゃって下さい。日之本は全霊を以ってエジプト開闢に尽くします』

イザナミ大神はトゥトのことを〝ファラオ〟と呼んだ。そして、トゥトが祖国を想う気持ちを深く感じ取ることで何を望んでいるのかも理解できた。

『判りました。それでは吉備津彦神を遣わすことにいたしましょう。あなたにも吉備津彦神を補佐するため、共にかの地へ行ってもらいます』

イザナミ大神は厳しい目で一火にそう伝えた。

一火が吉備津彦神の補佐役とは。出世したものだ。

それで吉備津彦神は数万の眷属と一火を引き連れ、トゥトらと共に旅立って行くことになった。

桃太郎のモデルとも目されている吉備津彦神は、一般的に「武神」「軍神」に分類されている。

ということは戦いの神になるわけだが、果たしてそうだろうか。

『これをお持ちなさい』

イザナミ大神が吉備津彦神に紅白の房が垂れ下がった〝軍配〟を手渡した。

『ファラオのためにもそれを水平に保ちなさい。年が明けたら志那都比古神（しなつひこのかみ）も援軍として送ります。よろしいですね。エジプトの開闢は、その軍配の傾きに左右されることを肝に銘じておきなさい』

志那都比古神は風の神である。

記紀では一応イザナギ神とイザナミ神の間に生まれたことになっていて、天御柱神（あめのみはしらのかみ）の名も持つ。

さて、エジプトでは何が起きるのか。結果は半年後に出る。

*

久しぶりに諏訪の〝根の国〟に戻った国底立豆彦を、手長〝チ助〟や足長〝ミ吉〟は涙を流して喜び迎えた。

迫害され虐（しいた）げられ続けてきた根の国から、大王たる国底立大神が誕生したのだから、甲子園で優勝した田舎の小さな学校の選手が凱旋するようなもので、そりゃもう大騒ぎだ。

しかし豆彦には美酒に酔い痴（し）れてる暇などなかったし、元々お酒は飲まない。

広場には地上から突き刺さった4本の柱に囲まれた聖域がある。

4本の柱は社殿四隅に立てられた御柱（おんばしら）で、諏訪地方の神社は諏訪大社だけでなく、祠（ほこら）のような小さな神社であってもすべての社殿の四隅に御柱が立てられている。

それが地中では根の国の聖域になっているのだ。

聖域では美濃（みの）の国と安芸（あき）の国、そして伯耆（ほうき）と美作（みまさか）の国からも客人が呼び寄せられ、豆彦の到着を待っていた。

客人たちはそれぞれ根の国の長（おさ）たちで、土蜘蛛（つちぐも）・国栖（くず）・エブスなどの名で虐げられながらも、地中から日之本を支える守護者だ。

美濃と安芸は現在の岐阜県と広島県。

伯耆と美作については鳥取県と岡山県にまたがる人形峠の根の国だ。

なぜ豆彦は彼らを呼んでいたのだろう。

それは根の国が持つ放射線量が関係している。

まず、岐阜県と広島県は自然放射線量が、都道府県別で最も高い地域である。

岐阜県南東部の東濃地方が日本で最も高く、68ナノグレイン／時。次いで広島は63ナノグレイン／時。

これをシーベルトに変換すると、それぞれ毎時0・054マイクロシーベルトと0・050マイクロシーベルト。全然大したことないけど。

また、日本列島のウラン鉱床は東濃地方と人形峠に存在しており、なのでその地の根の国から長が集められたのだ。

ただ、ウラン鉱床といっても日本のそれは低品質なので、原子力発電所で使用される核燃料になることはない。

『わざわざ信濃の地まで御足労をかけたのは、いよいよ地上の人々に変容のときが来たことを知らせるためだ。このたびの変容、根の国のハタラキは大きいゆえ、心して聞いて欲しい』

豆彦は根の国の長たちを前に、堂々とした態度で話を進めていた。

ほんの1年前はドクター・スランプに出てくるアラレちゃんの彼氏オボッチャヤマン君そっくりの恰好で、「ぼくは〝空豆彦麿（そらまめひこまろ）〟と申します。どうか〝豆彦〟と呼んで下さい」なんて言っていたのに。

宇宙への恩返し。それは自分が成長することなのだ。豆彦は立派に成長した。

放射線が多い地域のクニソコタチに、いったいどんなことを指示したのだろう。

クニソコタチは「88」。

クニトコタチは「93」になる。

その6（パートI）　81 ＞ 493

２０１０年８月１日

ナルト＝「81」のその日、健太は〝渦潮（うずしお）〟から智恵を授かろうと、鳴門を訪れていた。

以前南紅と来たときは大鳴門橋の遊歩道からの渦見物だったので、今日はうずしお汽船に乗ろうと決めていた。

でないと、用意した海への供え物も渡せないし。

亀浦漁港に着くと、すでに30人ほどが並んで汽船を待っていた。

汽船はうしろ3分の1がオープンデッキになっていて、夏はこちらの方が潮風を受けて気持ちいい。

漁港を出発すると、渦が現れる鳴門海峡へはわずか3分で到着する。

渦はいつもそこで渦巻いてるわけでなく、あちらこちらに現れては消えるため、船はそれに合わせて舵を取る。

それはまるで渦と船の追っ掛けっこのようで、乗客も右へ行ったり左を見たりと忙しい。

〝グゥオ――――〟

海底に棲む魔物の雄叫（おたけ）びか？

〝グググウォ――――〟

大潮の時期でさえ見ることのない巨大な渦が出現しつつある。

船首が渦を捕えた。間もなく右手側にお化け渦を見ることができるはずだ。

「うわーっ、でかい」

「ホント。すっごーい」

「何だあれ、怖いぞ」

騒めきに誰もがお化け渦に気付いて今やすべての乗客は船の右側に移動し、カメラやケータイのレンズを海に向けている。健太を除いては。

『お前はこっちじゃ』

（えっ……）

声がした方を向くと、左側の棚の一番上段に小さな爺さんがいた。

『ここへ餅を放り込め』

そう言うと、小人爺さんはドボンと海へ飛び込んだ。

「あっ」

思わず声を出してしまったが、他の乗客は巨大渦に夢中なので誰一人として健太を気にする者はいない。

（そうか、あの渦は人払いだったのか）

左側から一人で海を覗くと、

「あれっ」

またまた声が出てしまったが、海の中にヱビスさんがいる。

赤いチャンチャンコのような袖のない羽織に水色の袴。はっきりとは確認できないが、躍っているような、立ち泳ぎをしてるような。

楽しい気が伝わって来るので、溺れているのではなかろう。

健太が用意してきた紅白の鏡餅は、海へと投げ入れるとすぐに海底へと消えていった。

（ちゃんと受け取ってくれたかなぁ）

すでに餅もヱビスさんも見えなくなった海を覗いていると、

（あっ、魚がいた。……あれ、鯛だ）

鯛が浮上してきた。

『亀さんよ
人々に
叡智授けて旅から旅へ
神々に
和睦勧めて旅から旅へ
われら呼ぶ呼ぶ　和睦の王子
われら知る知る　亀仙人
亀の背中に跨(また)って
大海原をゆうゆうと
渡りてゆくか　タガーマ・ハラン』

　これは今までで最高傑作じゃなかろうか。鯛がしゃべったということでなく、その内容がだ。しゃべったのはヱビスさんだ。

　神々に和睦を求めて各地で神事や祭りを行ってきたことが評価されていることは嬉しいが、健太は〝和睦の王子〟と呼ばれているのか、神々の世界では。

　さらには〝亀さん〟〝亀仙人〟だ。ドラゴンボールか。

　確かに健太は亀に乗っており、南紅がそれを教えてくれた。

　しかし対馬の和多津美(わたつみ)神社で、その亀は大海原へと帰って行ったはずだ。

　新たな亀が現れたのか、元々守護者に亀がいるのか、それとも健太が本当は亀で、見えない甲羅を背負っているのだろうか？

　とにかく亀には助けてもらっているようなので、大切にした方がよさそうだ。

　タガーマ・ハランは7月17日に解決したんじゃないのか？

　大海原をゆうゆうと……どう解釈していいのか、今は判らない。

　またまた、海中に別のヱビスさんが現れた。今度は黄色の衣裳を纏(まと)っている。

『今ここで
お人のためにと身を尽くし
動いてゆかんとするならば
ここぞと神々立ち上がり
共なる働き果たさんと
用意万端整いし

澪つくし（身を尽くし）
世の荒波に漕ぎ出す舟よ
波間の人草　助けを求め
手を振り叫ぶ　あちこちで

救いの舟よ　待たれて久し
今こそ漕ぎ出で　観音の
変化のお人となりぬべし』

自分自身を活かすために立ち上がろうとするならば、神々はいつでも一緒に働く準備はできておるからな、とのありがたきお言葉である。

観音さんが人の姿をして現れたのが自分であることを、日之本日の民はそろそろ気付く時期なのであろう。

次のヱビスさんは影だけで、なので黒くシルエットが海の中で揺れていた。

『岩盤に
木根張り立ちて
古松は
風に煽られ
姿勢気高き』

和歌になっていた。

健太はこの歌を受け取った瞬間、シャルマの存在が頭に浮かんだ。そして悟ったことがあった。

（そっかー、そうゆうことだったのか）

シャルマの存在が浮かばなければ気付かなかった

であろうが、この和歌は時空を越えた自分からのメッセージなのだ。

未来の自分か、過去の自分か。

どちらからであってもおかしくないが、健太をこれを〝過去の自分からの激励〟と考えることにした。

この歌の古松みたいに、颪に煽られようがしっかりと根を張り、気高く生きろ、と。

ヱビスさんの姿が影でしか現れなかったのは、今の自分が本体で、時空を越えた自分は影の存在だからだ。

これが本当の「お蔭様」というものだ。

お蔭様で、お蔭様のお蔭です。

ありがたきかな、お蔭様。

しかしてお蔭様が己れなら、自分自身がお蔭様、でもある。お蔭様で。

お化け渦は消え、船内にはエンジンの音だけが響いている。


そろそろ戻る時間か。

健太をお礼を伝えるため、すぐ真下の海中を覗き込んだ。

「あーっ」

乗客が振り返った。けど、仕方ない。

船に添って鯛が泳いでいるのだが、その鯛に先ほどの小人爺さんが乗っていたのだから。

そして自ら話しかけてきた。

『ワシはヱビス遣いじゃ』

(ヱビス遣い?)

『そうじゃそうじゃ、ヱビス遣いじゃわい』

ヘビ遣いみたいなものだろうか。鬼無里の生田は天狗遣いだ。

『鯛はワシらの眷族じゃ。いくらでもおる。エビをよこせ。ワシはエビが好きじゃ』

ほらね。『ヱビス開国』でも書いたけど、鯛はヱビスさんが人にくださるのであって、ヱビスさんにはエビをお供えしろ、って。

エビといっても雑魚エビじゃなく伊勢エビだ。ロブスターも駄目だ。伊勢エビだ。

『鯛は、ちと飽きた。ほな、達者でなあ、青年よ』

(ちょ、ちょっと待って下さい。お爺……じゃなかった。ヱビス遣いさん)

『何じゃ、何ぞ用か。それになぁ、青年。ワシの名前は〝ため蔵〟じゃ。〝海老蔵〟と間違えんでくれよ。ワシは正直者じゃからな』

なかなかユニークだ、この小人爺さん。

(あの、あの、赤いヱビスさんや黄色のヱビスさんは、海から引き揚げてちゃんとお祀りしなくてもいいんですか?)

『何じゃと?』

(ですから、海底に漂ったままではお気の毒なので、ちゃんと祀って……)

『アホかいな。ワシらを窮屈な箱に閉じ込めるんやないわ。自由にしといてくれなはれ』

(えっ、そっちの方が自由なんですか。そういえばシャルマ先生も同じようなことを……)

必要なのは〝解放〟=「41」。

言納も同じ教えを受けているし。

『狭く小さな祠(ほこら)をじゃ
数霊・形霊・色霊良しと
ワシらを檻(おり)に閉じ込める
お前　死んだらそうしてほしいか
縛られ閉じられ満足か

ガンジガラメにされるが好いか
それとも大空飛びたいか
大海原を泳ぐ悦び
閉じた中では味わえぬ
神さん　クワガタちゃうねんからな

あんた、見込みあるさかい
〝脱神社宣言〟してみなはれや
神社があんたに寄ってゆく

さらばじゃ』

結局、ため蔵は港に着くまで付き合ってくれた。そして大きな課題を残していった。

神を檻に閉じ込めるな、と。

数霊・形霊・色霊にて立派な社を建ててみたところで、それって本当に神仏を想ってのことだろうか。

たしかにそうゆう場合もある。

しかし、ほとんどは自分のために神仏を利用しているのだ。

少しでも自分が楽できるよう、社の寸法（数霊）や形（形霊）や色（色霊）を決め、神を我がモノにできたと悦に入る。

神さんのためやない。自分のためや。あれ、こっちまで関西弁になっとるやないけ。

それにしてもクワガタ飼うのと一緒にされるとは……神々にしてみれば大差ないということか。

標準語に戻ります。


自分自身の中心「41」を解放することから目を背け、特定の神に上等な社を与えてその神と太い絆を結びたがるのは、うまくいってない自身の人生を、特別扱いしている神の力を以って打破しようとしているからだ。

そして安心したい。

〝お主はワシのことを他の神々より崇拝してくれる

ので、お主に特別な力を授けよう〟

そう期待しているのだ、多くの場合。

この神さんさえ大切にしていれば自分は安泰だ、と。

依存信仰は20世紀で終わりです。

神を神に戻す。

それが神を檻から出して〝解放〟＝「41」＝神に戻すということ。

間違ってはいけないのが、〝解放〟は神を社の外へ出すということではなく、社の中に閉じ込めたがる人の意識を外すことにある。

ため蔵が健太に課した〝脱神社宣言〟をせよというのも、神社へ行くなと言っているのではない。

そこへ行かないと神と触れられないと考えるその意識を捨てろということだ。

もちろん不必要な神社めぐりは玉し霊（たまひ）の〝成長〟にも〝解放〟にもつながらないが、健太や言納はもう卒業しているので、もっと深くで捉えることをため蔵は期待している。

メシアを外に求めるな。

シャルマの授業と同じだ。

そして最も大切なこと、ここは線を引くところですよ。赤でも青でもいいから。

解放する神は自分自身ということ。

それができないので外の神を閉じ込めて独占したがる。

外の神を檻から出すように、自らにもそれを行う。

夢中になる神は自分自身。

それが最上級の信仰。

輝ける信仰。

映画スターやスポーツ選手など、誰かに夢中になるのは、自分の代わりに活躍してくれてる人だからであって、本当は自分がそうなりたい。

けど、それができないので人に夢中になり、人を追っかける。

追っかける相手は自分だ。

夢中になる相手が自分であってこそ、はじめて双方が喜ぶ神と人との信仰が成立する。

神人合一（しんじんごういつ）の第一歩。

夢中になってる神がいつもここにいれば、神社へ行く必要がありますか。

〝脱神社宣言〟とはこのことで、本当に必要があれば外の神々と触れ合うために神社へ行けばよろしいのです、はい。

『今こそ漕ぎ出で（い）　観音の
　変化のお人となりぬべし』

なのだ。

ため蔵は去り際に、こんな歌を残していった。ものごとに行き詰まりを感じたときにうたう歌なのだそうだ。

『言の葉は
　神の吐息ぞ　呼吸なり
　清まりてこそ　神人（かみひと）となり

スーーッスーーッとすんなり進み
スイスイスイッと事　運ぶ
スラスラ　スラスラ湧いてきて
スクスク育ち
ススススッと出来あがり
〝ス〟の言霊は　㋜（す）の神なり

スイスイスーラララッタ
スラスラ　スイスイスイ
スーラスラララッタ
スーラララッタ　スイスイ』

ため蔵と植木等の関係が気になるが、エビス遣いが伝える歌なので、きっと言霊の力によって詰まりがスーッと流れてゆくのであろう。

＊

夕方になると、健太は新四国曼荼羅霊場一番札所の八葉山東院寺を訪ねた。

生前の厳龍からここの名前を聞いたことがあったからだ。

「わしの名前を出せばええ。1週間でも2週間でも泊めてくれるぞ」

そう言っていた。

それで突然訪ねたにも拘らず、健太が厳龍の名前を告げると

「厳龍先生のお弟子さんですか。さぁ、どうぞどうぞ。うちでよろしければ1週間でも2週間でもいらして下さい」

住職がそう言うので、健太は笑いをこらえるのに必死だったのと、改めて厳龍の偉大さが身に沁みた。

車へ荷物を取りに戻ると、駐車場前にある体育館のような講堂に大勢の人が出入りしていた。イベントでもやっているのだろうか。

遠目に中を覗くと、どうも地元の人たちがフリーマーケットを開催していたようで、片付けを終えたヒッピー風の男たちがちょうど酒盛りを始めるところだった。

その中の一人が健太に気付き、〝おいでおいで〟と手招きをする。

健太は今までこういったタイプの人たちと交流がなかったので躊躇したが、他の男たちも〝おいでおいで〟するので交わることにした。

「一人？」

「はい。名古屋からです」

「名古屋かぁ。で、泊まるの」

「そうゆうことになりました」

「じゃあ、これ」

いきなりビンビールを手渡された。

「イヤサカー」

「イヤサカー………旨い。こんな旨いビール、今まで飲んだことないです」

　健太がそう言うと、男たちはニヤニヤ笑っていた。


　男たちは全員がヒッピー風情なので健太は警戒しつつその場にいたが、彼らの話を聞くうちに大きな衝撃を受けてしまった。

　ひとことで言うなら、彼らは何でも出来るのだ。必要なものもほとんど自分たちで作ってしまう。

　生活の実力があるとはこのことだ。

　健太の場合、いや、多くの人がそうであろうが、生活において自分の労働を一旦お金に換える。

　そしてそのお金を使ってモノを買ったり仕事を依頼したりするのだが、彼らはすべてがダイレクト。お金の流通をほとんど省いていた。

　出された料理は自分たちで育てた野菜を調理したものだし、住んでる家も手造りらしい。

　水道は山の湧き水を樋（とい）で引き、この人たちは大地震が起きてもあまり生活は変わらないであろう。

　健太が笑ってしまったのは、最高に旨いこのビールも自家製だということ。つまり密造酒だ。

　しかし、こんな旨く、安く、しかも不要な成分を混ぜずしてビールが造れてしまうのなら、味気ない市販のものよりも絶対いいに決まってる。


「おーい、できたぞ」

　一人の男が大皿に盛られた刺身を運んできた。

「今朝、鳴門海峡で釣った鯛だ。食え、食え」

　まただ。対馬と同じだ。

　この鯛、ため蔵が乗っていた鯛じゃなかろうかとも思ったが、それは違った。早朝に釣り上げたのだそうだ。

　〝ヒラメ〟と名乗るその男、なぜヒラメなのかを聞く勇気が健太にはなかったので理由は判らず仕舞いだったが、腰に下げた巾着から何やら白い粒を取り出し、それを舐めながら酒を飲み始めた。

(やっぱり怪しいかも、この人たち)

すると健太の想いを察したのか、ヒラメ氏は手のひらに乗せたそれを健太の目の前に差し出した。

(ヤバイですよ、何か知りませんが……)

「塩」

「へっ?」

「オレが作ったの。鳴門海峡の海水を汲んできて、3日かけて作った塩だ。今はもう鳴門で塩は製造してないから、これは本物の鳴門の塩だぞ」

「そうなんですか? でも、お土産屋さんとかには〝鳴門の塩〟って書いた……」

「あれは他で製造したのを売ってるだけ。だから〝鳴門で作った塩〟じゃなくて、〝鳴門で売ってる塩〟の意味だな」

(そうか。だからあのときユダヤの婆耶(ばあや)がわざわざ塩を届けに来てくれたのか)


その塩と、言納が三嶋大社で渡された富士山の溶岩を砕いた砂を混ぜ、物質化した〝フジとナルトの仕組み〟でエルサレムを清めた。

だがその仕組みはまだ終っておらず、今度は日本の地でその謎を解かなければならない。

だから1週間後に控えた富士祭りの前に、健太は一人で鳴門へ来たのだ。


「欲しかったらあげるよ。まだ少しあるから」

健太は正真正銘の〝鳴門の塩〟を受け取った代わりに、「ツタンカーメンの種」をヒラメ氏に贈った。とは言っても育てたらツタンカーメンが生(な)るわけではない。

1922年、王家の谷で発見されたツタンカーメンの墓から、イギリス人がこっそりと豆の種を持ち帰った。

それを発芽させ何代目かの子孫がその種で、健太は自宅を出るとき急にそれを思い出し、鞄の隅に入れたのだ。

翌朝判ったことだが、ここ八葉山東林院は別名「種蒔(たねまき)大師」と呼ばれ、歌も残されている。

種蒔きし　稲穂みのりて　栄えゆく
大師のめぐみ　仰げもろびと

何もかもがスイスイうまく運んだ鳴門巡行であった。ありがたきかな。

その6（パートⅡ）　22ゝ109

二二(富士)八(は)八れ(晴れ)十(たり)二(日)ほん(本)八れ(晴れ)
☉(神)の九二(国)のま九十(まこと)の☉(神)の
ちからをあら八(は)す四十七(世となれ)る

昭和19年6月10日、故岡本天明氏が神憑りとなって書き記した『日月神示』の冒頭の部分である。

「この神示、8通りに読めるのじゃ。7通りまでは今の人民でも何とか判るなれど、8通りはなかなかぞ」

とのことなので挑戦してみたが、健太には2通りさえ判らなかった。が、

「二二八八れ十二ほん八れ」を
「富士は晴れ、12本張れ」や
「藤は張れ　12本張れ」と解釈したり、

〃鏡〃を数にすると「92」になるため、
「⦿の九二のま九十の⦿の」を
「神の鏡（＝92）の間（ま）　言納神（ことのかみ）の」

などと解いてみたりして、必要であろうものはすべて準備しておいた。なので言納も。

しかし、健太が本当に解くべきものは日月神示ではない。

『８１ゝ４９３』と『２２ゝ１０９』だ。

これは戸隠で軍配を授かった際に現れたものだ。

そのために〃鳴門の日〃である8月1日にそこまで行ったのだ。

『８１ゝ４９３』。

これは『鳴門の仕組み』と読むのだが、それがどんな仕組みかが判らなかった。

しかし、東林院を後にする際、本堂で挨拶をしていると、

『尾張（終わり）始まり
　鳴門８１』
（えっ、確かにこの度の立て替え立て直しの〃天地大神祭〃は尾張から始まっているし、〃鳴門〃は「81」になることぐらい判っているんだけど……）

そんなことを思っていると『鳴門８１』が逆さまになった。

『１８門鳴』と。

つまり、『鳴門８１』を終わりから読んでみよ、ということだ。

（イ・ワ・ト・ナル……イワトナル……〃一八十成（イワトナル）〃、それって〃平成〃のことだ）

そう、健太が解くべき答えは〃平成〃の世の中を

どう捉え、どう生きるのか、ということだった。

それを『２２ゝ１０９』のだ。

これは『富士で解く』と読む。

あるいは『藤で徳』でもいいかもしれない。

『22』には〝鷹〟〝明石〟〝韓国〟も当てはまるし、〝夫婦〟だって悪くないかも。

また、『22』はニギハヤヒ尊を示す数でもあるため、『二二八八』はニギハヤヒ尊と藤（フ＝28　ジ＝60　計88）で瀬織津姫を表しているとも考えられる。

しかし、今回の『二二八八』は『二二』も『八八』もフジと解釈するのがよさそうなので、やっぱり〝富士〟と〝藤〟がいい。

そしてシンボルとしてはピンクとラベンダーの太極図に決定している。

ピンクは桜の花を、ラベンダーは藤の花を表しており、桜と藤が調和した太極図は、木花咲耶姫と瀬織津姫の和睦の象徴だ。


さすが〝和睦の王子〟だ。

『神々に
　和睦勧めて旅から旅へ』

のことだけある。

さて、木花咲耶姫と瀬織津姫の和睦が『鳴門の仕組み』を解くことになるのかは判らぬまま、いよいよその日を迎えることになった。

*

平成二二年八月八日
祝　二二八八れ十二ほん八れ

健太の兄弟子・恵比寿の三蔵と、その友人マロンが主催した「祭典　富士は晴れたり日本晴れ」には、全国から１８７人が集結した。というより、三蔵が途中で締め切った。

雨天の場合、それ以上はロッジに入りきらないからだ。

総勢１８７人という数だが、「１８７」は木花咲耶姫と瀬織津姫には直接関係なく、健太の企みが神界に通じた合図であった。

健太は誰にも告げず、密かにピンクとラベンダーの太極図に細工をしておいた。

それは木花咲耶姫と瀬織津姫以外のもう一柱を表に出すためであり、その姫神こそが実は国家安泰には必要だと考えていたからだ。

その姫神の名は「磐長姫（いわながひめ）」。

木花咲耶姫があまりにも人気のため、健太はひと言も口には出さなかったが、厳龍は生前「コノハナサクヤの名はな、イワナガヒメを隠すために創造された可能性は否定できん。それほどイワナガヒメを消したかったんじゃろな、記紀で真なる歴史を潰そうとした連中は。そもそも〝イワナガ〟の名前そのものも蔑（さげす）んどる。そうは思わんか？」と話していたことを憶えている。


それで健太は〝隠れイワナガヒメ〟のシルシを太極図に表しておいたのだ。

すると総勢１８７名。

〝イワナガヒメ〟は「１８７」になる。ひとまずこれは大成功。


舞いの奉納や見事な大道芸のパフォーマンス、暦師（こよみし）の聖（ひじり）らが大地に描いた1兆分の1の太陽系に祭りは盛り上がっていたが、圧巻だったのは健太が富士山に贈った感謝状と、言納が受け取った神々からのお返しだ。

特設祭壇前で健太は感謝状を読みあげた。

「　感謝状

美しき富士山へ

あなたは遥かな古（いにしえ）より今日（こんにち）に至るまで、美しき御姿にて人々を魅了し、四季折々の輝きを放ち続けて下さいました。

そして日之本だけにとどまらず世界中の人々の心を虜（とりこ）にし、今や美しき地球の代名詞として銀河の隅々にまでその名は知れわたっていることでしょう。


富士（不二）の峰の原形が地上に出現してから約８万年。

現在の御姿が整ってからも数千年の歳月が流れました。

以来これまでにいったいどれほどの人々が美しき富士の御姿と共に在ることを誇りに感じてきたことでしょう。

また、その御姿が人々に汚され世界遺産への登録が見送られても、怒りを露（あらわ）にすることなくすべてを受け入れどっしりと君臨するその偉大さに、私たちは深く感銘を受けました。

よって本日、富士山誕生の有史以来日之本に生まれ生きた歴代の日本人の総代表として、ここに集う１８７名から心を込めて感謝状をお贈りさせていただきます。

私たちはあなたの御姿を世界平和の象徴とし、今後はより以上大切にさせていただきます。

どうかこれからも末永く、美しき御姿にて人々の心に美と勇気とおおらかさを与えて下さい。


ありがとうございました。

そして、おめでとうございます。

二二八八れ十二ほん八れ（富士は晴れたり日本晴れ）

平成二二年八月八日」

それに対し、言納が多くの神々から御言葉を授かったまずは縁深き瀬織津姫から。

『八の日ひらく　八の月
八重に九十重に開きゆく
八重の垣根のその中で
永き時空の歳月を
忍びて耐えし人々よ
囚われ囲われ闇の中
いまこそ出でよ　八重の外
気高き富士の霊峰を
お胸に抱きし人々よ
富士は晴れたり日本晴れ
仰ぎて見よや　善き日の富士を
お胸の富士も清しく晴れて
いよいよ門出のこの善き日
いよややや－　いや八八八－

神の社の鏡の間
言納神の姿　映れり』

『八重の垣根』＝〝八重垣〟とは法律や掟のことである。

人々が勝手に自分自身を枠へはめ込んできた不自由な習慣から、自由になりなさい、解放してあげなさい。それが〝二二八八れ十二ほん八れ〟だったのだ。

ただし、この場合の法律とは、国家が定めた規範ではなく、人々が世間体のために作ってしまった囲いや、無知ゆえに歪んだ信仰が生んだ規則についてだ。そこから自らを出してやることである。

最後の2行は驚きだ。
日月神示の原文
「⦿の九二のま九十の⦿の」
を健太は勝手な解釈で
「神の鏡（＝92）の間　言納神の」

として言納も連れてきたのだ。

『神の社の鏡の間
言納神の姿　映れり』

神々が宿る社の中にある、鏡の間（部屋）に置かれた鏡には言納の姿が写し出されている。そんな意味だろう。

自らが歩むべき〝龍の道〟、それを迷うことなく歩む言納の生きざまが、神々に認められたということである。

そしてもうひとつ。

こっちの方が重要なのだが、神社や神棚に置かれた鏡に自らを写し、その写った自分こそが信仰すべき神であることを言納は実践し、体得した。

それに対してお誉めの言葉をいただいたのだ。

次は木花咲耶姫から。

言納がこの神と触れ合うのは初めてだ。

理由は判っている。けど省く。

『皆様よ
皆々様よ
八つき八の日八ひらき
〝8〟の文字（もんじ）をくるりと回し
横にしたなら八ひらく
たて・よこ・十字の真中（まなか）には
己れの魂（たま）が坐りたる

（8→✤）

8と8とで16に
16紋とは神人（かみびと）の
しるしなること知りたもう

（✤→❀→✺）

日の民よ
お日の紋章　お胸に抱き

清(すが)きし富士の御姿(みすがた)を
合わせ鏡となされたし

八つき八の日八ひらき
弥勒世(みろくゆう)から神魂世(かもすゆう)へ』

これも素晴しい。

「二二八八れ十……」の解釈を、勝手に平成二二年八月八日としてみたが、これは大正解であった。

紋章（弁座）については菊理媛が支配していると思っていたが、必ずしもそうではなかった。木花咲耶姫にもそのミハタラキがあるようだ。

で、最後の一行の

『弥勒世から神魂世へ』

はすごいことなんです。

これ、七福神祝詞の発展型に取り入れよう。

したがって、今後の七福神祝詞はこうする。

「めぐりて天龍(てんりゅう)　昇りしは
花たちばな　匂(にお)い香(か)の
天地(あめつち)開けし　開闢(かいびゃく)に
弥栄八坂(いやさかやさか)　ひふみ世(ゆう)
めでためでたの　みろく世(ゆう)
霊(ひ)の国日之本　かもす世(ゆう)
弥栄八坂　ひふみ世
めでためでたの　みろく世
霊の国日之本　かもす世
あっぱれあっぱれ　えんやらや
あっぱれあっぱれ　えんやらや
あっぱれあっぱれ　えんやらや
あっぱれあっぱれ　えんやらや」

そして最後に〝せーの〟で弥栄三唱をして完結だ。

ますますめでたい祝詞になった。

次を言納が伝えようとしたときだった。

ロッジ前に張った色とりどり12本のスカーフに、どこからか蝶が集まりだし、見る見る間に12本のスカーフが蝶で埋めつくされてしまった。

どれほどの数がいるのか見当がつかない。

しかし、この蝶は先人たちの意識が宿り、この場に集まって来たようだ。

スカーフの手前には造花だが、藤と桜が12本ずつ飾りつけられていて、そこにも蝶が舞っている。

「富士は晴れ　12本張れ」

「藤は張れ　12本張れ」

などの勝手解釈も、まんざら間違ってはいないようだ。

参加者のざわめきが収まると、言納が続けた。声のトーンが急に下がったので男神からのようだ。

『人々よ
お胸に富士の御姿を
抱いて生きよ　いつの日も
清く尊きその姿
心でなぞりて生くるのぞ
おひとり一人のお胸の中に
富士の御姿そびえ立ち
尊き富士は守られし

日之本の
守り本尊　富士の山
おひとり一人のお胸の中で
愛と感謝を伝えよの
今こそ富士を讃えよの

国常立浅間大神申す』

国常立浅間大神は、おそらく艮の金神国常立大神とは別神で、富士山に鎮座される一柱なのだろうけど、それ以上は判らなかった。

さて内容だが、日本人たる者、心の中にいつも富士山の姿を抱き、慈しみつつ生きよということ。やさしくなぞって、自身の霊し玉のカタチとして愛せよ、ということなのだ。

富士山の噴火が懸念される昨今、それを面白がったり、噴火を予言したり、さらにはその予言が当たることを期待する者の心には、すでに富士山の姿はない。

心の中で噴火させてしまっているからだ。

うまくいかない人生の退屈しのぎに、富士山噴火は持って来いの話題だ。

残念だが、そのような者は日本人に非ず。霊の国日之本の民ではない。

モンクを言われても困る。国常立浅間大神がそうおっしゃっているのだから。

どこの神社にも御祭神が祀られ、お寺には御本尊さんがおられるように、日本国の守り本尊が富士の山であるならば、たとえ噴火で美しい姿が失われたとしても、命の途絶えるまで心に富士山の姿を抱いて生きる。

それが日本人なのだ。

鳴門のため蔵から課せられた〝脱神社宣言〟は、大自然そのものが神の御姿であることに目を向けよ、との教えも含まれている。

『愛と感謝を伝えよの』

の『感謝』についてだが、感謝は〝ありがとう〟の気持ちを示すだけの言葉ではない。

感謝とは、ありがたく感じて謝意を表することだが、謝意には〝おわびの心〟が含まれる。

謝する――感謝の気持ちを述べる。謝罪する。詫びる。謝る。

なので『感謝』は〝ごめんなさい〟と〝ありがとうございます〟なのだ。

アリガトウゴザイマス、は数字で

1 45 51 17 3 52 56 5 31 13 で、

2桁の数の10の位と1の位を足して1桁にすると

1968372544　になる。

最後の4だけがダブっているが、1から9まですべてが含まれた、バランスに優れた言葉なのだ。読者から教わった。

言納はここまでの御言葉で、瀬織津姫からの最後の2行以外は、すべて参加者に伝えた。

だが発表しなかったものがもうひとつある。健太が止めたのだ。

それはイワナガヒメからのものだった。

『認めることは愛なりと
知りておるかや　和睦の人よ
存在は
存在としてそこに在り
しかして認めしその時に
存在は
光を増して輝きぬ
いかに隠され忘られて
踏みつけられし存在も
たれかに知られ認められ
永き不毛の歳月は
ようよう癒され浄(きよ)まりぬ
和睦の人よ　和睦びと
認めることは浄化となるを
つくづく知りてくだされよ

善悪の
判断手放し　存在の
弥栄ましませ　祈りたれ
弥栄ましませ　ありがたや

斎納賀儀媛』

イワナガヒメの〝イワ〟は「石」「岩」「磐」など鉱物を表す文字が当てられ、妹(いもうと)木花咲耶姫＝花の寿命は短いのに対し、長寿や永久不変の命を司る神と解釈されているが、本当だろうか。

妹木花咲耶姫とは対象的に醜い女性として神話に描かれ、ちっとも可愛らしさのない文字が当てがわれ、人々の意識をイワナガヒメから逸らせようとする意図を感じる。

が、健太宛に送られた御言葉には「斎納賀儀媛」とあった。

「斎」は「祝」であり、斎宮（さいぐう・いつきのみや）の「斎」でもあり、〝イワ〟と読むことができる。

「納」は納めることで〝ナ〟

「賀儀」は祝いの儀式のことで〝ガギ〟と読むため、

「斎納賀儀媛」と書いてイワナガギヒメだ。

仮に「賀儀」が「賀」だけであっても意味としては祝いなので、「斎納賀媛＝イワナガヒメ」でも役職名としては同義であろう。

しかしイワナガヒメご自身が「斎納賀儀」を名乗られたので、本来はイワナガギヒメと考えるべきか。それとも「斎納賀儀」と書いて〝イワナガ〟と読むのかもしれない。あっ、それいいね。

長寿なんて関係ないじゃん。

醜い女として貶（おとし）められ、もっともらしい解釈が付け加えられているが、実は祭司の責任者、巫子の大ボス＝アマテラス、大王の王妃といった女性なのではなかろうか、イワナガヒメは。

健太に降ろされた内容も、泣き言や怨みつらみではなく、永き歳月を耐え抜いてきた不動心のようなものを感じる。

だが、この日はここまでで、これ以上は斎納賀儀媛の存在に触れる出来事は起こらなかった。

より大勢の人々が斎納賀儀媛を意識することで封印が解かれ、神が復活を遂げる。

ニギハヤヒ尊やセオリツ姫もそうであったように、人々の意識が斎納賀儀媛にも向かえば、近々媛は復活され、物質世界にもそれを知らせる何らかの現象が現れることであろう。

イワナガ＝「１２３」

イワナガキ＝「１７４」

さて、祭りはフィナーレを迎え、参加者は1兆分の1のスケールの太陽系を囲んで環になった。〃おひらき音頭〃の始まりだ。

聖（ひじり）が大地に描いた太陽系は直径が約12メートル。スケールを1兆分の1にすることで、人が太陽系全体を体感するのにちょうどいいサイズになる。

ミクロの世界とマクロの世界は人間サイズを基準に、ぴったり鏡写しになっている。

地球全体を観察するには1メートル四方の枠を10の7乗（1千万倍）までスケールアップするとそれが可能になり、逆に10のマイナス7乗（1千万分の1）までスケールダウンすれば、人の持つＤＮＡの螺旋と同じほどの世界になる。

1メートルを枠を10の12乗（1兆倍）まで広げると、そこは太陽系の内惑星軌道が収まる世界になり、枠の中は太陽を中心に水星・金星・地球が弧を描いて公転している。

一方、枠を10のマイナス12乗（1兆分の1）まで縮小すると、ＤＮＡを構成する原子核の最小単位にまで到達する。

聖がミニ太陽系と人の身体で解説した10の7乗メートルとマイナス7乗メートル、10の12乗メートルとマイナス12乗メートルの話はとても興味深く、人の身体のサイズが基準となってミクロとマクロが鏡写しに成り立っているのも神秘であった。

♪オンタレ　トゥタレ　トゥレソーハー
　オンタレ　トゥタレ　トゥレソーハー

宴もたけなわ、環になった参加者がうたい躍る中、健太はこれまでのことを振り返りつつ、まわりに合わせて手足を動かしていた。

「富士と鳴門の仕組み」については結局まだよく理解できていない。

というのも、まだこれで「富士と鳴門の仕組み」は終わった訳ではないからだ。謎が解けるのはもう少し先になる。

が、「鳴門の仕組み　富士で解く」だけは答えを出したい。

「鳴門の仕組み」は、「鳴門８１」を逆から読み、「１８門鳴＝イワトナル」で、それは「平成」を表していた。

「富士で解く」は、富士神界木花咲耶姫と白山神界瀬織津姫の和睦によって見えてくるかと思っていたが、本当に和睦されたのかはまだ判断できない。

しかし健太が大きな不安も抱かずに済んだのは、斎納賀（儀）媛の出現だ。

健太に求められている「鳴門の仕組み　富士で解く」は、「平成に　富士で（封印を）解く」と解釈していいのならば、イワナガヒメは「磐長姫」などではなく、「斎納賀（儀）媛＝祝いごとを司る斎宮」であると、世に知らせればいいのだ。

そして健太は思った。

ピンクとラベンダーの太極図は木花咲耶姫と瀬織津姫のシルシになっているが、実は木花咲耶姫と斎納賀（儀）媛の和睦であるのかもしれないと。

12年後にも「二二八八」はやってくる。

２０２２年8月8日が。

そのころにはこの国がどのような変化を遂げているのか、今の健太には想像がつかない。

だが、平成の「二二八八」としては自分のできることを精一杯やった。

力不足を実感しつつも、富士山にまごころを届けた。

これで8・1鳴門から8・8富士への祭りに区切りをつけ、いよいよ締めくくりの「オモテ8・8富士」から「ウラ10・10戸隠」へと向かう。

戸隠の祭りは、これまでやってきたエジプトの「お日の祭り」やエルサレムの「エブスのお里帰り」なども含めて集大成になるであろう。

祭り後に富士山山頂を目ざすグループがあったため、鳴門の塩は彼らに託された。翌朝、火口に撒かれているはずだ。

*

東名高速道路の渋滞をやっと抜け、名古屋に近づきつつあるころ、福岡から言納に訃報が入った。

知らせてくれたのは西野のお母で、今日の午後に専一爺が亡くなったのだと。

西野のお母の紹介で言納が初めて専一爺と会ったのは、福岡へ来てひと月も経ってないころだった。

かなり高齢の専一爺は合気道の師範であると同時に、弱った国体を立て直すためにまずは神々の世界を整えることに尽力していた。

神々の世界の中でも特に白山神界の復活こそが日本国立て直しに必要不可欠という話を、言納にも熱く語ってくれたので、専一爺から学んだことは大きかった。

その爺が、何と平成二二年八月八日に帰幽したのだ。

「私たちは気安く〃専一爺ちゃん〃なんて呼んでたけど、企業の社長さんや政治家の人たちは〃専一先生〃って呼ぶような先生だったのよ。そっかぁ、もう一度会いたかったな、専一爺ちゃんに」

最後に会ったのは言納が犬山へ帰る3週間ほど前だった。

いよいよ独立することに決めました、と報告したら、専一爺はこう言った。

「あなたは大丈夫です。必ず成功しますよ。神様の方があなたと一緒にいることを望んでおられますから」と。

そして最後に、

「わたくしもね、名古屋へまいりましたらご馳走になりに行きますよ」

と付け加えた。

だが、それは叶わなかった。


「あれ………ねぇ、健太」

運転する健太の袖を引っ張りながら、言納は記憶の糸をたどった。

「どうしたの？」

言納は虚空を見つめたままだが、ついに思い出した。

「大成功よ、今日のお祭り。だってね、だってね、専一爺ちゃんが私に言ってたもん。〝わたくしはね、白山神界と富士神界が和解するまでは死ねませんのですよ〟って」

「えっ……」

「白山神界と富士神界は和解したのよ。和睦できたのよ。だから専一爺ちゃん、天国へ……」

言納につられ、健太のほほにも涙がつたった。

車は東名高速から中央道へと入り、もうあと数分で小牧東インターへ着く。

＊

余談になるが、祭り前日8月7日の夜、東海地方を中心に爆発音が轟いた。おそらくは大きめの流星による衝撃波であろう。

それだけなら特に取り上げる必要はないのだが、2週間後の21日、木星に発光現象が観測された。小天体が衝突したようだ。

またか。岡本天明氏と日月神示を題材にすると、必ず木星で何かが起きる。

今まで何度も書いたので詳しくは省くが、1994年7月17日から始まったシューメーカー・レビー第9彗星の木星衝突。

２００９年、同じく7月17日にも彗星が木星に衝突したが、天明氏と日月神示が残した〝数〟と見事に重なった。

そして今回もだ。

そもそも鳴門の「81」と「二二八八」で富士の「22」から導き出される数自体、どうしたもんかと考える。

81×22＝１７８２

１７８２年は「天明の大飢饉」が始まった年で、翌８３年には浅間山が大噴火を起こし、飢饉はさらに深刻化していった。

81÷22＝３・６８１８１８１８１……

ミロクの後に光・光・光・光……

彗星と木星で2度出てきた7月17日。

これを07月17日と表記し、月と日を入れ替えた、１７０７年は富士山が大爆発している。

富士山は静岡と山梨にまたがっていることぐらいは日本人どころかエルサルバドル人やジンバブエ人でも知っているが、〝静岡〟は「81」だ。

ならば〝山梨〟はというと「１０３」なのだが、先ほどの「81」と「22」を足すと「１０３」になる。

さすがにジンバブエ人でもこれには気付いてないと思う。

じゃあ「81」引く「22」だとどうなるか。

答えは「59」だ。

テ＝19　ン＝1　メ＝34　イ＝5　合計59。

モ＝32　ク＝8　セ＝14　イ＝5　合計59。

ついでに、ス＝13　ワ＝46　合計59。

さらにおまけで、〝創意工夫〟＝「59」、〝誠心誠意〟＝「59」、〝発想〟も〝波紋〟も「59」、ああ、もう飽きた。

木星に小天体が衝突したその日8月21日、第92回全国高校野球選手権大会で沖縄興南高校が春・夏連覇を果たした。

沖縄勢としての春・夏連覇は初のことで、「5月末までに何とか」の米軍基地問題で揺れていた時期なので、地元は大いに沸いた。

第92回大会ということで「92」に注目していたところ、9月2日、神の島久高島近くの海面に、直径5・5kmの巨大な渦が出現した。

沖縄が動いている。

5日後9月7日、尖閣諸島沖で中国漁船が海上保安庁の巡視船「よなくに」に衝突する事件が起きた。

国体が弱ったままだと今後もこのようなことは頻繁に起こされるであろう。

沖縄なのだから〝大きな環〟が広がるといいのだけど、もうそろそろ次へ進むことにしよう。

その7 〝神社の天使〟稼動す

2010年9月

「長官、おはようございます」

DIA・国防情報局の長官室に、毎朝恒例の分厚い書類の束が届けられた。

スタッドラーの一日は、その書類すべてに目を通すことから始まる。

受け取った束は、それでも普段よりはいくぶん軽かったので、おどけた顔でリンダに投げキスをした。

一番上に積まれた書類の表紙には〝トップ・シークレット〟のスタンプが押されている。

「こいつは最後だ」

まずは通常の、退屈極まりない報告を終わらせる。

これが一日のうちの最も無駄な時間だ。

30分ほど我慢してその作業を続けたスタッドラーだが、それら即シュレッダー行きの束を机の隅へと放り投げると、水筒からカップにミルクティーを注いだ。

「スコッチでも垂らしたいところだが……」

そうつぶやきながら残りの書類に手を伸ばした。

トップ・シークレットのスタンプが押されているだけあり、内容はおぞましい。

対アジア戦略の現状報告だが、もしこれがどこかでリークされて世間に知れることになっても、多くの人は信じないであろう。

パキスタンをいかに情勢不安定のままにしておくか。

インドと中国を核戦争にまで導くための手段や、そのためのネパール政府の利用法。

東南アジアの安定を防ぐため、ラオス及びミャンマーの軍事政権をどの程度援助すべきか。

中国についてはこのようなことも報告されていた。

反政府分子らによる蜂起は現在CIAが大々的に展開中のため、DIAは様子を伺うにとどめるが、三峡ダム爆破計画については継続。ただし、時期を見直す必要あり。

予行演習として行う予定だった日本でのダム破壊は中止して、原子力発電をさらに推進させるため、関東エリアの大停電に変更するが、手段としてはループシステムを含めた複数の手段の中から、最も確実かつ効果的なものを検討中。

日本政府としても好都合と思われるが、事前に知らせるか否かは、政権交代の可能性があるため未定。

なのだそうだ。

アメリカ政府は9・11テロを実行に移す以前から原子力発電の売り込みに積極的で、そのために地球温暖化の原因を二酸化炭素と断定し、世界中を欺（あざむ）

いてきた。

アル・ゴア元副大統領はまさに〝都合のいい〟スポークスマンで、誰にとって不都合なのかよく判らないあの映画によって、二酸化炭素に有罪判決が下された。

そして無罪放免になったのが原子力発電である。

二酸化炭素を排出しないという触れ込みで推し進める原子力発電は、一基あたり3000億円～4000億円事業で、ヨーロッパのロス氏とアメリカのロック氏息子らは、世界中にあと1000基の原子力発電所を建てる計画だ。

2008年7月7日、洞爺湖サミットで〝頭カラっぽ脳足りん〟ブッシュ大統領が、熱心に原子炉の売り込みをした。

その当時、世界中で稼働していた原子炉は439基なので、さらに1000基のノルマは、〝目標、実績の250%アップ〟だ。

その功が奏してか、原子力発電を導入予定の国家は、43ケ国だったのが55ケ国にまで増えた。

もしそれらの国々が実際に導入するとなると、現在すでに導入している31ケ国と合わせて世界中で86ケ国に達する。

この数が原発に結びつくと嫌悪感を覚える。

8月6日の広島を思い出してしまうのだ。

投下したのはアメリカ。

ア＝1　メ＝34　リ＝45　カ＝6　計86。

ただし、間違えないでほしいのは、「86」が悪い数なのではない。原発と結び付いた場合にこのようなことが連想されるというだけの話で、数自体の「86」は非常に力強くダイナミックである。

近年になり、原子炉も進化を見せているようだ。

従来のシステムに比べて安全性が格段に向上した、ペブルベッド型原子炉と呼ばれるものなどである。

ペブルベッド型の場合、エネルギー効率も高く、今までの炉に比べ25％から40％ほども多くの電力を得られるシステムのようだ。

そんなものが完成すれば日本政府は〝NO〟と言うはずがない。

あとは世論を説得するか無視するかだが、都心一帯を大規模停電が襲えば、電力の安定供給確保のため、さらなる原発建設が容易になる。アメリカの破壊工作が日本の政治家と原子力関連企業を儲けさせてくれるのだ。やれやれ。

NSAのエリック・ハミルトンが、

「どうもペンタゴン（国防総省）が２０１２年12月22日を暗示する何かを企らんでいる」と言っていたが、おそらくDIAが計画しているこの作戦のことだろう。

それを9・11テロ10周年に当たる２０１１年に起こすことによるメリットは大きい。

マヤ暦を利用した終末論を連想させて人々の恐怖を煽るだけでなく、カナダやドイツ、イタリアなどで再燃し始めた〝9・11におけるアメリカ政府の見解を検証し直す〟動きを封じ込めることができる。

9・11のウソだらけ報告書に懐疑派の国家は、10周年の２０１１年に必ずアクションを起こす。

アメリカ政府は先手を打って、世界中の目を逸らすための茶番劇で誤魔化すであろうけど、そのひとつのターゲットが関東なのだ。

＊

「どうだ、うまくいきそうか？」

「問題ない。あと少しだ」

「O・K。これで都内は7箇所目だ。次は埼玉か千葉方面へ行くからな」

「……よし、完了だ」

飯田橋にある恋愛の神様が7番目のターゲットになった。

何しろここの神が司るのは恋愛だ。若い女性が列を成して並んでいるので、〝ジュラインズ・エンジェル＝神社の天使〟を試すには打って付けである。

〝神社の天使〟はNSAが企むオペレーション〝ヤタガラス〟のために開発された装置であることは先にも話した通りだ。

目的は神社仏閣への参拝者に向け、電磁波の特殊なパルスを照射する。

パルスは脳幹を刺激し、人の脳に〝ある図形〟を浮かびあがらせる……予定だった。

だがブライアンの機転が功を奏し、〝神社の天使〟は格段の進化を遂げた。

赤坂のアメリカ大使館に広報担当として配属されているNSAのブライアンに、本部のエリック・ハミルトンから指示があったのは2ヶ月前のこと。

CIAの協力で技術屋を紹介してもらうことになったが、接触する前にまず行動をチェックするようにとのことだった。

もちろんオレンジクリームのチョコレートについても報告は受けた。

OCCはCIAのエージェントといえども民間企業に送り込まれた、いわば産業スパイだ。

大企業には海外から送り込まれたスパイだけでなく、海外の政府や企業からスカウトされた社員スパイもたくさんいる。

なのでブライアンはOCCの交友関係や行動パターンを徹底的に調べあげた。

場合によっては好ましくない人物との付き合いがあるかもしれないからだ。

日本国にとってはアメリカ政府こそが好ましからざる人物なんですけどねぇ。

結果、エリックからの報告通り〝来日している最も社交性のないアメリカ人〟というのは本当で、交友関係には全く問題がなかった。

ただひとつ奇妙だったのは、仕事の帰りに必ずアイスクリーム屋へ寄るのだ。

自宅マンションがある西麻布へ帰る前に恵比寿のその店へ入り、店員に何か話しかけた後がっくりと肩を落とし、しばらくすると無表情でアイスクリームを片手に店から出てくる。

4日目、変装したブライアンはOCCから少し遅れて店内へ入った。

そして今日こそ会話の内容を確かめる。

「あれは?」

「ごめんなさい。本日も売り切れてしまいました」

OCCは肩を落とした。

「じゃあ、他のものでいい」

「今日はポムペルモローザになさってはいかがでしょう。ピンクグレープフルーツのジェラートでございます」

「それでいい」

「はい、ありがとうございます」

「他の2種類はどうなさいますか?」

「まかせる」

「かしこまりました」

この店では3種類のアイスクリームを組み合わせて販売している。

翌日。

「ありますか?」

「大変申し訳ございません。先ほど売り切れになってしまいました」

今日もOCCの肩が落ちた。

「何か他ので」

「はい、ロメオとジュリエッタはいかがでしょうか。クッキー入りのミルクジェラートに野イチゴソースがかかっていまして、これも人気でございます」

「じゃあ、それで」

〝ロミオとジュリエット〟ではない。〝ロメオとジュリエッタ〟だ。

アルファロメオのファンが泣いて喜びそうなネーミングである。

いっそのことランボルギーニファンのために〝イオタとカウンタック〟とか、フェラーリファンに向けて〝512と308〟とかも用意したらどうだろう。

しかし〝308〟ではどんなアイスクリームなのか、よく判らん。

個人的には〝ストラトス〟とか〝パンテーラ〟が食べてみたいが、そんなことはどうでもよくて、ブライアンは頭を抱えてしまった。


さらに翌日も。

「お客様、本当に申し訳ございません。すでに品切れになっておりまして」

がっくり。

「バーチョも人気がございますよ。ナッツが入りチョコレートのジェ…」

「それでいい」

いつもの通りだった。

なのでOCCが店を出た後、ブライアンは店員に尋ねてみることにした。

「ああ、ちょっと」

「いらっしゃいませ」

「すぐに売り切れてしまうほど人気があるアイスクリームがあるの？」

「先ほどのお客様のことですね」

「あ、いや、そうゆうわけではないんだが」

「ピスタチオでございます。とても人気でして、すぐに売り切れてしまいます」


数日後、ブライアンがOCCに連絡を入れると、OCCも〝若大将〟ミラー長官から直々にブライアンのことを聞かされており、西麻布のバーで落ち合うことになった。

そのときブライアンが手土産に持っていったのが

オレンジクリームのチョコレートを2ダースと、発泡スチロールの箱だった。

「喜んでくれると嬉しいんだが」

「これもオレに？」

「ああ」

チョコレート2ダースで最上級の笑顔を見せたOCCは急に社交的に変身したが、デリッツエフォリエのロゴとマークが入ったその箱を開けると、

「ジェラートかい？」

「そうさ。ピスタチオのね。10人前入ってる。足りなければ送るよ、君のマンション宛にね」

OCCはキラキラさせた目をブライアンに向けて叫んだ。

「ワオーッ、ブラボー。ワンダフォー。ファンタスティック。ユー　アー　マイ　ベスト　フレンドゥ。ヒャッホーッ」

チョコレート2ダースとアイスクリーム10個でベストフレンドになれるのなら、経費がかからなくて助かる。

それからOCCは乗りに乗った。

ブライアンからオペレーション〝ヤタガラス〟の概要と、〝神社の天使〟についての説明を受けた彼は、矢継ぎ早にアイデアを述べ始めた。アイスクリームを食べながら。

「パルスを送っても図形をイメージさせるのは難しい。だが、その図形をイメージするような言葉を送ればいい。キーワードになる言葉を」

「そんなことが可能なのか？」

「短い言葉をパルスにして何度もくり返し送れば可能だ。サブリミナル効果は視覚を利用して情報をインプットしていくが、これは自らがイメージするので意識に与える影響はより大きい。使用するパルスは日本人にヒットしやすい領域を選び、言葉のリズムも日本人向けにすればいいさ」

「例えばどんな言葉だ」

「〝ジーザス・クライスト（イエス・キリスト）〟〝ミカエル〟や〝ラファエル〟、それに〝アヴェ・マリア〟がいい。日本人でもそれらの言葉が頭に浮かべば、何割かは『十字架』を連想するんじゃないか。もうひとつ食べていいか」

ＯＣＣは２つめのアイスクリームを箱から取り出した。

「それらの言葉が具体化されるように響くパルスを送るのと同時に、『十字架』が現れる特殊形状のパルスもぶつける。刺激された脳幹は２つのイメージを結びつけ、大脳はそれを神からのメッセージとして認識するさ」

「私こそが大天使ミカエルのメッセンジャーだ、って具合にかい？」

「いや、自分はキリストの生まれ変わりだ、って信じるさ。半年後には日本中に１万人のキリストが誕生してるぜ」

二人はあたりかまわず大声で笑い、ハイタッチをした。

そしてブライアンは気分よく２杯目のバーボンを注文し、ＯＣＣはチョコレートの包みを破った。

こうして思わぬ進化を遂げた〝神社の天使〟は都内の神社仏閣やパワースポットに仕掛られた。

やがては日本全域が標的になることであろう。

その8（パートⅠ）　祭り前夜

２０１０年10月

戸隠での祭典〝太古の神々への祝福〟を週末に控えた月曜日、健太と言納は岐阜県下呂市の金山巨石群に来ていた。

10月といえども昼間はまだまだ暑く、岐阜の山中にもジリジリと照りつける陽（ひ）の光は降り注いだ。

『鳴門のため蔵さんとおっしゃる方をご存じですか?』

（わー、シャルマさん、こんにちは。えっ、鳴門の……あっ、エビスのため蔵さんですね。あれ、シャルマさんも知り合いだったんですか?）

『いえ、そうではありません。ため蔵さんからあなた宛の便りが届いています。先ほど厳龍さんという老人が持っていらっしゃいました』

（厳龍さんが……）

どこでも、どのようなときであっても厳龍は健太や言納のことを案じているのだ。祖先も同じ。ありがたいことだ。

それで、届いた便りは物質の手紙ではないので、代わってシャルマが読みあげた。

『和睦の王よ青年よ
〝囚われ〟いう字を知りたるか
お人が枠に閉じ込められて
身動きできぬ様なるぞ
いまさらに
云うて聞かすは馬の耳
しかしてさらに唱えるぞ
これまでの

既成の概念手離せよ
通用せぬぞ　これよりは
おひとり一人が自立して
大いなる
宇宙の意思と通じ合う
ミタマ育てをせにゃならぬ
大地の想いと響き合う
ミタマ育てが急務なり

通用せぬぞ　今までの
外を頼みの生き方は
扉を開け　鍵開けよ
すべては己れに帰結する
奥の戸の
中に隠るるそのままが（素のままが）
己れの居場所　その（素の）真を
ゆめゆめお忘れなきように

人々の
隠し戸開きのめでたき日に向け』

外側の神を追いかけているうちは、どれほど神社を巡っても、どれだけ神仏を祀っても、どこまで神を調べても〝囚われ〟の身であるのだ。して、内なる中心＝41＝神＝直霊＝自分の本体は、身動きできないでいる。

そりゃそうだ。

インシュリンを外部から注入すれば、膵臓はそれが足りてると判断するため、分泌を中止する。外からいっぱい入ってくれば、内で補給する必要性がないからだ。

外側に求めた有名どころの神々で心が満たされれば、直霊は眠ったまま。↑→線引いてよ、ここ。

隠し戸を閉じた状態というのがそのことだ。

それを戸隠で開けろと。

会場として与えられたのは、戸隠スキー場のロッジ「ゲストハウス岩戸」。

健太が意図的に選んだのではない。会場探しを地元の人に頼んだらそうなったのだ。

実によくできている。

ただし、ため蔵爺はイヤミなことも言ってよこした。

『いまさらに、云うて聞かすは馬の耳』

これは〝馬耳東風〟のことなのか〝馬の耳に念仏〟なのか、この文からだけでは判断できないが、どちらであっても「お前たちは何度教えても、ちっとも判っておらん」ということだ。

『おひとり一人が自立して』

これは、神仏の前でなくとも、〝己れという神の御前ぞ、わきまえよ〟と、自ら強い意識を持つこと。

すると神社仏閣に祀られた神仏の前でなくとも、常に神がそこにいる。内にいる。自らがその神として自分を〝見てござる〟のだ。

神仏に参拝するときと同じ心持ちで自分に接することができれば、神としての自立だ。

知ってるのは日之本が〝神の国〟ということだけで、その神はずーっと外に置いてきた。

戸隠でそれを終える。

〝脱神社宣言〟について、だいぶ読めてきたぞ。

『それと、厳龍さんがあなたに伝言を残されています』

（厳龍さんが……）

『すでに戸隠の地は最大級の防御態勢が敷かれているので、何事があろうとも心配するな、とおっしゃってました』

（えっ、何か恐しいことでも起こるんだろうか……）

『それも心配する必要はありませんね』

なるほど。そりゃそうだ。

『九頭龍、天狗、それに道祖神もがひとつになって信州に結界を張っています。邪神は近づけません』


まさに神州だ。そういえば美しき上高地は神降地に違いないが、神州にある。

その神州の神々が本気になって動いた。動かしたのは健太と言納である。

〝人を生かすは天なれど
天　動かすは人なるぞ〟

と、『数霊』（たま出版）にも出てくるが、これは本当だ。もし人が本気になればその人の直霊が動き、そこから外へつながる神も動く。

しかも今回は天だけでない、動いているのは。地もだ。

土星から帰って来た。〝根の国のヒーロー〟国底立大神の豆彦も、全勢力を以って健太を守護する。封じられた太古の神々を地上に出すため。


『それに、このたびあなたには、とても可愛い〝お伴〟が待ってますよ』

（戸隠で、ですか？）

『はい、カエルさんたちです。行けば判るはずです。

さあ、それでは私も地球で最後の授業を始めることにいたしましょう』

（えーっ、ちょっと待って下さい。そんなの初耳です。帰っちゃうんですか、シャルマさん）

そうなのだ。シャルマはこの授業を最後に北極星へ帰る。

太陽系では、健太の授業のために地球を訪れているとき以外、ほとんどは太陽で過ごしていたようだ。

一火の懇願によって健太を育てるために派遣されたシャルマは、時空間を越えた意識を戸隠の祭りまでに身につけさせる使命を帯びており、なのでこれが最後の授業なのだ。

２０１０年10月10日は〝太古の神々への祝福〟祭りだけでなく、〝天地大神祭　時間祭り〟でもある。〝時間祭り〟の年対称日、翌年４月10日はナイル年表によれば〝天地大神祭　空間祭り〟になってはいるが、本来「時間」と「空間」は切り離して捉えられるものではない。

なので10月10日から翌年４月10日までの半年間は、地球人類が次なるステップへ進むための歪み（ゆが）が大きく正される。

正されるのは人が放つ意識の修正と、歪められた歴史の是正である。

後者はつまり封じ潰されてきた神々の復活のことだ。

それが行われなければ日之本の地は閉じられたままなので、天地大神祭は完了しない。

しなければ国番号81の日之本から〝光明〟＝85＝〝ミロク〟の世にするための意識を放射できない。

放射＝81＝光で、光を放射する能力も〝放射能〟という。

そういった能力を人が身につけるためにも、戸隠祭りは「天・人・地」で成功させなければならず、健太にかかる期待は大きい。

シャルマ最後の授業は感動的で、玉し霊が奥底から震えた。

ヴィジョンとしてもエルサレムからシルクロードを東へと向かう流浪の民が映し出され、彼らは日之本に上陸したのち、最後は戸隠に至っていた。

その映像の途中に入るシャルマの解説で、〝時空間を越えた意識〟はすべて〝今・ここ〟にあり、宇宙の存在すべては、自らの内にある中心点が根源であることも悟った。

それが〝０次元への集約〟なのだ。

エジプトで那川がそう表現したハタラキこそが白山菊理媛の持つ最大能力で、健太は完全に内なる菊理媛の解放を体感した。

この〝0次元への集約〟を人々に伝えることが、戸隠で健太に課せられた最も重要な使命である。

なのでこの日の夜からは、当日会場で映し出す映像の制作に明け暮れ、丸々一週間仕事をサボった。

*

言納は時計台岩にもたれたまま、ノイズが入る短いメッセージについて考えていた。

時計台岩は巨石群内岩屋岩蔭遺跡巨岩のことで、札幌の時計台にカタチが似ているので言納は勝手にそう呼んでいる。

9月に入ったころからだろうか。

言納が戸隠の祭りのことを思うと、ナゼか店の看板が現れ、山奥でラジオを受信してるようなノイズに掻き消されるように『来なさい』と聞こえてくる。

『来なさ』なのか『来なさい』なのか、それもよく判らない。

だが、看板は自分の店のものなのでぼやけることもなく、〝むすび家　もみじ〟と読み取れた。

(自分の店なんだから『来なさい』って言われても……いつもいるのに)

9月のある日、健太は一人で戸隠まで打ち合わせに行った。

その帰りに戸隠のお隣、飯綱山の飯綱大明神に寄ってきたと言納が報告を受けたときも、『あなたは来なさい』と。

話の流れからいって文法が変だ。

どれだけ考えても答えが出せず、いつものように脳がガシャガシャ動いたりもしない。

(何だか電波が弱いのよね)

『そりゃそうよ。誰も訴えを聞いてくれないんだもの』

メラとミルがやって来た。

今のは天真爛漫ミルだ。

（誰も訴えを……あなたはミルちゃんね）

『そうよ』

（ねぇ、誰が訴えを聞いてもらえないの？）

『〝もみじ〟っていう人』

（人？　人の名前のことなの？　誰よ、それ）

『だから〝もみじ〟っていう人』

（そうじゃなくて、どこの誰なのって聞いてるのよぉ）

『キナサの〝もみじ〟っていう人』

（キナサって、生田さんの住んでる鬼無里だったんだ。〝来なさ〟じゃなくて）

『誰、それ？』

（生田さんよ）

『だから、誰なの、その人』

（鬼無里の生田さんだってば）

『鬼無里ってどこ？』

ダメだ、この二人。すっとぼけている。

だが、こんな間抜けな会話でも、言納はある事を思い出した。生田から聞かされた「鬼女　紅葉伝説」の話を。

貞観8年（866）、応天門の炎上に連座して伊豆へ流された伴善男。その血を引く伴笹丸の娘として、奥州会津で誕生した「呉葉」。

天暦7年（953）の5月、父母に連れられ呉葉は京の都へと向かった。

やがて源経基に仕え「紅葉」と改名したのち、経基の寵愛を受けて懐妊した。

すると紅葉は妖術を使い、正妻を亡き者にしようと企んだが、比叡山の祈祷師に悪事を見破られ、天暦10年（956）に信濃国戸隠の山中へと追放されてしまった。

戸隠の岩山に籠った紅葉は男子を出産し、父経基の一字をとって経若丸と名付けた。

父経基は清和源氏の元祖といわれ、清和天皇の第6皇子貞純親王の長男だが、ミルでなくともよく判らない話になってきた。もっと簡単に話そう。

さて紅葉だが、昼間は高貴な婦人を装うが、夜になると四天王を従え略奪をくり返したという。

その噂はやがて京の都にまで届き、冷泉天皇は平維茂に紅葉の討伐を命じた。安和2年（９６８）のことである。

平維茂は２５０余人を引き連れ戸隠へ向うものの、紅葉の妖術による暴風や雨により退けられてしまった。

そこで維茂は17日間の祈願を行うと、夢枕に老僧が現れ降魔の剣を授かった。

それで再度紅葉を攻め、ついには維茂の放った矢が紅葉に命中し、鬼女紅葉は息絶えた。

そしてそれまでは「水無瀬」と呼ばれていたその村を、鬼がいなくなったので「鬼無里」と呼ぶようになった。

ということになっているが、もしこれが本当なら女一人に男２５０人。ランボーのような女性だ。

さて、紅葉は実際にそのような妖術を使うことができたのであろうか？

実はその可能性を否定できない。

というのも、生田によるとこうだ。

横尾忠則氏が宇宙人と頻繁にコンタクトをとっていた１９８０年代終盤のこと。

突然長野県の鬼無里村へ行け、と言われた。

そこにはある女性のお墓があるが、彼女はプレアデスからやって来た17人の〝最後の子孫〟だという。

プレアデスからの17人は、肉体がある状態でやってきたのか、霊的意識体で地球に来てから赤ん坊として生まれたのかは判らないが、とにかく17人は京都や奈良で建築の指導をしたらしい。

だからあれほど優れた建造物が残せたのか？

それはともかく、横尾氏は鬼無里まで行き、女性の墓を探した。

すると、見つかったのだ、お墓が。「紅葉」という名の女性の墓が。

なので、もし紅葉がプレアデス17人の子孫であるならば、妖術ではないにしても予知能力や透視能力など、人々が恐れる力を持っていたのかもしれない。

権力者はそれが怖くて紅葉を追放し、このような鬼女としての物語を残したとも考えられる。

その紅葉が言納に何かを求めてきている。

ノイズが入り意識がしっかりと言納にまで届かないのは、鬼女として封じられたままだからなのか。

いや、違う。生田はこんなことも話してくれた。

一般の紅葉伝説は彼女を非常に醜い女として伝えているが、地元ではそうでない文献も残されている。

「内裏屋敷の紅葉は村人からすると雲の上の人で、優雅・典麗（てんれい）の高貴な女性として崇（あが）められていました。

村に病む者があれば呪術をもって病魔を祓い、医薬を与えて仁術（じんじゅつ）を施しました。

村の娘たちには裁縫や手芸を伝授し、少年には読み書きを教えと、村人にとって紅葉は、京の文化を伝える慈恵の恩人だったのです」と。

岩陰に住んでいたんじゃないやんか。

また、「鬼無里」の由来についても何か策略を感じる。

というのも、紅葉が戸隠山中の「水無瀬」に流罪となったのは西暦９５６年。

平維茂によって討たれたのは９６８年である。

しかし「水無瀬」の地が「鬼無里」と改称されたのは延暦年間、つまり７８２年～８０５年のことである。

　ということは、少なくとも紅葉が討たれる１６０年以上も前から鬼無里は「鬼無里」だった。

　言納が突然立ち上がった。

　『どこ行くの？　彼氏はまだ授業中よ』

（知ってる。電話を取りに行くの、車へ）

　他に誰もいないので、ドアはロックしてない。

　言納は後部座席の布袋からケータイをまさぐると、すぐに生田へ電話した。

「なるほど、なるほど。けど紅葉さんを供養したり、辛い想いや悔しい想いを〝判ってあげてる〟人は何人もいるから、言納ちゃんにそれを求めてるわけじゃないと思う」

「そうですか。じゃあ、何だろう」

「言納ちゃんや健太君だからこそ判ってあげられることか。うーん、……そうだ、参考になるか判んないけど、鬼無里神社の御祭神はタケミナカタ神だよ」

「またヱビスさんのご縁かしら？」

　健太によればタケミナカタ神こそがエブス族のラストエンペラーで、エブス族はヱビスさんとして歴史に名を留めているのだという。

「可能性はあるね。紅葉さんと縁がある十二神社というところも、社紋が宝船だしね。答えと結び付くかどうか……また、何か思い出したら電話するよ」

「ええ、お願いします」

　たしかに２００９年９月９日には戸隠にも七福神の宝船は降りている。それについては大勢が目撃しているので疑う余地はない。

　しかし七福神と結び付けたところで紅葉の訴えというものは見えてこない。

　道路脇の棚にもたれたまま言納は坂の上の巨石を見上げた。が、健太の姿は岩の陰になって見えない。

授業は続いているのだろう。

（あーあ、どうすればいいんだろう）

ため息まじりにつぶやくと、左側から何かムズムズするような気を感じた。

（何だろう……）

そこには健太の車が停めてあるだけだ。

（えー、これかしら）

フロントグリルに付けられたエンブレムが意識に引っかかった。

（楕円の中に星がいち、にー、さん……6つか。何で星なんだろう？）

『スバルだからよ』

ミルだ。

（判ってるわよ。健太の車がスバルだってことぐらい。そうじゃなくて、何で星が会社のマークになったのかしらって。トヨタはTのデザインだし、マツダやスズキも頭文字をデザインしたマークでしょ）

『スバルだからよ』

（もう、ミルちゃん、私の言ってることをちっとも判ってない）

『もう、コトリン、私の言ってることをちっとも判ってない』

どうしようか、この二人。メラは隣りでゲラゲラ笑っている。

（変な子ねぇ、ミルちゃんは）

憤慨する言納に、笑いが収まったメラが説明した。

『あのね、スバルって〝昴〟だから、プレアデスのことなのよ。だから星がエンブレムになってるの。6つの星はプレアデスの代表的な星をデザインして……』

（プレアデス……そうよ、プレアデスよ、何で気付かなかったんだろう。紅葉さんはプレアデスから来た17人の末裔。プレアデス人として訴えたいことって、そうよ、オリオンとの和睦よ）

エルサレムに向う前の２００９年7月17日、守屋山山頂〝光の遷都〟でのこと

『…………

日と月と　星の祭りはエルサレム
牛と龍　和睦の祭りはエルサレム
シリウス　オリオン　プレアデス
星々も
和睦願いて輝きぬ

…………』

オリオンのベテルギウスからもたらされた牛信仰と、プレアデスからやってきた龍信仰。

永きに渡る争いに、エルサレムで終止符が打たれると思ったが、このことに関しては答えが出なかった。

それに二人とも〝女神サミット〟のことでいっぱいいっぱいだったので忘れていたのだ。

しかし、〝光の遷都〟によりエルサレムのモリヤ山から諏訪の守屋山へと首都が移った。

他にも、

『今や基準は１３５』

なので、明石の東経１３５度を標準時にしている日本時間は、今や世界基準だ。

さらに、健太が２００８年11月7日に

『隠されてきた奥の戸が開き
日之本とイスラエルの間柄（あいだがら）が
いよいよ明るみに出る』

といった内容のものを受け取っていたが、それが戸隠神社奥社でのことだ。

２００８年8月26日、守屋山上空に太陽神殿が建立されたが、元のエネルギーはエジプトのアスワン

から来ていた。

アスワン。初めの〝ア〟と終わりの〝ン〟が開き「スワ」がオモテに出る。それで諏訪の地に太陽神殿ピラミッドが建てられた。

（ということは、牛と龍が和睦するエルサレムって、諏訪とか戸隠ってことじゃん。紅葉さんが訴えてたのはこのことだったんだ）

そうだ。かなり好い線まで来ている。

あとはそれをどう表すのか。

最後の数日は二人とも忙しくなりそうだ。

その8（パートⅡ）祭りの朝

２０１０年10月10日　戸隠

パワースポット・ブームの煽りを受け、戸隠は大変なことになっていた。

それにＪＲが人気女優を起用して、戸隠が舞台のＣＭを流したことも重なり、奥社へと通ずる参道は休日の竹下通りになってしまった。

先週末に至っては、やっとの思いで奥社まで辿り着いても参拝するまでに2時間待ちというありさま。愛知万博のマンモスラボかって。

しかも、奥社駐車場はすぐに満車になってしまって周辺道路に渋滞を引き起こすため、奥社へ向う車はすべてスキー場へ廻し、参拝客はシャトルバスでピストン輸送することも決まった。

冗談じゃないって。２年前までは人と擦れ違うのが嬉しいぐらい誰もいなかったのに。

健太はそれらの情報を事前に得ていたため、奥社参拝希望者の集合時間を急遽1時間早めて、朝8時鳥居前にした。

大正解だった。

参拝を終えて帰るころには、登って来る登って来る、次から次へと参拝客が津波のように。中国の自転車通勤みたいだ。

「時間を早くしてよかったね」

「ホントホント。こんなに混雑してたら行くだけでも1時間以上だな。だってほらあそこ。渋滞してるじゃん」

「ねぇ、健太。ちょっと気になったことがあるんだけどさぁ」

「んー」

健太は時間を気にしていたため、心無い返事をした。

「奥社で参拝してた参加者の何人かがね、〝キリストが来てる〟とか〝十字架が現れた〟って盛り上がってたんだけどさぁ……」

（……？……ヤバイ。何かヤバイぞ）

健太の脳が反応し、危険信号が点滅を始めた。

「奥社だけならともかく、九頭龍社でも誰かが〝キリストがうんぬん〟って言ってたの。それで私も意識を合わせてみたんだけど、キリストなんて……」

〝ビー・ビー・ビー〟

黄色の点滅が、赤の点きっ放しに変わった。危険が迫ってる。

イスラエルとの間柄が明るみに出るって言たって、戸隠に封じられているのはキリスト以前の人々だ。

とそのとき、朝からずーっと健太の鞄の上に乗っかったまま一緒に参拝までしてきたカジカガエルが、ピョンと飛び跳ねて参道脇を流れる水の中へと行ってしまった。

「あーっ、そっか」

「どうしたの、健太？」

「〝何事があろうとも心配するな〟って厳龍さんから言われていたんだった。それにあらゆる神々も結界を張ってるみた……」

「どうしたのよ、もう」

「結界が張ってあるなら、何でキリストが出てくるんだ、痛っ」

　疑った瞬間、空からドングリが降ってきて頭に当たった。

　参道両脇はスギの木ばかりで、クヌギやナラは無い。カラスが落としたのだ。

　先ほどのカエルだってそう。彼も健太を守護しているのに、不安や恐怖を憶えた瞬間に健太から離れて行った。

　疑ったからだ、外の神々を。

　なぜ疑ったのか。

　それは自分がやっていること、やろうとしていることが信じ切れてないからである。

　最も身近な内なる神＝自分自身を信じ切れてないので、不安材料が突き付けられれば外の神を疑う。

　せっかくカエル君は早朝から鳥居で健太を待っててくれたのに。

　シャルマから、当日はカエルがお伴するということを聞かされた夜のことだった。

『興玉(おきたま)の
　岩に座りた大蛙
　子蛙引き連れ　１３８いざ
　海を渡りて大蛙
　鎮まりおりし日之本に
　長き時空の歳月を
　押して押されて囲われて
　カカシよ天狗よ蛙よと

はたまた石の道祖神
名付けられしがこの神は
黙して語らず
これまでは』

ということは、これからは語るのであろう、いろいろと。道祖神のこともシャルマから聞いていたし。語り、そして動くのは「神仏」の範疇に区切られた者たちだけでなく、あらゆる存在がだ。

蛙の存在はただゲロゲロ鳴くためだけでなく、水害を抑えるハタラキをしてくれているし、ボウフラだって汚れた水に発生するのは汚水を浄化するためなのだ。ありがとうございます。

あらゆる生命体、あらゆる存在が動いてこそ為し遂げられる天地大神祭である。

『１３８いざ』は、いつもの〝イザヤイザ〟とは少し違う。

数字の『１３８』は東経を表しているのだ。

鬼無里神社や、紅葉の守護仏地蔵尊像を祀る松巖寺が建つ鬼無里の中心地は、ぴったり東経１３８度線上にある。

また、戸隠で会場となる「ゲストハウス岩戸」は東経１３８度０５分３０秒。

イスラエルからの13部族が集った〝光の遷都〟は守屋山山頂で行われたが、東経１３８度０５分３０秒。寸分の狂いもない南北線上だ。恐れ入りました。

『興玉の』は、伊勢二見浦（ふたみがうら）の二見興玉神社のことで、朝一番に鳥居で待っていた参加者が、二見興玉神社の〝二見かえる〟を10個お土産に持ってきてくれた。

伊勢からもカエルが参加してくれているのだろう。

二見浦は「天の数うた」を詠み込んだ、

ヒト（人）が堅く誓い立て
フタ・ミ（二見）の浦から
ヨ（世）に向け出づれば

イツく（慈）しむ　愛が人々
ム（結）ゆ絆
……（続く）……
（『臨界点』153ページ）

にも出てくるように、人々の意識が海外に向けて出航して行く浦である。

健太のブレた意識に芯が戻った瞬間、またカジカガエル君が姿を見せてくれた。

船頭さんがブレると何割かは歪みに引っぱられ、求心力を失った集団になってしまう。国家でも、企業でも、祭りでもだ。

なので奥社や九頭龍社での〝キリスト〟や〝十字架〟うんぬんこそ、神々におまかせすることにし、健太は自分の仕事に集中した。

*

参加者は開演までの時間、仁王門屋で蕎麦や梅干しの天ぷらを堪能したり買い物を楽しむ予定だが、その前に言納が宿坊の久山館へと案内した。

比叡山延暦寺の末寺として信濃天台宗の中心になっていた「戸隠山顕光寺」が現在の久山館で、ちょっとめずらしい弁財天が祀ってある。

名を「九頭龍権現本地宇賀弁天」と申され、かつては戸隠神社奥社、いや当時は奥院なのだが、そこに祀られていた弁財天である。

天河の弁財天と同じく八臂弁財天で、八本の手にはそれぞれ剣や宝珠などが握られている。

この弁財天、130年間も隠され続けていたのが、西暦2000年（平成12）になってやっと陽の光に照らされることになったのだ。

戸隠にも潰されたままの神仏が、わんさかといる。この弁財天以外にもわんさかと。

ときは明治元年になる年の3月28日。なのでまだ明治にはなっておらず、慶応4年のこと、「神仏分離令」が発令された。

これにより、神社が権現や明神を祀ることも、もちろん仏を御神体とすることもできなくなってしまった。

さらに原理主義的神道家らにより「廃仏毀釈」が激化すると、お寺や仏像は徹底的に破壊され、僧侶への環俗強制なども強まっていく。

奈良県吉野のお寺には、当時破壊された仏像が箱に詰められたままたくさん残っている。

直すこともできず、かといって捨てるわけにもいかないからだ。

また、現在でも一見するとお寺なのに実は神社というところをよく見かける。

廃仏毀釈から逃れるため、お寺の名前を消し、鳥居を建て、仏像を隠し、代わりに神を祀って生き延びたのがそのまま神社になったのであろう。

香川県の「金毘羅（こんぴら）」さんもそうだ。金毘羅権現など認めるわけにはいかない、とのお上（かみ）からの御達しに、泣く泣く御祭神を大国主命に代え、さらに一万両のワイロを払ったうえ、名前を「琴平山（ことひらさん）」にすることで存続の許可を得ることができた。

アホな政策に皆さんご苦労なさったようだ。

ここ戸隠も例外ではなく、仏像は捨てられたり、それを防ぐために隠されたりし、道標の梵字も削られた。

三十三窟に祀られていた「仏」はすべて「神」に置き換えられ、「九頭龍住処也（九頭龍が棲んでるところ）」は「天岩戸守命」になった。

戸隠といえば「天の岩戸伝説」と結び付けられ、すでにそのイメージは定着してしまっているが、明治以降の〝後付け〟だ。

天手力雄命（あめのたぢからおのみこと）が古くからこの地に祀られていたため、岩戸とセットにして前面に押し出した。そして「仏」は隠されてしまったのだ。

久山館の弁財天もそのようにして難を逃れ、20世紀最後の年になるまで忘れ去られていた。

戸隠神社は五社から成っているが、現在の奥社はかつて奥院だったように、中社は中院、宝光社は宝光院で、やはり「仏」が大切にされていた。

なので、神に置き換えられる前のご本尊は、中社の天八意思兼命（あめのやごころおもいかねのみこと）が釈迦、宝光社の天表春命（あめのうわはるのみこと）は勝軍地蔵だったようだ。

仁王門屋がなぜ「仁王門」屋なのかも、中社が中院だったころは参道がずっと伸びており、店の目の前にちょうど「仁王門」が建っていたことに由来する。

ということからも、かつてこの地は「仏」の、あるいは「神仏習合」の地であったことが判る。

なのでこの日の祭りは〝古き神々への祝福〟と命名されているが、意味するところは〝古き神仏への祝福〟なのだ。

もう天の岩戸伝説は忘れていい。だって関係ないんだもん。

それに、「高天原」は「タガーマ・ハラン」なんだから、岩戸はますます関係なくなり、そんなことよりとてもとても大切な神々＝タガーマ・ハランやイスラエルからやって来た神々の存在が、やっと明るみに出る。

長旅の末、最後に戸隠までたどり着いた、そんな神々が。

そしてもひとつ、消された「水の神様」も忘れたままでは戸隠が開かない。それは伊勢の神と諏訪の神である。

伊勢の神も古くは「水の神様」で、山の中の小さな祠（ほこら）に祀られた「山神」も、伊勢や諏訪の「水の神様」が多い。

昔から洪水で被害を受けてきた地域にも、伊勢の神や諏訪の神が水害を防ぐ神として祀られている。

「中世から近世にかけては、伊勢神宮の神を勧請して、水よけの神として祀る信仰がありました。祭神としては天照大神ではなくて、実は外宮の神様でした。今、伊勢神宮は内宮の天照大神の方が中心の神様ですが、外宮の豊受神宮の神様の方が農民との関係がたいへん深かったのです。

明治四年七月の神宮改革の通達以後、伊勢神宮が大きく変質しました。これにより、従来の農業の神様としての外宮の豊受神宮を中心にしていた伊勢信仰から、次第に天皇の祖先、天照大神の皇太神宮のみを考えていく方向に移っていったのでした」

（『河川文化』〈その十六〉社団法人日本河川協会より）


ったく、やれやれだ。

伊勢神宮内宮については触れたくないけど、ここは突風でも吹かねば歪みが正されないのかもしれない。

さて、『黙して語らず　これまでは』だった伊勢や諏訪の「水の神様」も、とうとう語りだした。それがカエル君である。

二見浦のカエル君も戸隠のカエル君も、今までは黙っていたのが、とうとう行動を開始されたのだ。

さてと、そろそろ参加者を連れて会場へと向う時間なのだが、言納は上空に紅葉の存在を感じた。それも、ただならぬ様子だ。

と、次の瞬間、何かが言納の腕をつかんだ。もちろん相手は目に見えない存在なので、

「キャー、ちょっと、何よ」

思わず声に出してしまった。

『ギュー&チュッ』

（えっ、桜子ちゃんなの？）

『久しぶりね、言リン』

（本当に桜子ちゃんなのね。来てたの？）

『きのうからね。ダーリンも一緒よ。今はケンチッチのところへ行ってるけど』

（ダーリンって……豆彦君ね。じゃないか。国底立大神様だった。桜子ちゃん、結婚したんだってね。おめでとう。桜子ちゃんは王妃さまに……）

『あのね、その話はあとで。あの人が必死に頑張ってるけど、このままだとやられてしまうから助けてくる』

（あの人って、誰のこと？）

『紅葉っていうプレアデスの人。あの人〝鬼女〟じゃなくて〝貴女〟よ。プレアデスの名誉を一身に背負って攻撃に耐えてる』

（攻撃って……ねぇ、そんなところへ一人で行って大丈夫なの？）

『わたし、一人じゃないよ。龍神さんも天狗さんも道祖神もカカシもカエルもわんさかいるわ。天の神、地の神、修験者のおじさんや、エルサレムの女神サミットに来てたお嬢様まで、ゴマンといるのよ。もう、お空は神様で満員こ。今日は世界中で一番神様密度が高いわね、ここが』

（そ、そうなの？）

『けど、あの紅葉っていうプレアデスの人、責任感じて一人で……あっ、ヤバい。わたし助けに行ってくる』

（桜子ちゃん、ねぇ、桜子ちゃん……）

本当に行ってしまったようだ。

いったい戸隠上空では何が起こっているのだろうか？

＊

開演時間が近づき会場内は慌しかった。

設営、ＰＡ調整、出演者のリハーサルなど、各自がそれぞれ自分の仕事をこなしている。

が、健太は一人、ステージ正面に飾られた青と緑の巨大な太極図を、睨むように凝視していた。

二二八八富士祭りのピンクとラベンダーは、それが何を表すのかが限定されていた。

しかし、戸隠でのそれは表すものを決めつけることなく、必要に応じて当てはめよ、ということなのだ。

唯一与えられた情報は、青と緑は〝スギ〟と〝クスノキ〟でもあるということ。

どちらが青でどちらが緑なのかは判らなかったし、判断しなくてもいいようだが、〝スギ〟も〝クスノキ〟も巨木は御神木になり得る。

スギ＝「68」は〝岩戸〟。ほら出た。会場の名前だし、日之本開闢最後の戸は戸隠だ。

「68」は他に〝軸〟〝門（かど）〟など。

そしてクスノキ＝「53」は〝平成〟〝日本〟〝稲穂〟など。

つまり、スギとクスノキは〝平成日本の岩戸を開き、稲穂の国に軸が立つ門（出）〟を表しているのだ。凄すぎるぞ、数霊。

また、68＋53＝「121」。

「121」は「和睦」「守護神」「銀河系」など。さて和睦の王子は〝銀河の和睦〟に到達できるか。

これら数霊の持つ意味やエネルギーに反した生き方をしていれば、悪しき出来事としてその数が世に出る。

出たら意識を正すこと。それが〝数〟への恩返しだ。数は人を育てる。

健太は〝スギ〟と〝クスノキ〟から想像を広げた。想像すればそれらを和睦に導く力を生むからだ。

それは創造主としてのハタラキで、誰もがその資格を有している。健太が特別なのではない。要は、何をどんな想いで想像するかだけだ。

（〝スギとクスノキ〟……〝戸隠と飯縄〟……〝古

き神々と新しき神たち〟……〝土着民と侵略者〟……〝牛と龍〟うっ）

健太が〝牛と龍〟の和睦を想像した瞬間だった。背骨を衝撃が突き抜け、まわりの雑音が一切耳に入らなくなった。静寂の世界だ。

ただひとつ、リハーサル中の和太鼓から放たれる響きだけが、肌を通して健太の意識に届いていた。

するると目の前の太極図が回転し始めた。いや、健太にはそう見えている。

そもそも太極図は、2つの玉が寄り添ってひとつになろうと高速回転する様を表したもので、回転してこそエネルギーが生まれる。

だがそれでは描き難いため、静止させたのが太極図なのである。

（あっ、龍神……）

回転太極スクリーンの中に龍が表れた。

（えっ、諏訪湖か？……諏訪の龍神さんだ。……また龍……九頭龍だ。戸隠も諏訪も龍神さんだから……あっ）

ここで健太は牛がいないことに気付いた。せっかくこの地で〝牛と龍の和睦〟が行われようとしているのに、龍神だけでは〝尊び合い〟の太極図にならないではないか。

そんなことを思っていると、太極スクリーンにどこかの建造物が現れた。

（お寺かなぁ……お寺だ。どこのお寺、善光寺だ。何で善……そっか、この地では牛と龍が共存してたんだ。だから戸隠が和睦の舞台に）

そう。「牛に引かれて善光寺参り」である。

善光寺へは牛が導く。それに、善光寺では本堂へと続く山門に、金字で「善光寺」の文字が大きく掲げられているが、その文字には5羽の鳩と共に牛の顔が隠れている。

するとちょうど和太鼓が大きく鳴った。

（なるほど。太鼓は牛の皮を張ってあるから、牛が鳴って〔鳴いて〕龍を呼ぶ）

まさに戸隠の地こそが牛と龍の和睦に最も相応しい地だったのだ。

だが健太は気付いていないだけで、すでに12年前からその兆しはあった。１９９８年の長野オリンピックである。

ひと回り前の寅年、２月７日に長野オリンピックは開幕した。

開会式では善光寺の鐘が鳴り、次に諏訪の御柱が東西南北に計８本立てられた。

牛の善光寺、龍の諏訪大社。長野こそが和睦の地になることは12年前から決まっていたのだ。

それを祝うかのように、開会式では五大陸から同時に長野へ向けて、ベートーベン第九「歓喜の歌」が届けられた。

〝牛〟＝「18」と〝龍〟＝「86」が合わさると「104」になる。

「104」は〝お蔭様〟〝七福神〟〝礼儀〟などなど。素晴らしいね。

開幕式に参加した観客は５万２千人。

「52」は〝Ｅａｒｔｈ〟だ。

参加は72の国と地域。

「72」は〝Ｗｏｒｌｄ〟である。

72年札幌オリンピック以来の〝日の丸飛行隊〟復活も、この地での日之本開闢を暗示していたのかもしれない。

だからか、諏訪湖ではオリンピック開幕１週間前の１月31日、７年ぶりに御神渡(おみわた)りが現れた。あの御神渡り、本当に龍神さんが動くときに出現するんですよ。

オリンピックで船木選手らが獲得したメダルは、白馬ジャンプ台正面の「白馬村オリンピック記念館」へ行けば見られます。

歴代で最も優れたデザインと評されているので、見に行くといいあるね。

これだけ宣伝すれば、もうそろそろ長野県観光大使の話が来てもいいと思うのだが、その前にジイが来そうなので話を戻す。

（戸隠と飯綱も尊び合えるといいのに……）

健太は戸隠と飯綱の和睦も想像した。戸隠と飯綱の天狗たちが共に相手を称讃し合い、宴に興じている様子を。

すぐお隣同士なのだが、近い相手ほど〝判ってくれるだろう〟と甘えるからか、どうも戸隠山と飯綱（縄）山の神々はギクシャクしている。

もっとも、飯綱山は戸隠以上に封じ込めがキツいので、戸隠ばかりに観光客が集まることを羨んでいるのかもしれない。

なので健太は先月、飯綱神社にも御神酒を持って挨拶に行った。

『我らこの地の礎（いしずえ）と
なりてこの地を護りきた
長き長き歳月を
巌（いわお）となりて鎮まりぬ』

参拝を終えると目の前に蜘蛛が垂れ下がって来て、健太と意識が合った途端にストンと足元へ急降下した。

（あれっ、石だ）

参拝前には無かったはずの、いや、少なくとも気付かなかったが、拳（こぶし）大の石が足元に現れていた。

『巌となりて鎮まりぬ』なので、この石と戸隠の何かを麻ひもか何かで結わえ、祭りの祭壇に供えよう。健太はそう思った。

戸隠山と飯綱山は元々出自が全く異なっている。

戸隠山は海から生まれた。今から約４００万年前、海底が隆起して次第に山が築かれていったので、戸隠山からは貝やクジラ、ホホジロザメの化石も見つかっている。

今でこそ地殻変動の知識があるので、海から離れた土地からサメの化石が発見されても不思議に思わない。

が、そのような理屈が解明されたのはそれほど昔のことではない。

なのでわずか２００年前の人たちには戸隠山が昔は海の底だったことなど理解できず、サメの歯を見つけた修験者たちは、それを「天狗の爪」だと信じ込み、丁重に祀った。


一方、飯綱山は火山の噴火によって噴き出された溶岩が固まってできた山だ。なので海の生物の化石は出てこない、火から生まれた山だ。

飯綱は「火」、戸隠は「水」、合わせて「火水（かみ）＝神」なんだから、両方が揃わないと太極図にならない。

山の高さだって似通っている。

戸隠連山としては高妻山が最高峰で標高２３５３ｍあるが、戸隠山の名が冠されたピークは１９０４ｍだ。

飯綱山はといえば１９１７ｍで、ほとんど差はない。

いま出てきた数字、１９０４と１９１７だが１９０４年は日露戦争、１９１７年はロシア革命の年で、突然ロシアが顔を出してきたけど、ややこしくなりすぎるため気が付いてないことにする。


そんなわけで祭壇の片隅には、九頭龍社裏の石と飯綱の石が、固く麻ひもで結ばれて置かれた。

背後の騒（ざわ）つきが大きくなったことで我に返ると、とっくにリハーサルは終わっており、すでに開場していた。

（ありゃりゃ）

健太は大急ぎでオープニングの準備に取り掛かった。

その8（パートⅢ）天地大神祭in戸隠
“古き神々への祝福”

いつもなら和風の静かな音楽が流れる開演前だが、今日に限っては激しいハードロックが、超満員の会場内にガンガン鳴り響いていた。その場に居れば、否応（いやおう）無しに気持ちが高ぶってくる。

開演の時間が過ぎてほんの数秒。音楽のボリュームが上がると同時に会場の照明が落とされた。

やがて音楽も消え入ると、静寂が5秒、10秒、15秒……。

ステージ前方のスクリーンにカウントダウンが写し出された。映画が始まる前に出てくるあれだ。

⑤、④、③、②、①

♪ジャーン……

スクリーンいっぱいに広大な宇宙空間が現れ、スター・ウォーズのテーマが響き渡った。

「ア・ロング・ロング・タイム・アゴー」で始まるスター・ウォーズを、健太はそのままパクったのだ。

違いは、ナレーションに合わせて映像が太古の信濃、そして現代の戸隠へと移り変わっていく。

「遙か遠い太古の昔、今からおよそ2000万年前、フォッサマグナの陥没により、信濃の国は広い広い海の底に沈んでいました。

やがて地殻変動が進み、今から400万年ほど前になるとこの地は浅い海と、海に浮かぶ島になりました。

そしてさらに時は進んで100万年前、大地が隆起を始め、いよいよ信濃の山々の原形が地上に出現することになるのです。

3万年ほど昔のこと。

ナウマン象を追った石器人が大陸からこの地にやって来て、現在の戸隠や鬼無里にも集落を作り暮らしていました。当時の遺跡も見つかっています。

やがてナウマン象は滅び、人々の生活に大きな変化が現れたのは今から2000年前。海岸から離れたこの山奥深くにも、西から、南から、海を渡ってやって来た人々が定住しはじめたのです。

彼らは製鉄技術や進んだ文化、そして彼らの神々を持ち込み、山のイヤシロ地に磐座(いわくら)を築いて神々を祀りました。

土着の民とはどのように接していたのか、今となっては知る手立てがありませんが、新たな国家建設という希望を持ってこの島に上陸したことでしょう。

中でも、乾いた大地からやって来た者にとってこの緑多き島々は、楽園に、いえ桃源郷にさえ映ったはず。

これほど豊富な森林があれば製鉄に必要な木炭に事欠くこともないでしょうし、何よりも水、水です。

乾いた砂漠の地では水の確保が一番の課題。ところがこの緑豊かな島は、同時に水が豊かな島であり、彼らはいたるところに水の神を祀りました。

ここ戸隠もそう、始まりは水の神であり、ついてはそれが女神であろうと……

しかし、その後も次々と上陸した者たちは古き神を排除し、土地を奪い、そして新たな神を祀りました。

争いと支配がくり返される苦しい時代の始まりです。人々にとっても、神々にとっても。

ですが、そんな時代から千数百年、とうとう戸隠の地に古き神々と新しき神々が和睦する日がやって来ました。

天の時・地の利・人の和、すべてが整ったのです。

封じられてきた神々には長いあいだ待たせてしまいましたが、ついにこの日を迎えることになりました。

いよいよ、戸隠、開闢です」


テーマ曲に合わせてナレーションも終了し、照明が点けられた。

健太が奥社で『日之本とイスラエルの間柄が、いよいよ明るみに出る』と伝えられて約700日。まず取り上げたのは、約3000年前に故郷エルサレムを追われ、東へ東へと向かい来たエブス族だった。

家族や仲間と乗り込んだタルシン船が故郷の岸を離れ、次第に遠ざかってゆく。

もう二度と戻ることのないであろう大地。先祖代々暮らしてきたその土地を去らねばならなかった人々は、いったいどんな想いで遠ざかる故郷を見つめていたのだろうか。


いつしか大地は水平線の向こうに消え、次に想うことはただひとつ。どんな島が、どんな大陸が自分たちを待っているのだろうかだ。

途中で船が難破し、海に沈んだ仲間もいただろう。大きな不安と期待を胸に、人々は何を望んだのか。

水や食糧が豊富な土地か?

暮らしやすい気候か?

森林や薬草か?

すでにその地で暮らしている人々との共存か?

現代の日本人はそれを本気で思い出してみる必要がある。自分は3000年前、どんな想いを抱いてこの土地へやって来たのかと。

あるいは、3000年前の先祖さんたちは、何を求めてこの島に上陸したのだろうかと。

水も食糧も、暮らしやすい気候も、森林も薬草（薬）も人々との共存も、当時の人たちが望んだものので、現代の日本人が手に入れてないものはひとつもない。すべてを手にしている。

神々（先人）からのメッセージが読み上げられた。

『不安を想うその心
かつてを生きた己れにも
苦労絶えなかった先人にも
失礼極まりないことぞ

心の中では世の中の
あり方、己れの境遇に
嘆き悲しみおるけれど
玉し霊は
そんな己れの心に嘆き
光　閉じられおること知れよ』

健太が合図を送ると照明は消えて、音楽と共に映像が映し出された。懐かしきエルサレムだ。

場面はもちろん現代のものだが、シオンの丘が、オリーブ山が、嘆きの壁や聖墳墓教会が次々と現れては消え、たとえ顕在意識では自覚がなくとも、玉し霊は懐かしんでるはずだ。大昔に暮らしたその土地の光と陰を感じて。

参加者の中には、ハンカチで目頭を押える女性が何人もいる。

思い出しているのであろう。３０００年前、海を渡ってやって来たときのこと、２０００年前、陸路シルクロードを東に向かって進んで来たことを。

健太のナレーションが始まった。


「それぞれの時代、それぞれのルートで東の果ての島をめざし、示し合わせて今日ここに集った１７１の玉し霊。

宇宙に存在する銀河は約１０００億。

そのうちのひとつでしかない私たちの天の河銀河だけでも２０００億もの星があり、銀河のはずれ太陽系内の小さな星地球にさえ約70億もの人が暮らしています。

ですが人は、そのほとんどの土地とも人とも縁になることなく生涯を終えるのですから、このたびの立替え立直しである〝天地大神祭〟の最も大切な日２０１０年10月10日を、戸隠の地で共に迎えるご縁こそはまさに奇蹟です。

そしてこれは玉し霊の大いなる計画でもあります。

皆さん、お久しぶりでございます。

数千年前、同じ想いを抱いて船出をした人々の集いが、本日ここで実現いたしました。時間を越えたお祭りが」

本来ならば〝時空を超えた祭り〟とするところだが、ナイル年表は〝時間祭り〟になっているのでそれに合わせた。

会場内の天井や窓際は見物客で溢れている。

ヱビスさんを中心にエブス族の人々、守屋山に集ったイスラエルからの12部族、カエルもカカシも先人たちも。

ナウマン象はいなかったけど、桜子が言った『今日は世界中で一番神様密度が高い』というのは、どうも本当のようだ。

参加者総数が１７１人というのも、神ハカライを感じる。

というのも〝天地大神祭〟は「１７１」になるが、祭りの御神体ともいうべき軍配を健太に授けた菊理媛の数でもあるからだ。

「１７１」の前にまず前菜を少々。

〝軍配〟＝「１２５」

〝ククリヒメ〟＝「１２５」

〃開闢〃＝「１２５」

このあたりはパーフェクトで、さすが5の３乗だけあって血統書付きって感じの数だ。

「１２５」は他に〃高次元〃〃宇宙人〃〃方舟（はこぶね）〃、それに〃地球暦〃〃秋分〃など。

菊理媛は高次元から方舟に乗って降臨した宇宙人なのかもしれない。降りた日は秋分の日か９月９日か。

で、メインディッシュの「１７１」だが、実は〃白山菊理媛〃は「１７１」になる。

これは何を意味するかというと、地球人類立て替え立て直しの〃天地大神祭〃は、白山菊理媛が主祭神ということだ。

主祭神というのは〃主〃であり〃素〃でもあり〃須〃なので、数霊では「81」だ。

九九＝81、というのも九×九の理、つまりククリだ。理とは〃すじみち〃のこと。〃ことわり〃のこと。つまり宇宙の道理・法則だ。


その白山菊理媛が祭りに軍配を託したとなると、健太は媛の代理人。大丈夫だろうか。

〃時の記念日〃6月10日に軍配を授かった宝光社は、女人禁制のため奥社へ参拝することができない女性のために建てられた遥拝所だった。

当時はまだ神社ではないので、正しくは宝光院だが。

西暦１０５８年のこと、まだあどけなさが残る少女に、地蔵権現が罹（かか）ったことが宝光院建立のきっかけなのだが、その日は8月26日と資料には記されている。

諏訪での〃和睦の祭典〃と同じだ。

タケミナカタ神の復活祭より９５０年前、戸隠ではそんなことが起きていたのだ。

それはさておき、健太はひとつだけ気になることがあった。祭りが始まった直後から、何者かが数を使って攻撃してくるのだ。

出所を探ろうにも祭りに集中しているためにできない。それに、直接悪意をぶつけてくるのでなく、存在を隠したまま数霊エネルギーだけが襲いかかるので、相手がどこにいるのかさえ判らない。

数多くの神仏・守護者たちがいるので不安はないが、数霊攻撃は初めてなので気になって仕方がなかった。

（うっ、また来た）

『1・8・7・8・2』

天空から防御する天狗たちも、地中から見守る豆彦も、健太が攻撃の対象になっていることは充分承知していた。健太だけでなく言納まで攻撃を受けていることも。

しかし、たとえ神といえども、祭りの会場でどちらか一方に軍配を傾けることは許されないのだ。

なので天狗も豆彦も攻撃には転じず、一切の怒りや恨みを持つことなく健太たちを、いや、会場全体を守護していた。

なぜ怒りや憎しみを表してはいけないのか。

それは、奴らが最も好むエネルギーだからである。

その中で紅葉は一人で奴らに対峙し、攻撃に耐え抜いていた。

その誇り高き精神こそが、桜子を以てして〝貴女紅葉〟とまで言わしめた所以（ゆえん）である。

頑張れ、紅葉。あっ、軍配を傾けちゃいけないんだった。

＊

故郷を追われ東の果てをめざした古き民びとたちの望みはすべて揃った。

それは、かつての自分が望んだ願いは何もかも叶ったということ。

ならば今こそ玉し霊が求めている挑戦をすべきときである。

言い訳などしているようでは、過去の自分に対して恥ずかしいし失礼だ。

自らを神の分けミタマと自覚したいのであれば、内なる神をそんなみっともない姿にしておいてはいけない。

何かに挑戦するということは、自分を活かすことであり、挑戦している瞬間瞬間は、自分らしく生きている〝今〟なのだ。

それに、その瞬間瞬間は〝私が私である〟ときであり、〝私の使命は何だろう〟とか〝私はどう生きればいいのか〟といった迷いはない。

シャルマ曰く、

『玉し霊の求めに従って大きな挑戦をするということは、

〝過去の自分への恩返し〟

であり、

〝未来の自分への贈り物〟

である』

何かに挑戦してみたいと思うのは、過去の自分もそうしてきたので、さらに磨きをかけてほしいと願う玉し霊への恩返しなのだ。

あるいは、挑戦したくてもかつての境遇はそれを許してくれなかったので、来世こそはと玉し霊が望む、その望みに応えることでもある。

もし自分に「才能＝41」があるならば、過去の自分が何かに挑戦し、それによって得た感性を未来の自分へプレゼントしてくれたからこそ、その未来の自分である今の自分は、才能に恵まれているのだ。

だからその才能を活かすことは〝過去の自分への恩返し〟であり、今生で挑戦して得た感性は、才能として未来へ持ち越すことができるため、〝未来の自分への贈り物〟なのだ。

さすがシャルマ先生。

「あなたは過去生でヨーロッパの貴族だったのですよ」などと、およそ相手の成長に役立たないことはひと言もおっしゃらない。

まぁ、仮りに誰かがそんなことを伝えたとしたって、健太も言納も無視するだけだ。

「へー、それで？」って。

話を戻すと、「完成＝26」に近づくために技や精神を高めるには、玉し霊が何度も肉体三次元に生きることで成し遂げられるようなので、たとえ今生での挑戦が叶わなかったからといって、悲観など決してする必要はない。

挑戦して得た分は来世に持ち越すことができるのだから。すると来世は今世よりも才能がある自分になっている。すばらしいプレゼントだ。

アイルトン・セナはこう言った。

「チャンスはすべての人へ平等に与えられている。この世に生を受けたこと、それ自体が最大のチャンスだ」と。

そうは言っても生まれながらにして障害がある人もいれば、家庭環境によって充分な教育が受けられない子もいる。

国が違えば食べることさえ儘（まま）ならない人たちも大勢いるのに、ナニが平等なチャンスだ。

あなたは恵まれた環境に育ったからそんなことが言えるんだ。と、思いましたか？

思っていいんですよ。

しかしよく考えてみて下さい。

平等に与えられているのは挑戦する権利であって、「恵まれ度」ではありません。

立場・境遇は違えど、その状況の中で何かに挑戦する権利が誰にも与えられていて、挑戦しなければチャンスも来ない。

アルペンスキーの選手でマーク・ジラルデリという、唯一年間総合優勝を5回も果したスーパーマンがいた。

その彼は、

「レースはスタートすることで様々なチャンスが生まれる。もしスタート台に立つことを拒否すれば、その後に生まれるであろうあらゆるチャンスを放棄することになる」

と話している。

とにかく第一歩を踏み出すこと。

そうすれば様々な縁や気付きが生まれ、はじめは小さなものであっても確実にチャンスと巡り合うことが出来るはず。

自らに宿る神を活かさずして、外の神を活かせるかって。夢中になるのは自分自身。あっ、これは前に書いたか。

ついでなので「恵まれ度」についてもひと言。

もし今、貯金が30万円しかない人は、貯金を３００万円持った人と比べたとき、とても不安になったりみじめな想いをすることがあるかもしれない。

確かに貯金の額だけを比べれば１００倍もの差があるのだから、それも致し方なかろう。

しかしだ、忘れていることがある。

目は見えますか？

視力をお持ちかと聞いているのだ。

その視力、３億円が当たった宝くじと交換してあげますよ、と言われたらどうする。

３億円だぞ。嫌か。そうか。

ならば２本分の当たりくじならどうだ。

目を差し出すことで６億円がもらえる。

それでも嫌か。

だったら３本９億にするから、両手両足と交換しよう。

えっ、何だ、それでも嫌なのか。

だったらお聞きしますが、その身体、トータルでいくらの価値があるんですか？

６億円で目だけさえも嫌、９億円で両手両足も嫌。

聴力や嗅覚、五臓六腑から脳の働きまでを含めると、トータルでいくら持ってるのかってことだ。しかもタダで与えてもらっている。

金額にはできないが、仮りに30億円にしておこう。話の都合上、それがいいのだ。

先ほど、30万円と3000万円の貯金を比べたので「恵まれ度」に100倍もの差がついてしまった。忘れているものとは自分自身の肉体30億円だ。それを含めると所持金は30億30万円と30億3000万円。あんまり変わらない。

ただ、金額が大きすぎてピンとこないから〝0〟を4桁分減らす。

女性二人が念願叶ってヨーロッパ旅行へ行くことになりました。

イタリアやフランスで買い物も楽しみたいので、お小遣いは少し多めに持ってきています。

一人は30万30円。

もう一人は30万3000円です。

このとき、30万30円が30万3000円に向かって「そんなにたくさんお金持ってるのー。羨ましいなぁ」

って言いますか。

一緒一緒、そんなもの。

つまり、表面だけの「恵まれ度」しか捉えてなければ悲しくみじめにもなるが、肉体を持って生きている価値を含めたら、みんなそう変わらない。

それよりもだ。もし3億円が手元にあれば、あれに使おう、これを買おうと考えてばかりいるのではなかろうか。

いや、当る前からそれをやる。取らぬ狸の皮算用だ。

宝くじを買っただけでまだ当たってもいないのに、気持だけは丘の上に建つ瀟洒(しょうしゃ)な洋館で暮らし、ガレージにはフェラーリとアウディが収ってるんじゃないの。当たってからにして。

当たってもいない3億円の使い道にそこまで夢中になれるのなら、すでに当たった30億円の使い道を考えてほしい。

30億円もの価値がある自分の身体なんだから、あれに使おう、これもやってみようと、なぜその使い道に夢中にならないのだ。

そのための挑戦だ。

スタート台に立たなければチャンスは生まれない。

そして最後にもうひとつ。

挑戦することは、自分が自分らしく生きるためであり、もし目標を達成できなくても別に問題はない。

目標は、達成しなければならないものではないのだから。

目標を持つことで、意識のベクトルが定まる。すると〝今〟をどう過ごすかが決定付けられるし、その瞬間瞬間が成長へと繋がっていく。

お住まいの市町村では、目標が達成できないと逮捕されるんですか?

市役所から「目標未達成税」の請求が来て、翌年の市民税が5割増しとかになるんですか?

目標とは、〝今〟を生かすために立てるものであり、達成できずとも〝過去の自分への恩返し〟と〝未来の自分への贈り物〟にはなっているのだ。

さぁ、祭り会場へ戻る。

エルサレムの映像が終わると曲が変わり、シルクロードのテーマが流れ、スクリーンもその景色になった。

砂漠や山脈の風景に混じり、陽に焼けた少数民族の顔も映し出される。

その顔つきは日本人と何ら変わりがなく、同じ祖先を持っているのだろうが、その祖先とは……。

大昔、エジプトやイスラエルから、あるいはトルコやペルシャから、大勢の人々が陸路シルクロードを渡って日本にやって来た。

その中には途中の村に残る者もいたであろうし、村の娘を娶って再び東をめざした者もいた。

老いた自分たちに代わり、子供たちが東の果ての国へ向かった場合もあるし、どこかの地に子供を残して人生を終えたかもしれない。

子供を残してきた？　ということは……。


映像途中でナレーションが始まった。

「タクラマカン砂漠、天山山脈、カシュガル、ウルムチ、クチャ、トルファン、敦煌……、チベット族や雲南省の少数民族。


そこに〝今〟暮らす人々は、私たちの〝過去〟の姿そのもの。

なので、かつての私たちは〝今〟もそこで生きています。愛しい子孫として。そして、私たちが過去にそこで生きていた証として、今も命を受け継いで生き続けてくれているのです。

人は苦しみが続くと、先祖に向かって〝助けて下さい〟、そう願うことがありますね。

大きな迷いの中では〝どうか導いて下さい〟と、先祖に求めることもありますね。

私たちが先祖に手を合わせるように、彼らも同じようにしているとしたら、望みを叶えてあげなければならないのは、過去にそこで生きた先祖としての私たちなのではないでしょうか。

彼らの先祖、それはお墓の中や天空にいるのではなく、ここにいる私たちです。

他人と思っているようでは先祖失格ですね。そして子孫不孝です。


遠くで今も生き続けている子孫に対し、先祖としてどうあるべきか、何をしてあげられるのか。

どうか、遠くの子孫に対しても、メシアでいてあげて下さい」

　身内に子供や孫が産まれればお祝いをするように、時空間を越えた意識を持てば昨日チベットで産まれた子供も、今日雲南省で産まれた子も、我が祝い事である。

　チベットのその子は自分の25代先の孫かもしれないし、雲南省の子は１５００年前の弟の子孫なのかもしれないのだから。

　健太はエジプトで、３千数百年の時を越えた先祖と子孫の対面を経験した。双方が肉体を持った状態でだ。

　しかしそれは、気付いてないだけで誰しもがいつでも経験していることだ。もちろん日本国内ででも、同じ町内でも。

　ただ問題は、エジプトや雲南省に生きる人たちにとっては、生活するのに精一杯で、このような意識を持つことが難しい。

　ましてや一神教国家で、メシアは時空を越えた自分自身などという考えを持つことはないだろうし、指導する者もいない。

　なので、親が子の行動に責任を取り、部下の失敗は上司の責任でもあるように、世界中すべての人々が起こした問題を、我が子孫の行いとして日本人一人一人が責任を持った意識にて生きる。

　これは「天の浮橋」に立つ神々の意識だ。

　神仏が人々を育てるのに損得では考えないように、日本人も世界中の人々を神仏と同じ目で見る。それができてこそ国番号「81」の国家なのだ。

　したがって、自らに菊理媛のハタラキを現したいのなら、白山神社に参拝するのではない。

　被害者にも加害者にも、与党にも野党にも、そして中国やアメリカに対しても、まずは軍配を水平に保った状態でモノゴトを見つめてみること。それが菊理媛になることだ。

まだまだ多くの問題があるだろうが、裁判員制度は国民が菊理媛のハタラキを身につけるために動き出したエネルギーでもある。

裁判員に選ばれた人は、これまで経験したことがないほど、対する出来事に軍配を傾けずに触れる。

双方に対し、その言い分だけでなく育った環境や親の生き方までを考慮し、最終的には軍配を傾けるわけだが、その責任感に苦悩する。

そして、今までいかにわずかな情報だけで安易に軍配を傾けてしまっていたかを思い知るであろう。

白山神社へ参拝することが無駄なのではない。

菊理媛を外に追うのではなく、一体になるために我が内に菊理媛を宿す。

〝脱神社宣言〟の目的はそこにある。

『祭壇のみが祈りの場
　人よ思うておらるるが
いずこにおりても祈りの場
　一歩一歩の歩みさえ
祈りとなりておることを
　知りてお暮らし下されよ』
（『臨界点』326ページより）

〝祈り〟とは、〝意乗り〟でもある。

〝意乗り〟、それは玉し霊の意に乗った生き方のことだ。


さて、数霊攻撃『1・8・7・8・2』は続くが、この祭りで最も大切な目的ふたつのうち、ひとつを健太は話し始めた。

「純粋な信仰をなさっている人には受け入れ難いかもしれませんが」と前置きしてから。


先ほどのチベットや雲南省で生きている人を我が子孫として見たが、その子孫の玉し霊は自分がその地にいた時の先祖さんかもしれない。

となると、すべての人々が愛しき我が子孫の可能性を含むように、すべての人は敬うべき我が先祖さんかもしれない。

自分から広がる先祖の世界。

自分から広がる子孫の世界。

その中心を貫く中心軸。これを「縦時間軸」と呼ぶことにする。

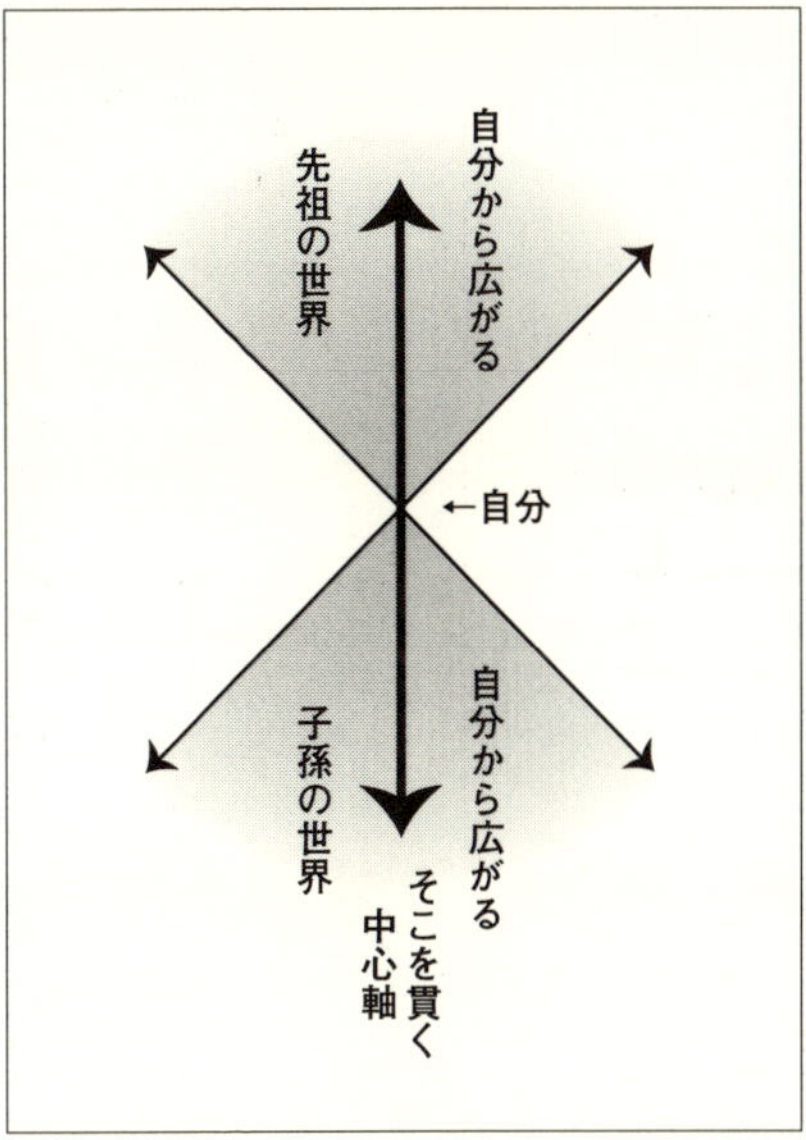

次は横だ。

今を中心に広がる未来の世界。

今を中心に広がる過去の世界。

その中心を貫く中心軸。これは「横時間軸」だ。

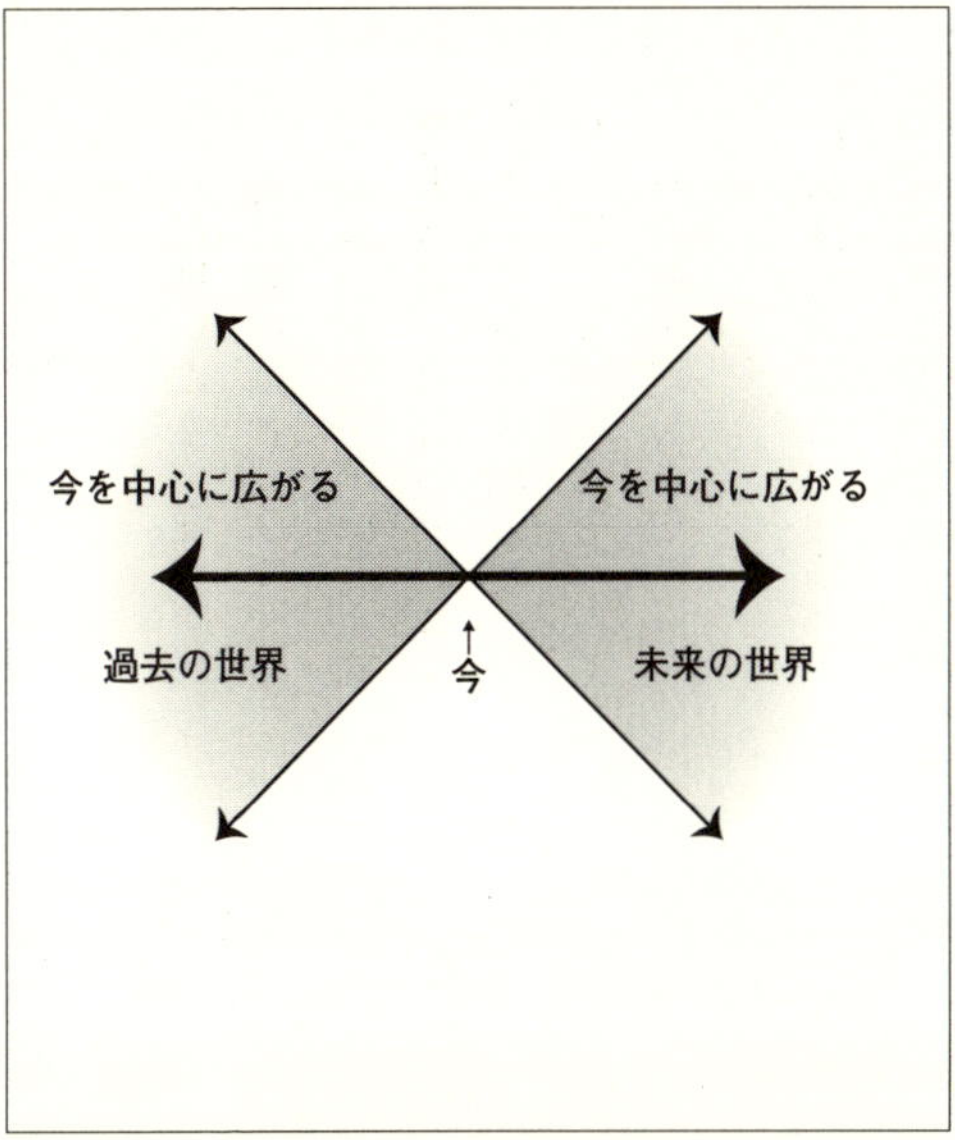

この2本の軸を合わせることによって現れる〝十〟文字。
この〝十〟こそが隠された十なのだ。
戸隠は〝十隠〟なのだから。
この〝十〟を意識することで〝戸〟は開く。

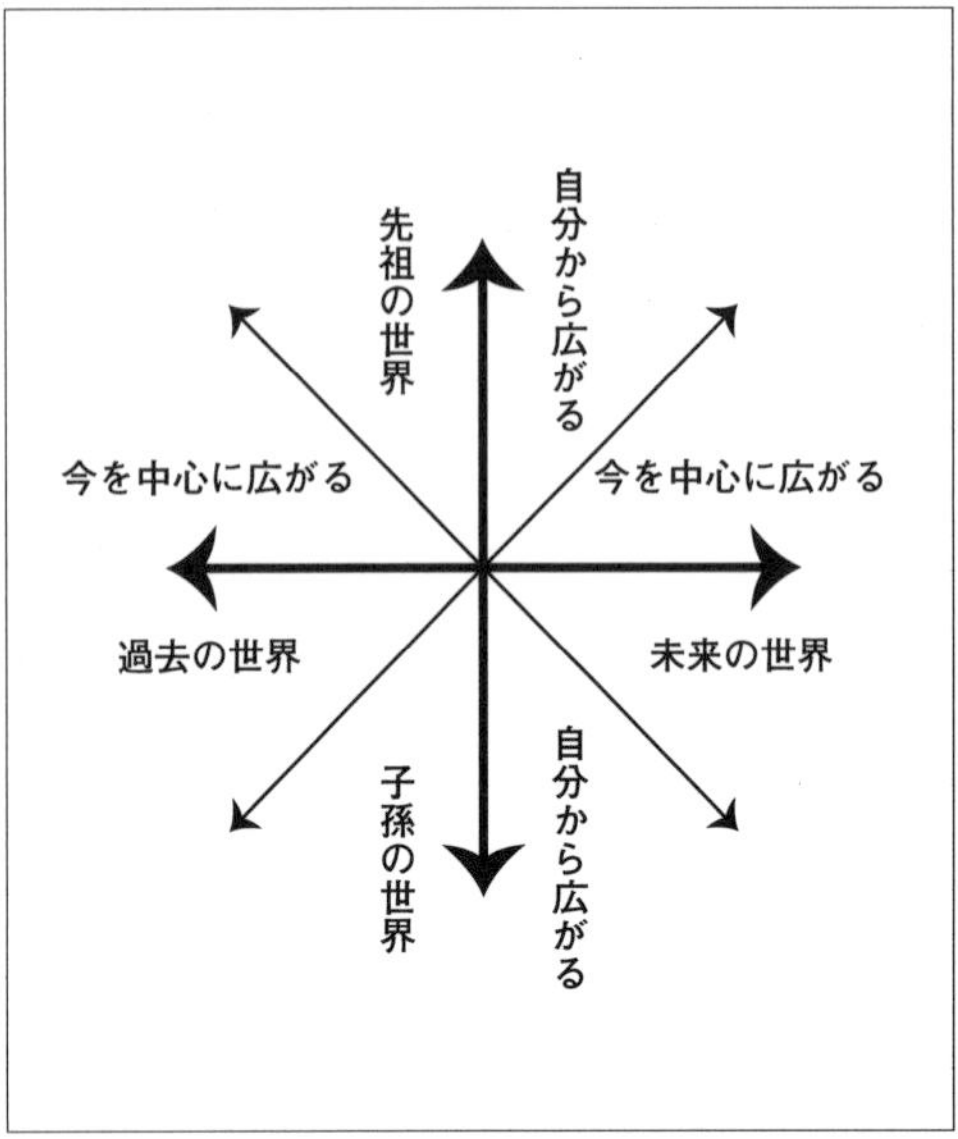

『人々よ
日戸(ひと)は開(あ)いたか　奥の戸は
八番目の戸は強固なり
ようよう側まで来るものの
恐れ邪魔して開けられぬ
いかに恐れを手放して
見つけた秘戸に手をかけて
己れの鍵を差し込むか

己れ持ちたるその鍵は
丸の真中に定まりて
ゆらぐことなく存在す

人々よ
おひとり一人　奥社まで
己れの足で一歩ずつ
歩み進めてほしきもの

たれに聞いても尋ねても
問いの答えは得られぬわ

彷徨（さまよ）いて
長き時空を通り抜け
いまこそ見つけん
己れの秘戸（人）よ』

八番目の戸というのは、エルサレムの旧市街で開かずの門になっていた黄金門に通ずるところがある。

エルサレムから帰ってから約5ヶ月後、京都は東寺の東門が405年ぶりに開いたことで、黄金門が開いたとの知らせがあったが、次は人の内なる秘戸を開ける。

その戸の鍵こそが先ほどの〝十〟であり、
『己れ持ちたるその鍵は
丸の真中に定まりて』
丸の真中に〝十〟が入れば〝⊕〟だ。
たくさん存在する〝⊕〟の解釈で、やっと納得できる答えが見つかった。

探し求め、彷徨い続けてきたけれど
『長き時間を通り抜け』
縦と横に貫くことでとうとう鍵の形が判明した。
さて、鍵穴はこの鍵で合うのだろうか。

健太が緊張したのはこの先だ。純粋な信仰者にとって、この話は不敬罪に当たる。しかし、伝えなければいけない。

映像に出てきた雲南省の少数民族は、千数百年前にそこで生きた自分の47代先の子孫かもしれない。

健太がエジプトで出会った青年は、3千数百年前の自分から数えて121代先の子孫かもしれない。

ということはだ。

キリストは何年前の人ですか？

そう約2000年前だ。

ならば、エルサレムで生きた2千数百年前の自分の、6代先の子孫かもしれないではないか、キリストは。

モーゼだってそう。エジプト時代の自分の玄孫（やしゃご）かもしれない。

あるいはモーゼやキリストは甥っ子で、幼い彼らに生き方や神についてを指導したのは自分だったとしたら。

国内においても同じだ。

空海は1300年前の自分の曾孫かもしれない。

ならば空海が〝先祖様、ありがとうございます〟と手を合わせたその先に、自分はいる。

そして今、こちらが空海に手を合わす。

お互いが拝み合いをしている。これが循環だ。マハリテメグル人の玉し霊なのだ。

ということは、仏壇やお墓の先祖に対しても、「先祖さん、助けて下さい」と祈るが、その先祖が生きている間に「先祖さん、助けて下さい」と祈った先祖の中には自分がいたかもしれない。結局、祈りは自分へと返る。

となると、諏訪大社のタケミナカタ神の前で手を合わせている自分は、タケミナカタ神が手を合わせる先に先祖としていたとも考えられる。

スサノヲ尊・ニギハヤヒ尊は、それぞれ自分の3代先・4代先の子孫であるならば、スサノヲ尊やニギハヤヒ尊が先祖を頼ったとき、頼られているのは自分であり、子孫の望みを叶えようとハタラクのは自分なのだ。

ならば一方的のみに崇めるのは、マハリテメグってない。それこそが自分自身の玉し霊への不敬罪だ。

今まではこのように考えてはいけないことと思われてきた。

しかし、時空は解放されたのだ。

意識にしっかり〝十〟文字の鍵を持つことで、時空を越えた存在になる。

さらに意識を広げてみよう。

高次元意識体がジャンジャン地球にやって来ている。

彼らは地球三次元で三次元的高次元社会を完成させるため、手助けにやって来てくれている。

が、今の肉体人間もかつてはどこか他の星にいて地球へ転生してきたんでしょ。

自分たちでそう言ってるじゃないですか、

「私はプレアデスのタイゲタ星から来たの」

「私はシリウスーッ」って。

だったらその星に子孫を残していても不思議ではない。

となると、天空から、あるいはUFOからメッセージを伝えてくる高次元意識体は、自分の子孫なのかもしれない。

「先祖さーん、助けに来ました」って。

かつての自分の子供が何度かその星で生まれ変わり、今になって地球に暮らすかつての親を指導しに来てくれているのかもしれない。

いや、ひょっとしたらずーっとその星に留まり続けた自分の先祖が、地球に転生して行った子孫を心配して様子を伺いに来てるのかもしれない。


すべては循環、マハリテメグルのだ。

ブッダも、キリストも、高次元からやって来た宇宙人も、みーんなみーんな〝十〟文字の広がる中にいて、その中心は自分なのだ。

そう、時空の中心は自分。

それを体感することが〝0次元への集約〟で、菊理媛のハタラキを持つ、いや、菊理媛になることである。

そして〝脱神社宣言〟だが、時空を解放した〝十〟文字意識をすべて内側で循環させればそれでいい。

それはやはり〝神棚開けたら三面鏡〟理論の延長だ。


祈るのは自分。祈られるのも自分。

ならば、祈った自分がいる以上は、祈られた自分に責任が発生する。

祈られた自分は、祈った自分の望みを叶えるために何を伝え、そして自らはどう動くべきか。その責任を果たす。

三面鏡にはどこまでも自分しか写らない。

そこに写った者こそが、探し求めて止まなかった神の姿。

その神を信じる。その神を頼る。

信頼されたその神が、神としての自覚を持ったとき、自分にとって唯一のメシアが出現するのだ。

『人々よ
心境高くなりぬれば
〝宮〟すらいらぬぞ
目当てなぞ
無くとも済むぞ　己れこそ
神の宮居と知りたなら
己れおる場が聖地なり

己れの触るるものすべて
浄まり輝く物実（ものざね）ぞ
己れ発する言霊は
四方八方　三界四海
響いて万象万物を
浄め癒してゆくものぞ

そを知りたなら人々よ
万象万物すべてのすべて
愛（め）でて讃えよ　感謝とともに
天地（あまつち）つなぐお人こそ
すべてを和（やわ）し輝かす
御役（みやく）いただき地に降りた
神人（かみびと）となりと知りたもう

けふ（今日）の日を

讃えて過ごすお人こそ
かけがえのなき神の依り代（よりしろ）』

人として分離した宇宙の大いなる意志の分けミタマが、「全」を包容しつつ「個」として独立すれば、もう建造物としてのお宮（社）は必要ないのだそうだ。

三次元への第一歩として育てられた〝子宮〟だって母の胎内にあり、建造物ではない。

*

〝時間祭り〟としての要素は済んだ。次はもうひとつのテーマ〝古き神々への祝福〟だ。

数霊攻撃の激しさが増してきていたが、その攻撃が健太や言納に届かぬよう必死で守護する存在があることも感じられる。

守護者は一切攻撃に転ずることなく、ただひたすら受身で耐え抜いていることも。

なので、何が何でも最後までやり通さねばならない。

照明が落とされダース・ベイダーのテーマ曲が流れた。

健太は、1700年以上前に平穏な戸隠が乗っ取られた様子を、曲に合わせて描写した。

とはいっても、戸隠の地が「戸隠」と呼ばれるようになったのは明治5年のことなので、当時はまだその名は無かったが。

「『この山にも我れらの神を祀るぞ』

武器を携えた屈強な男たちが大勢で山を登って来ました。

おそらく、途中の村は彼らに破壊されたり支配されたりで、逆らう者は命を奪われたに違いないでしょう。

この地には国栖（くず）と呼ばれる民が暮らしていまし

た。村人は大慌てです。小屋の中に隠れる者、山の中へと走り出す者、それはそれは恐しい光景でした。

『おい、あそこに誰かいるぞ。どんな奴らだ。あの連中は』

『はい。あれらはクズどもでございます』

『ふん、クズか。エブスやツチグモと同じで、クズどももウザいわ。とっ捕まえて追い出せ。逆う者があれば殺してしまえ、いいな』

こうして村人たちは無抵抗のまま侵入者たちに取り囲まれ、自由と平安を奪われてしまいました。

『よし、我らの神はあそこに祀るぞ。見ろ、なかなか立派な磐座があるじゃないか。あの磐座なら我らの神も……』

『ちょっと待ってくれ』

一人の男が立ちはだかりました。

『あそこは駄目だ。あの磐座はミズチ様がお祀りして……』

『えーい、黙れ。クズどもの言うことなど気に止める必要などない。すぐに破壊してしまえ』

『駄目だ、やめろ。そんなことをするとミズチ様の祟(たた)りが、うわーっ』

『手を焼かせやがって、クズめが』

男はそのまま息絶えてしまいました。

『ところでクズどもが祀るミズチとやらは、いったい何者だ』

『はい、奴らの言うミズチ神とは龍のことでございます』

『龍だと。おい、聞いたか。クズどもがイッチョマエに龍なんぞ祀りやがって。ちゃんちゃら可笑(おか)しいぜ、なぁ。クズどもが龍だとよ。だったら、クズが祀った龍で〝クズ龍〟じゃ』

男たちは大笑いした。

『かまわん、叩き壊せっ』」

こうして〝クズ龍〟と蔑(さげす)まされた龍神も、今となっては九頭龍として戸隠の地を守護している。

ところで「八岐大蛇(やまたのおろち)」の名は聞いたことがあると思うが、あれは〝首が八つ〟なのか〝股（岐）が八つ〟なのかを考えたことがおありか。

手の指をパッと広げてみると、指は5本、股は4つだ。

八岐大蛇は、頭が八つに枝分かれしているから八岐大蛇ならばそれでいい。八頭七股の大蛇ということで。

しかしだ。もし股が八つあるなら頭は九つあることになる。九頭龍だ。

神話ではスサノヲが八岐大蛇を退治したらその体内からアメノムラクモ剣が出てきたことになっているが、そんな話は史実でない。

ひょっとすると（九頭）龍を祀っていた土着民たちから奪った剣がアメノムラクモで、しかもスサノヲが取り上げたのではなく、スサノヲの血を継ぐ民族が持っていた剣を朝廷が奪ったのではないか。

けど、それでは都合が悪いのでスサノヲが八岐大蛇から取り出し、なぜかそれがいつの間にやら朝廷側に行ってしまった。

スサノヲは牛頭天王と称されるように、牛でもある。

かつて戸隠の地は牛と龍が共に祀られ、共存しいたのかもしれない。

和睦の地に選ばれたのが戸隠なのはそのためか。

ナレーションを言納にバトンタッチ。

音楽は一転して女性ボーカリストの静かな曲だ。何となく宇宙空間を漂っているような感覚になる音に、参加者の多くは目を閉じた。

「21世紀に入って間もない、2002年7月29日、

729（七福）の日のこと。

『シー、何か聞こえる』

『えっ、何が？』

『シー、耳をすませてみて』

戸隠に暮らす女性たち何人かが、戸隠山の方からかすかに聞こえる奇妙な音に気付きました。

『なんなの、この音』

『あっちの方からみたい。行ってみようよ』

それは奥社へ通ずる参道の向こうからです。早速彼女たちはそちらへ向かいました。

奥社が近づくにつれ、その音は大きくなってきます。

『ねぇ、これってイビキ？』

『誰のよ』

『何だか苦しんでる声に聞こえてくる』

彼女たちはそれでも恐る恐る音の出所へ向かうと、そこは奥社ではなく、隣の九頭龍社でした。

そしてその音とは、もがき苦しむ九頭龍の呻き声だったのです。

『あなたたちを呼び寄せたのはわたくしです』

姿は見えないけど、突然女神様の声が聞こえてきました。

『九頭龍が苦しんでいます。どうか助けてあげて下さい。このままですと、この地はどんどん寂れてしまいます。主祭神が封じられたままなのですから』

（やっぱりそうだったんですね。最近は観光客の数も少ないし、何か戸隠に膜が張ってるような重たさを感じていました）

『ええ、それを感じているあなたたちだからこそ、今日こうして来ていただいたのですよ』

（私たちに何かできることがあるのですか）

『明日から101日間、毎朝ここへ来て、九頭龍に〝まごころ〟を届けて下さい』

（まごころ、ですか。どうすれば九頭龍様にまご

ころが届くのでしょう）
　『届けるのはカタチではありませんよ』

　その言葉を最後に女神は消えてしまいました。つまり、どのようにするかは自分たちで考えろ、とのことだったようです。

　そして翌日から毎朝彼女たちの101日間〝まごころ届け〟の行が始まり、秋が深まりつつある11月7日に満行を迎えました」


　健太が『イスラエルと日之本の……』を受け取ったのは、ちょうどその日の6年後のことだ。

『弥栄三次元』でも触れているので詳しくは省くが、101日間の行により九頭龍に子供が産まれた。

　神と人との和合によって産まれた子龍だ。日之本を背負って立つような龍へと成長するであろう。

〝子供〟＝「101」
〝和合〟＝「101」
〝日之本〟＝「101」
なので101日間だったのだ。

　健太は言納にそっと耳打ちをした。

「おい、大丈夫か？　『1・8・7・8・2』攻撃」

　すると言納は目を見開いたまま小声で返した。

「えーっ、健太もなの？　私もさっきからその数字が背中に突き刺さってくるの。何のことなの、1・8・7・8・2……」

　言い終わらぬうちに言納の顔面が蒼白になった。

　さいわい会場内は暗いままなので参加者には気付かれてないが、言納は冗談抜きで倒れそうになった。

　脳がガシャガシャ動いて、攻撃してくる数字の意味が判ったからだ。

　健太にも『1・8・7・8・2』

　自分にも『1・8・7・8・2』

　これは〝イヤナヤツ＝嫌な奴〟を表していた。そ

して健太と言納が並んで立ったことで
1878 2 + 1 8 7 8 2 = 3 7 5 6 4
言納が倒れそうになったのはこれだ。
3 7 5 6 4。
これを〝ミナゴロシ=皆殺し〟と読む。

『もう少しです。最後までやり抜いて下さい』

豆彦が現れた。国底立大神になった今も言納や健太には敬語だ。

「うっ」

言納が小さく呻くと同時に背すじを伸ばした。桜子が言納の体内に入ったのだ。

桜子は自らが剣になって背骨に宿ることで、言納の背骨に気を通した。

背骨に充分な気が流れていれば、邪悪なモノに憑依されないし悪質な念も受けない。

これは「背降りつハタラキ」といって、瀬織津姫のハタラキである。

本来は自身で気を通すべきなのだが、今は緊張時なので桜子がそれをやった。

♪アーヴェマリーアー……

曲がアヴェ・マリアに変わった。

「101日間の行を終えた女性たちが再び女神に呼ばれたころ、すでに戸隠は雪がちらつく季節になっていました。

『ありがとうございました。あなたたちのお力で、この地に光が戻ります。やがてここへ至る参道も〝光を観じにやって来る人々(=観光客)〟で溢れることでしょう。わたくしにもやっと光が届くようになりましたし』

(えっ、ちょっと待って下さい。どうゆうことですか。まだこの奥に閉じ込められたままなんです

か)

女性たちが立つのは九頭龍社ではなく、奥社左の小さな祠の前。どうもこの奥に戸隠で最も古き女神が封じられているようです。

(もう一度、もう一度私たちが101日間の参拝をすれば女神様はそこから出られるのですか)

しかし女神は何も答えません。それで女性たちは、小さな祠の前にひざまずいて懇願しました。

(私たちができることなら何でもします。ですから、どうしたら女神様がそこから出られるのか教えて下さい)

(お願いします。教えて下さい)

すると、彼女たちの想いに心うたれた女神は、あることを伝えました。

『玉し霊の仲間をこの地に呼びなさい。全国の仲間に届けるのです。あなたたちの霊し玉が発する叫びを。

必ずその想いは全国に届きます。

それまで待ちます。

これまで一千と七百年も待ったのですから、わずか数年を待つことなど容易(たやす)いことです。

隠された戸を開けるための鍵穴が並ぶ日、大勢の仲間がこの地に集います。その日、わたくしは……』」

言納は声を詰まらせた。

隠された戸を開ける鍵とは、時空を越えた超意識を表す〝十〟文字のことだ。

その鍵が並ぶ日、それは2010年10月10日。そう、今日この日である。感極まるのも無理はない。

それで健太に再びバトンタッチだ。

最後の曲、トップガンのテーマで鐘の音が響いた。

いよいよ古き神々への祝福だ。

「２０１０年10月10日
天地大神祭in戸隠

どれほど大勢の人々がこの地を訪れようが、太古の神々にまで思いを馳せることなど、ほとんどありません。

ましてや１７１人もの人が太古の神々や、封じられてきた神仏・先人に向けて心のこもった祝福を送るなどということは、おそらく有史以来初のこと。

この地が修験者で溢れていたときでさえも、このようなことはおそらくなかったのではないでしょうか」


音楽が激しくなった。いよいよクライマックスへ突入する。

健太は神々からのメッセージとして、この日のために降りたものに、以前守屋山で受けたものを合わせて使用した。

『人々よ
長き時空のその中で
渡り来たりた神々は
先着の神　後進の
神を遮り防戦す
後進の
神々次々渡り来て
大八洲
支配と服従入り乱れ
怨念の
連鎖ここまでつながりぬ

高天原（タガーマ・ハラン）から大八洲
東方の
光めざして神々は
持ちたる信念　さまざまに

揚げつ集いて来たるかし
押し合いへし合い共存し合い
長き歴史は綴られし

しかして今ここ大八洲
すべてを和し　神々は
完全和睦を望まれし

打ち寄せる
波の如くに人々は
集いて来たり　日の国へ
我れこそは
我らこそはと日の国の
真なる覇者ぞと争いて
戦はやまず　これまでの
長き歴史は戦乱の
上に成り立つ　悲しやのう

「和を以て
尊しとなす」　これこそは
尊き誓いぞ　忘るるな
誰ひとり　虐げられず
誰ひとり　泣く者はなく
誰ひとり　下に置かれぬ
すべての人々　和のもとに
共存共栄　それこそが
〝光の帝国〟　日の国の
真なる教えぞ　知りたるか

何びとも
何々びとも
お日の国ではみなひとつ
すべての人種は溶け込んで
日の民となり　めでたやのう
やれ　めでたやのう

天地(あめつち)の　大神祭(だいしんさい)のただ中の
戸隠開闢　めでたき日なり』

健太がいつになく力強い口調でメッセージを伝え終えた瞬間、祭壇中央に置かれた軍配を言納が高く持ち上げ参加者に向けた。

すると軍配に描かれた日と月から光が放たれ、その眩しさに参加者は手のひらで目を覆った。

そして驚きの声とともに拍手が沸き起こった。

「お日とお月は大調和
牛と龍は尊び合いて
古き神・新しき神は和睦を迎え
飯綱の神と戸隠の神は手を取り合い
仏も神も足並み揃え
つぶした者も　つぶされた者も
もうお仕舞(しまい)
封じた　封じられたも
今日で終わり
さぁ、太鼓の振動にて太古の響きを届けていただきましょう。
これで開くはずです。
大地の奥底に隠されていた戸が。
そして人の奥深くに秘められた戸が。

まさに祝いの瞬間です。

登場していただきましょう、〝和太鼓に選ばれた男〟に!!」


白い衣装に身を包んだ男が現れた。フードにすっぽり頭が被われ顔は見えない。この男が〝和太鼓に選ばれた〟男である。

足を床に擦りつけるようにしてゆっくり歩を進める男は、桴(ばち)ではなく丸太を抱えている。

そして床に寝かされた大太鼓の前に立つと、丸太を垂直に高々と持ち上げ、スッと手を離した。

ドンッ。

反動で撥(は)ね上がった丸太は、再度高く持ち上げられると、また手から離され太鼓を鳴らす。

ドンッ。


太鼓が鳴り始めた途端、数霊攻撃は止んだ。

言納からは桜子が飛び出し、豆彦も健太の背後から離れた。もう大丈夫のようだ。

『ご迷惑をおかけいたしました』

(あなたは?)

『紅葉でございます』

(もみじって、あの紅葉さんですか?)

何と貴女紅葉が言納に話し掛けてきたぞ。

『あなた様に攻撃してきた者は、私と同じく元はプレアデスの生命体です。龍信仰が退化し、いえ、退廃した結果に生み出された低級意識がトカゲと化して、同調する意識レベルの者たちを乗っ取ってしまいました。本当に何とお詫びを申していいのやら』

(……トカゲって……)

言納は返す言葉が見つからなかった。

そりゃそうだろう。

唐突にこんな話を始めるのは、知る限りにおいて他には乗鞍の仙人先生とはせくらみゆきさんぐらいだ。

それで、紅葉が伝えるにはこうだ。

太古の昔、プレアデスの中のある星でのこと。龍のエネルギーが歪んだ道へと悪用され始め、ついにはそれに歯止めが効かなくなってしまった。

その結果、欲望に乗み込まれた者たちは、とうとうひとつの文明を破滅させてしまったのだという。

そのときに人々の低級意識から、邪悪で爬虫類的エネルギー体が生まれ、それがトカゲの姿をしているらしい。

プレアデスではそのトカゲ型生命体のことを〝龍信仰の成れの果て〟と言うのだそうだ。

それで、トカゲ意識に支配された者たちは、仏教的表現の〝餓鬼〟となった。

トカゲ人たちは餓鬼へと堕ちても知脳は高く、しかし感情というものが退化してしまった。

して、プレアデスを追放されたトカゲ人がやって来たのが地球だ。

奴らは肉体を持たないので、物質的な食事はしない。

しかし、生命体を維持するには何かしらのエネルギーが要るわけで、奴らの大好物が人間から発せられる「負の感情」なのだ。

特に「怒り」と「不安・恐怖」が好きらしく、正常な人間にとってはニガく感じるであろうその波動が、奴らにとっては甘いらしい。

面倒なのは、感情があまり無いため地球人類の苦しみに心を動かすことがない。人間が苦しめば苦しむほど、奴らには甘い「怒り」や「不安」の念が発せられるので、大喜びでそれを貪(むさぼ)る。

ただし、ひとつだけ奴らを困らせるのは、人々を喜びの世界へと導く者の存在だ。

だから健太や言納を攻撃し、少ない感情の中から、会場に向かって〝37564〟なんて送って来たのだ。

奴らの弱点、それは微細なる波動だ。

負の感情や汚い言葉は波動が荒い。つまり波が大きくトゲトゲしい。

一方、喜びや感謝の想いから発せられる波動は微細でやわらかい。

そのような微なる周波数波動は、奴らが「怒り」や「不安」の波動をキャッチするために張ったシールドを溶かしてしまう。
シールドに染み込んで、それを破壊してしまうのだ。

紅葉をはじめ桜子や他の神々が攻撃に転じなかったのは、攻撃するために発する怒りの念が、奴らの栄養になるからだ。

そして、そんな奴らにも軍配を傾けることなく和睦に向かわせる。

それが天・人・地で行う天地大神祭なのだ。

会場内では『臨界点』のチーコ組が〝天乃舞（アマノマイ）〟を舞っていた。

沖縄の久高島に降ろされた5つのカタを形にしたそれは、身体に通した中心軸が生み出す凛とした気の渦により、すべての悪気が祓い清められる。

祓戸大神のお役を彼女たちが務めたわけだ。

それで、101日間の行を命じた女神の封印も解かれた。やはり水の女神であった。

外は晴れているのに霧雨が降り、雲と風と虹が祭りを祝っていた。

圧巻だったのは、雲が「寿」の文字を描き、太陽が十文字の雲の中心で輝いていたことだ。

あっぱれ。

戸隠山上空には彩雲の九頭龍が姿を現し、4つだけだが頭（顔）を確認できた。

『人々よ
長き時空の旅の果て
今ここ集まり再会の
喜び満ちて光満ち
人々それぞれこれまでの
永き道のり振り返る

太鼓（太古）の響き　人々の
永き眠りを揺さぶりて
各々知るや　今ここに

なぜに集いておるのかと

響きは魂（たま）の奥深く
秘めし扉に向き合わせ
〝十〟なる鍵にて開（あ）くるまで
戸隠しされておりしこと
人よ知るらん今日の日に

恨みも怒りも手放して
真澄（ますみ）の心でそれぞれの
〝十〟なる真中に向き合えば
光は満つる　戸は開く
にらみ向き合う魂さえも
肩を抱き合い手を取りて
永き対立溶解す

人々よ
おひとり一人の居場所にて

恨みも怒りも手放して
日々真心で過ごしたもう
開くる戸の
向こうは光　満ち満ちて
神人住まう真澄の場
いざやいざ
真澄の心で向き合いて
ようよう明（あ）くる　この良き日かな
隠し戸開（ひら）く　晴れ舞台』

次は多分、戸隠の古き神より。

『よくぞここまで
よくぞここまで想うてくれた

かたじけなく
かたじけなく
ひらにひらに伏して御礼申す

ありがたや

この地の底に這いつくばりて幾星霜
まことの祈り　光となりて
貫き通る　地の底に

清々し

この地の底に　光の射して
古根(ふるね)輝く　埋巌震(まいがんふる)う

よくぞここまで
よくぞここまで想うてくれた
ありがたや』

他にもたくさん神々より祝電が届いたが、ホントにたくさんなので特に重要なところを。

女神様方から。

『お集り頂きました皆々様へ
この日、統合（十合）のエネルギーは全開になりました。

皆様それぞれが感受された事と思います。

これより皆様はそれぞれの場に戻られ、今日のこのエネルギーをお使いになってご自身の居られる場を〝和〟に満ちた場へと変化させてゆかれることを望みます。

話題のエネルギーを求めてあちらこちらを徘徊(はいかい)することよりも、あなたの居られる場を愛で包むことが何よりも大切なことですから。

あなた自身が鍵〝十〟です
全(まった)き鍵〝十全〟の鍵です
隠された戸の鍵穴は〝✙〟
〝十〟の真中に真心の愛

どうか皆様、あらゆる対立から離れ、
安易に軍配傾けることなく許し愛、
受け入れ愛、和睦をめざしてお進みになられま
すように

大いなる母性集合体　女神たちより』

すごい。鍵穴も〝十〟だったんだ。

これで時空越え超意識〝十〟の鍵は、すっぽりと鍵穴に収まる。

そしてこっちもすごいのだが、鍵も鍵穴も〝十〟文字ということなので、奥社に仕掛けられた〝神社の天使〟に惑わされそうになっていた者たちも救われた。

厳龍は『何事があろうとも心配するな』と伝えてきていたが、こうゆうことだったのか。

奥社で〝キリスト〟だの〝十字架〟だのと言っていた者こそ、今となってはそのカタチを「鍵」や「鍵穴」と結び付け、しっかり胸に刻んだことであろう。

だから十年十月十日なんだね。

オペレーション〝ヤタガラス〟、天地大神祭には効果なし。アッカンベーだ。

＊

簡単な直会(なおらい)が用意され、祭りは終了した。これで解散だ。

外はもうすっかり陽が暮れていた。

泊まり組はこれから宿に向かうのだが、総勢81人。笑える。

今夜、運が良ければオリオン座の流星群が見られるかもしれない。今はちょうどその時期なのだと、プレアデス人紅葉が教えてくれた。11月の中旬になればおうし座北流星群が極大期を迎えるとも。

本当にオリオン牛信仰とプレアデス龍信仰は和睦したようだ。

そして、その和睦を記念して、以後は紅白の太極図を使うようにとのことだった。

〝祝福〟を意味する紅白の太極図は、どうやらオリオンとプレアデスを表してもいるらしいのだ。

宿に着いたら玄関で健太と言納は涙を流しながら笑った。本日の宿「シャレー戸隠」のシンボルマークがカエルだったのだ。

なのであちこちにカエルの看板やステッカーが貼ってある。すべてはうまくいっちゃった。

そしてこの日の夜、超素晴らしいニュースが地球の裏側から届いた。

チリ北部コピアポ郊外で起きた鉱山落盤事故で、8月5日の事故以来地下700メートルに閉じ込められてきた作業員33人を救出するための穴が、今日10月10日に完成したのだ。

これで地下に封じられてきた人々が地上に出られる。封じられ、闇の世界にいた人たちが、光の射す地上世界に出られることを、世界中の人たちが賞讃し、現地には41ケ国から2000人の報道陣が取材に訪れた。

長い歳月を地中に封じられてきた神々や先人たちが、陽の当たる地上へと出られた喜びを、あのニュースが代わって伝えてくれたのだろう。神の世界と人の世界は連動している。

それにしてもチリの作業員たちの陽気なこと。

「チ・チ・チ、リ・リ・リ、……」

で大騒ぎしていたが、あれは何て言ってるのだろう。戸隠に封じられてきた神々も、あのように喜んでもらえたら嬉しい限りだ。

夕食前、部屋でくつろぐ健太のもとへシャルマがやって来た。北極星へ帰るのは延ばし、この地に来ていたのだという。

『本当にご苦労様でしたね』

（シャルマさん、えーっ、どうして……）

『あなたの晴れ舞台を観に来たんですよ。素晴しかったです。感動の連続でした』

（ありがとうございます。シャルマさんに指導していただいたお陰です）

『お礼でしたら一火さんに言いなさい。今はエジプトへ行ってますが、彼はあなたの成長を本気で我が喜びにしています。横柄な態度をするのは照れ臭いからなのでしょう』

（判りました。戻って来たら伝えます）

『さあ、これで私は地球とお別れです。あなたにもお世話になりましたね』

（……とんでもないです。そんな、お世話だなんて……）

『もし機会があれば、時間についてをさらに深く学んでみましょう。あなたの時間に対する解釈はずいぶんと成長しました。しかし、まだほんの入り口です。途中過程に過ぎません。そうだ、次にお会いするまでに課題を出しておきましょう』

（あ……はい）

『あなたはまだ、過去生は過去にしかないと考えていますね』

（……違うんですか？）

『来世は必ず未来にあるのでしょうか？』

（………………………）

またシャルマ先生がドエラい事を言い出したぞ。

『まだ見ぬ未来に過去生があるかもしれず、来世が過去に生まれるかもしれず、あなたの生まれた１９８５年に、次もまた生まれることができるとしたら……どうしました？』

（いえ、ご質問が完全に想定外でしたので……）

未来に過去生があるならば、その人にとって「未来」は「過去」でもあり、来世が過去へ行くならば、「過去」は「未来」でもあるということか。これで今まで考えてきた時間の概念が完全に覆された。

『もしあなたの意識から一切の時間に対する概念が無くなったとき、あなた方が〝時間〟と呼んでいるものの本質に触れることができるでしょうが、時計やカレンダーを必要とする地球三次元の生活ですと、なかなか難しいかもしれませんね。ですがこれは知っておくとよいでしょうからお伝えしておきます』

(ありがとうございます)

『あなたが身につけた〝時間〟に関する感覚や道理を、地球物理学はやがて証明することでしょう。証明することで非科学は科学になります。が、まだ地球人類のスピリチュアリズムは暴走と妄想による危険も溢れています。三次元の肉体人間である以上、最も大切なのは物質三次元社会であることを忘れないようにして下さい』

(はい)

『大地にしっかり両足で立った状態で、あなたが会得した時空越え超意識(〝十〟文字意識)を信じれば、今後必ず利用価値が高まってきます』

(判りました)

『それでは、またお会いしましょう。お元気で』

(本当に帰っちゃうんですか?)

『この星がとても好きになりました』

(またお会いできるんですよね)

『いつも一緒です。時空を越える超意識を忘れなければね。あなたはもうそれができるはず。それでは、さようなら』

(あっ、シャルマさん……シャルマさん……ありがとうございました)

健太は北極星が輝く北の空へ向かって手を合わせ

た。

　そういえば〝北〟は「26」になる。

「26」は〝開始〟〝開国〟そして〝完成〟だ。祭りの会場が昨年〝光の遷都〟を行った守屋山山頂から、わずかのズレもなく真北に位置するのも、何かしら訳あってのことであろう。

「26」に〝戸隠〟＝「91」を足すと「１１７」でありがとうになるし、国道１１７号線は長野市内を抜けている。〝ありがとう〟だ。

　この「１１７」に「26」を足せば「１４３」で瀬織津姫だ。国道１４３号線も長野県内を抜けていて、数霊の面白さは言霊と組み合わせてこそ理解を深めることができる。

　なので「１８７８２（イヤナヤツ）」とか「３７５６４（ミナゴロシ）」なんて使い方は、たとえ爬虫類トカゲ人であっても止めてほしい。怖すぎるぞ、それ。

　とはいえ、そんな使い方・捉え方を数霊と言っていいのかはよく判らない。


　夜半、言納にこれが来た。国常立久那土大神の名で。健太に伝えろとのことだ。

『原点回帰　必要なるぞ
　判りておるのう

　矢のように
　時は過ぎゆくいつの間に
　掌（て）からこぼるる金の砂
　知らずこぼるる金の砂
　今こそは
　素心（素神）忘るな心して
　世に請願を立ておろう
　世の人々がこの日々に
　素心に戻りて光明を
　得るべく己れは働くと

ま中の数（＝41）を知らしめて
お人に説いてゆく覚悟
その請願は届けられ
神々共なるお働き
されておること知りたるか

いよよ共なるお働き
さらになさるる時なりて
心して
日々研鑽に励まれよ』

ありがたい話だ。自らがメシアとして目覚むれば、知らず知らずのうちに外側の神々がこのようにハタラキをされるのだ。

菅原道真公はこんな歌を残している。

「心だに　誠の道に　叶いなば
　祈らずとても　神や護らん」

自分自身のことを信じ、心に強く思う道を歩んでいれば、こちらがお願いしなくても勝手に神が守護してくれますよ、ということだ。

それは神にとって必要な人間だからだ。

外側の神々やパワースポットのエネルギーを求めてどれだけ徘徊しても、地球の運気を上昇させる人にはなれない。

8月1日、鳴門での〝脱神社宣言〟
8月8日、富士での〝お日の紋章 ✿〟
10月10日、戸隠では鍵も鍵穴も〝十〟文字

これらを修得できたことでこれまでのステージは終わった。

翌年からは健太にとっても言納にとっても新たなステージが始まる。

それでけじめとして、祭りの翌朝、二人揃って宝光社へお礼と報告をしに行った。6月10日に健太が軍配を授かった社だ。

ひと通りの挨拶を済ませると、

『51　51 51　51 51 51
153　53　1　１０５３』
何だこりゃ。51が2つで102、3つで153ということか。その次に153の1が消えて53になり、最後は1になった。最後の１０５３は以前にもどこかで出たぞ。

「ねえ、ナニ今の？」

「判らん」

二人ともさっぱりだった。

*

祭り前夜、戸隠は激しい雨に見舞われた。

にもかかわらず、奥社へと向かうのだろうか、真っ暗闇の中を二つの影が足早に参道を駆けて行った。

なぜこんなドシャ降りの夜に、と思うのだが、昨今のパワースポットブームに乗じたマニアは、他に誰もいない時間帯を狙う。

あの二つの影もそんな連中なのか。雨足が弱まる気配はない。

1時間以上が過ぎた。時計の日付けが変わったころに駐車場へと戻った二つの影は、シルバーのメルセデスに乗り込むや否や中社方面へ向けて急発進させた。

それから15分も経たぬころ、飯綱と長野市内を結ぶスパイラルロードで大きな事故があった。

市内から登って来た大型ダンプが、雨で視界が悪かったためにカーブでセンターラインをはみ出してしまった。

と、そこへ飯綱方面から猛スピードで下ってきた乗用車があった。

乗用車は左へカーブをするところだったが、左側からはダンプが突っ込んで来る。

運転手は慌てて急ブレーキを踏んだ。

乗用車には横滑りを防ぐＡＢＳが付いているが、何せこの雨と猛スピードだ。止まるものも止まらない。

さらにそこへ追い討ちをかけるようにダンプが激しく側面を弾いたため、乗用車はガードレールを突き破って遙か谷底へと落ちていった。

乗っていた二人は即死だった。


時間的に朝刊は間に合わないのは致し方ない。が、二人の死者が出たにも拘らず、地元のテレビニュースさえこの事故を報じなかった。

事故処理にかけつけた警察が身元確認のため、持っていたパスポート番号を照合したところ、報道規制がかかったのだ。アメリカ大使館から。

一般の民間人じゃないからだ。シルバーのメルセデスに乗っていた二人は。

第二章　ザ・ファイナル・カウントダウン

その1　オペレーション〝ファントム・クロス〟

２０１０年クリスマス
ニューヨーク・ハーレム地区

ＮＳＡのエリック・ハミルトンは、そのバーの入口に立った瞬間、微かに抱いていた淡い期待を失った。

「クソッ。こんな店にいるはずがない」

うらぶれたそのバーに出入りしているような連中は、ジャンキーか刑務所帰りの犯罪者が大方だろう。

エリックは引き返そうとも思ったが、万が一ということもある。

「フン、国家のクズどもめ。お前たちの中で、一人でもまともに税金払ってる奴がいたら俺が奢ってやるぜ」

と、小声で悪態をつきながら店の中へと入った。

案の定だった。黒人のバーテンダーは睨みつけるような視線を向け、目つきの悪い中南米からの移民がちょっかいを出してくる。

エリックは連中を無視して奥まで進んだが、お目当ての男はやはりこんな所にいるはずもなく……

カウンターの一番奥の男が目に止まった。

（まさか……）

からんでくるカリブ海男を振り払い、エリックは男に背後から近づいた。

男はカウンターの正面を向いたままなので顔は確認できないが、たしかに似ている。

と、そのときだった。

「何しに来た」

こちらを振り返ることもなく、男は正面を見据えたまま言い放ったのだ。

「長官……ですね。ミラー長官。何でまたこんなところに。ずいぶん探しましたよ」

「なぜここが判った。クリスティーナか」

「いえ、彼女は何も」

「だろうな。オレがここにいることを知ってるのは……オレだけだ」

そう言い、初めて男は振り返った。が、エリックは我が目を疑ってしまった。

その男の目は虚ろで精彩を欠き、顔付きにも覇気がない。無精ひげも伸び放題だし、服装も、もしここがホワイトハウス前なら確実に職務質問を受けるだろう。

エリックは目の前の現実をまだ受け入れることができず、ただ呆然と立ち尽すばかりだ。

（こ、この男があのＣＩＡのミラー長官なのか……）

と。そう、あの〃若大将〃だ。

ＣＩＡ長官のティモシー・ミラーといえばエリックが最も尊敬する男で、ミラーもエリックのことはＣＩＡの部下以上にその才能を買っていた。

それがあの事故が起こって以来……。

エリックがＮＳＡの長官からブライアンの死を聞かされたのは、アメリカ東部時間で10月10日昼すぎのことだった。

事故現場が東京から３００㎞も離れた山の中で、同乗者がＣＩＡのエージェントらしいとのことで、すぐにピンときた。〃神社の天使〃をどこかへ設置しに行ったのだと。

ただ、同乗者については名前がビリーとだけしか聞かされていない。

当然ＣＩＡにも連絡が入っているだろうから、エリックはすぐにミラーの電話を鳴らした。

だが、以来ミラーが電話に出ることはなく、秘書のクリスティーナも「長官は休暇を取っている」の一点張りだ。

それでエリックはNSAの情報網を使ってミラーの居場所を調べたのだが、結局は判らなかった。

それどころか、CIA内部ではミラーが失踪したとの噂さえ流れ、長官の職務は副長官が代わりに務めている。

エリックにとってはオペレーション〝ヤタガラス〟の中断と併せてのダブルショックだ。

無気力に仕事をこなしつつ、途方に暮れる日々を送るエリックに、クリスティーナから連絡が入ったのは2日前のことだった。

どうもハーレムの一角、スパニッシュ・ハーレム地区にあるバーに、それらしき人物が出入りしているという。

ただ、この情報をクリスティーナから得たということは、絶対に明かさないでほしいと釘をさされていた。

「今さら何も話すことは無いぞ」

「いえ、まずは長官に謝りたくて」

「何をだ」

「大切なエージェントがあのようなことになってしまい、何とお詫びを申し上げていいのか……」

「ビリーは子供のころから科学者になることを夢みてた」

「えっ、長官はOCCをそんな幼いころからご存じだったんですか」

「…………………」

ミラーはテキーラの入ったグラスを見つめたまま、何も答えなかった。

「長官、私が責任を持ってOCCに代わる技術者を見つけます。そしたらすぐ長官に紹介……」

「代わりなんていやしないさ、世界中のどこを探したってな。ビリー・ミラーの代わりなんて」

「……ビリー・ミラーって……まさか、OCCは長官の……」

「ビリーはオレの希望だった。オレは幼くして父親を亡くし、母親は毎晩遅くまでレストランで働いてオレを育ててくれた。それには感謝しているさ。だが、オレはキャッチボールをしたり、進路の相談ができる頼もしい父親が欲しかったんだ。だからビリーには絶対にそんな寂しい思いはさせまいと……」

ミラーは声を詰まらせた。

エリックも返す言葉がない。

まさかOCCがミラーの一人息子だったとは。

ビリーは生まれつき心臓に病いを抱えており、小学生の頃は学校を休みがちだったしスポーツも苦手で、同級生からは苛（いじ）められることもしばしばだった。

それで外部とのコミュニケーションがうまく取れず、だったら理系の才能を活かそうとミラーがCIAの技術部門へと引っ張ったのだ。

〝来日している最も社交性のないアメリカ人〟にも苦しい過去があったのだ。

彼が成人してもオレンジクリーム入りのチョコレートを手放さなかったのは、幼い頃の想い出によるものだ。

ミラーは仕事が休みになる前の晩、必ずビリーの大好きなそのチョコレートを土産に買って帰った。

そして次の日、それをポケットに入れて一緒に散歩へ出かけるのだ。

身体の弱い息子に少しでも体力がつくようにと、仕事でどれだけ疲れていようが晴れた日にはいつもそうしていた。

なので、ビリーにとってオレンジクリームチョコレートは、自分のことを誰よりも愛してくれた父親の想い出そのものなのだ。

人は、その人の歴史を知れば、たとえ敵であっても許し合え、助け合えるのではなかろうか。

戦争にしても、前戦で殺し合う者同士は何の恨みもないだろうし、国へ帰れば同じように愛する家族がいる。敵と自分、何も違わないではないか。

軍配を傾むけるなという教えは、こんなところでも活かすことができるのだ、本来は。

しかし、人は国家や特定の宗教や組織に属すると、そんな思いやりをどこかへ失くしてしまう。悲しいかな。


長い間沈黙が続いていた。

エリックも飲まずにはいられず、ミラーと同じものを飲み続けていた。

さすがにこのころになると珍らしい上品な客にちょっかいを出す者はいなかった。

まさかこの二人がＣＩＡのトップとＮＳＡ期待の星だとは想像だにしないだろう。

先に口を開いたのはエリックだった。

「長官、私の考えを聞いて下さい」

「…………」

ミラーは反応しなかったが、エリックはそのまま続けた。

「あの二人は、いや、失礼しました。ブライアンと息子さんのビリーは、国家のため、世界の秩序のために尽くし、そして命を落としました。私は二人の死を無駄にしないためにも、あるオペレーションを練り上げました。もし長官が力を貸して下されば、それが実行可能になります」

それでもミラーは反応しない。

「来年は９・11から10年を迎えます。それに合わせてＤＩＡが大がかりな計画を練っていることは以前お話ししましたが、それが何かをつかみました。東京大停電です。いえ、東京だけでなく、関東一円の大停電です。そうして新たな電源を確保させる名目で原子炉を売りつけるつもりでしょうが、我々もそれを利用するんです。そのためには海軍の協力が必要になってくるんですが、ＮＳＡから軍部への要請は望めません。ですからＣＩＡから軍部に……」

ミラーが僅かに顔をこちらに向けた。今がチャンスだ。

「長官、長官のお力でロナルド・レーガンを太平洋の東北沖へ動かし……」
「いま何て言った？」
「ですから、空母ロナルド・レーガンを長官のお力で……」
「エリック、本気で言ってるのか？」
「もちろんです。やっとＣＩＡの長官に戻って下さいましたね。ありがとうございます。もしロナルド・レーガンさえ……」
「ストップだ。それ以上言うな。奴を見ろ」
ミラーがアゴで指したのはプエルトリコ系のバーテンだ。
「奴はＦＢＩに情報を売って小遣い稼ぎをしてる犬だ。場所を変えよう」

関東一円大停電の目的は明確だ。エリックが言うように原子炉の売り込みに他ならない。

夕方の通勤時間帯に合わせ、すべての電力をストップさせる。

街には帰宅難民が溢れ、街中が真っ暗なため、願わくば暴動や強奪が相次げばなおいい。

そこで首謀者たちは日本政府に対し、非常事態に備えて充分な電力供給のための原子炉と、ついでに新たな電力供給システムを押しつけてくるのだ。

原子炉も今までのタイプよりも危険度が低いことになっている新型のもので、１基当たりの値段は４０００億円から５０００億円らしい。たっかー。

これをジャンジャン売って、サブプライムローンなどで生じた損失を一気に補うのだ。

手段としては何を使ってくるのか判らない。

最近よく話題にされるＨＡＡＲＰ（ハープ）システムを使うのかもしれない。

９・11テロの場合、予行演習として１９９３年に世界貿易センタービルの地下駐車場で爆弾テロが起きている。

その８年後に例の９・11テロをブッシュ一派がや

らかした。

　2003年8月、ニューヨークやカナダのトロントで大停電が起き、原因はHAARPによるものだと囁かれている。

　実際は判らない。システムトラブルかもしれない。雷によるものだとしてもそのようなだが、雷によるものだとしてもそのような事故につながった状況を分析すれば、日本で同じことを意図的に起こすことも可能だ。

　2011年はその事件から8年、実践として試す時期にきているかもしれない。

　そしてここからが更にあくどい。

　もうこうなってくると、というか、こうなる以前からだが、いくら幼いころ寂しい思いをしていようが情状酌量の余地はない。

　もし日本政府が〝原発反対の声が強い〟ことを理由に、あまり話に乗ってこなかった場合、アメリカ国内での日本企業潰しや原油価格の大幅値上げをするのは常套手段だが、有無を言わせぬ最も効果的なのが「東京に直下型地震が起きてもいいのかな、ムフフ」作戦だ。

　ただし、間違えていけないのは、アメリカ政府が実際にそのような地震兵器を完成させている、ということではない。

　たしかに太平洋戦争末期から、核爆発によって地震と津波を起こす計画が練られたようだ。

　だが、核爆発によって、というのはどうなんでしょうねぇ。

　技術的に可能だとしても、狙った地域に地震を起こせるかは疑問だし、もし起こったとしても核爆発をあらゆる研究機関が気付かずに済むのかはもっと疑わしい。

　そうなると電磁波により地下水を熱することで膨張させうんぬんか。

　けど地震国日本は火山国なんだから、そんな程度で大地震が起こせるのだろうか。

だとしたらやっぱりＨＡＡＲＰか。

もしそのシステムが本当にピンポイントで狙った地域に大地震が起こせるのなら、なぜロシアは同じことをやらないのだ。

中国なんて莫大な軍事予算を抱えているにも拘らず、必死でステルス戦闘機を開発しているぞ。〝殲20〟というやつだ。

あれ、実用化には程遠いらしい。

だったらそんなことさっさと止めてしまって中国版ＨＡＡＲＰの開発に着手すればいいのに、そんな噂はまったく聞こえてこない。


さて、「東京に直下型地震が起きてもいいのかな、ムフフフ」作戦は、さっきよりもフがひとつ増えたけど、ポイントは地震兵器の有無に関係なく、本当に有るんだと信じ込ませることにある。実際にはそんな兵器は無くてもだ。

ちょっとそこらへんの戦略は感心する。〝敵ながらアッパレじゃ〟だ。

もし、そんな兵器が本当に存在するのであれば、それはそれでいい。いや、ちっともよくないんだけど、いいことにする。と言うより止むを得ない。

問題は、そんなものは無い場合、あるいはまだ完成してないけど開発中の場合だ。

さて、どうするか。これがスゴイぞ。

まずは世間に影響力のあるジャーナリストや学者・研究家などの中から何人かをピックアップし、ターゲットとする。

何かが起きるとすぐに陰謀説を唱える輩はゴマンといるので、そういった輩たちに人気がある有名人はターゲットにされやすい。

そこで情報提供者はターゲットに秘密情報を流すわけだが、〝はい、どうぞ〟と渡すわけではない。

いかにも、あなただからこそこの情報を伝えるのですよ、どうか世間に真実を伝えて下さいと、政府関係者を装った人物、あるいは秘密結社のメンバーだと名乗る人物がターゲットに近づいてくる。

政府関係者を名乗る場合は、元諜報機関員とか、軍の幹部だった者を使うと効果的だ。

実際には無関係でも、いくらだってでっちあげられるし、組織を調べたけどそんな人物がいた形跡がないところまで突いてこられたらなお都合がいい。

あまりにも重要な任務についていたため、存在をすべて抹消してある。なので、国家にはその人物はいないことになっている、とか言えばいい。

そんなスゴイ人物が、実は神戸も四川もスマトラも地震兵器によるものだ。ハイチもペルーもそうだ。理由はこれこれで、相手国がアメリカ政府の意に反した行動を取った直後にこれらが起きていることが何よりの証拠だ。

あなたは人々に大きな影響力を持っている。だから日本政府にも伝えてほしい。アメリカ政府に逆らうと、本当に直下型地震が東京に起きてしまうと。

ターゲットはその情報が真実かどうか、別の角度から検証しようとしたり、政府に伝えようとしたときも狙い目だ。

ターゲットを襲うのだ。そんな情報を公開したらタダじゃ済まないからな、と別の者が。

最初は脅しでもいい。

次は、殺されかけたけど、運良く何とか助かった、という状況をつくりあげる。

そうなるとターゲットは、自分の情報に絶対の自信を持つ。ここまでして封じようとしている連中がいるのだから、これは真実であり超トップシークレットなのだと。

死なかったのは運が良かったからではない。初めから殺すつもりがなかったのだ。

それに、死んでもらっては困る。情報が、それはニセ情報なのだが、世間に広めてもらえなくなるのだから。すべてセットアップされた中での出来事だ。

もし、CIAやモサドが本気になってその人物を消そうとしたら、運良く逃れることができる、とは考えない方がいい。必ず消す。要人暗殺専門の課だってある。

それに、一般人一人を消すのであれば、ＪＦＫ暗殺のような大がかりな仕掛けは全く必要ないし。

そうそう、ＪＦＫが暗殺された理由は、彼がＵＦＯや宇宙人情報を公表しようとしたからだ、との見解もあるようだが、残念ながらそんな夢のある話ではない。現実を知らなさすぎる。

話を戻そう。

複数のターゲットが別々のルートから同じ情報を入手したとなれば、政府も無視できないし、政治家の中にもターゲットはいる。

このようにすれば、〝本当は無いんだけども有ると信じ込ませて脅しちゃいましょ〟プロジェクトは完了する。

だから、実際に兵器が存在しても、本当はそんなの無くっても、戦略としては〝有る〟で進めていく。お上手なこと。

それと、最近は一般にもその名前が浸透してきたフリーメーソンやイルミナティ、スカル＆ボーンズ等々。

実態がつかみにくいことをいいことにそのような組織を陰の政府・闇の政府へと仕立て上げ、多くの人がその情報に翻弄されている。まさに思うツボだ。

そういった組織……秘密結社と表現した方が喜んでくれるのかな、確かに莫大な資産や社会に影響力を持っているだろうが、だからといって世の中のあらゆることを支配し、コントロールしているのではない。

むしろ、その怪しげなイメージを利用することで彼らを悪者にし、自分たちの悪業に世間の目を向けさせない〝あっち向いてホイ〟作戦だ。

これもさきほどと同じで、ターゲットがいかにも自らつかんだように思える状況をセットアップして、大袈裟情報をリークする。

そして、これ以上首を突っ込むなと脅す役も用意しておけば完了。

では本当の黒幕は誰だといえば、社会システムそのものであり、少し限定すれば多国籍企業や、政府・官僚・メディアに対して経済力を武器に持つ大企業である。まぁ、一番のゲス野郎は〝天下り〟だが、あんまり軍配を傾むけるとジイが出て来そうなので止める。

そういえば今回はジイの登場がないわね、と思ってらっしゃいますか？

あれはもう老いぼれなので、しばらく奥飛騨温泉郷へ行ってます。

さて、悪者を限定せずして社会システムそのものに問題があるとすれば、大儲けしている大企業により、恩恵を受けているのもまた国民である。特に先進国の。

モノが本来あるべき価格よりもずっと安い値段で買い求めることができるのも、悪しきシステムの一環だ。

なので、もし陰の政府・闇の政府があるとしたら、それは表の政府内にあり、悪しき体質は改善してほしいけど物価が上がるのはイヤだ、助成金カットもイヤだ、政治家はもっと国民の目線でモノを考えて下さいよ、どの国民の目線ですか、私です、あなた自分の生活にはあれこれ要求するけど国家のために何してるんですか、税金払ってます、あなたのお支払いになった程度の額では週に3回ゴミ収集車を動かすだけで精一杯です、フンッ、何よエラそうに。

といった国民の意識・生きざまが、悪しき社会システムに荷担してもいる。

神を外に求めず、内にてメシアを出現させたように、社会の悪しき根源も外に探すのでなく、内にて平安な社会を構築し、それに沿った生き方をする。

たとえ人よりも負担や苦労が多くても、内に築いた思いやりのある社会通りに生きれば、外側に悪しき社会システムが大河となって流れていようが、自分の生きているのはミロクの世、なのだ。

やっぱり答えはそこへ向かう。当然だ。

天地大神祭のテーマのひとつなのだから。

*

翌日、〝若大将〟ミラーとエリックはニューヨーク郊外のフレンチ・レストランで待ち合わせていた。

窓の外は海面に反射する陽の光が眩しく、特にミラーにとってこんな晴ればれとした気分は久しぶりだった。

「エリック。君には大きな借りができてしまったな」

「いいえ、長官。今までの恩をほんの少しお返ししただけです」

「飲むか」

「ええ、そうしましょう」

ミラーは人さし指を軽く立ててボーイを呼ぶと、ワインを注文した。

食事中は終始なごやかで、ビリーとの想い出話もミラーは上機嫌で話していた。

(何ていう人なんだ、この人は。さすがCIAで長官にまで上り詰めるだけのことはある)

昨晩もう一軒立ち寄った店でもそうだったが、ミラーはビリーの死についてたったひと言もエリックを責めるような言葉を発しなかった。

もし自分がオペレーション〝ヤタガラス〟への協力を求めなければ、ビリーが命を落とすこともなかったろうに。

エリックは誓った。国家とミラー親子のため、次のオペレーションにすべてを賭けると。

「さぁ、もう一度詳しく話してくれないか、君の考えを」

「はい。まず、ご存じのようにオペレーション〝ヤタガラス〟は残念ながら中断することになってしまいました。ですが、ブライアンからの報告では、確実に効果が出ているとのことです。脳幹にぶつけるパルスをビリーが改良してくれたお陰で、どうも松果体に特殊な信号を送ることが可能になったそうです。ブライアンはしきりに誉めていました、ビリーはすごいって」

ミラーは僅かに口元を緩ませたが、不必要なことは何も言わなかった。

「それでです、長官。9・11と合わせることによって例のマヤ暦2012年12月22日が浮かび上がる日、それは2011年3月11日なんですが、DIAが大がかりな作戦を行います。我々もそれに便乗するんです。双方にとって大きなメリットにこそなれ、デメリットが全くありません」

「で、我々は何を?」

「オペレーション〝ファントム・クロス〟を開始するんです」

「…………」

「DIAの狙いは関東を大停電にし、今後の非常時に備えての新しい電力供給システムと原子炉を売ることにあります。しかし日本国内では反原発の声も少なくありません。そこでオペレーション〝ファントム・クロス〟の予定を前倒しして……」

「前倒しして?」

「キリストを出現させるんです」

「どこに」

「原子力発電所の上空にです。キリストが現れれば、神が原子力発電を推進しているとして、多くの人間は原発に賛成する側に回るでしょう。DIAにとっても願ったり叶ったりです」

「映像を出すだけか?」

「いいえ、地上班が近くからパワーアップした〝神社の天使〟を使って見物人にパルスを送ります。目の前にキリストが立っているのですから、パルスからの反応は神からのメッセージに変わり、熱狂的クリスチャンの一丁あがりです」

「それで空母が必要だったわけか」

「ええ、そうです」

「空母から直接映像を出すのか?」

「いえ、それでは距離が遠すぎますので、シーホークを低空で停止させ、そこから映写します」

「ヘリだと音に気付かれないか?」

「大丈夫です。むしろ気付かせるんです。それで、アメリカ軍もキリストの出現を確認していたと、ヘリから撮った写真も一緒にリークするんです。人気のジャーナリストか誰かに」

「たしかにオペレーション〝ファントム・クロス〟のスタートとしては面白そうだ。で、エリック。どの原子力発電所を使うんだ?」

「それなんですが、ハマオカが本当はベストです。フジヤマの近くで、首都圏からもさほど離れていませんから。しかし、ハマオカは東京に電力を供給していません。関東圏は管轄外で、しかも別会社が運営しています。ですから東京への供給を担っているフクシマにしようと思います。フクシマでは2ケ所の発電所が稼動していますので、どちらがより効果的なのかは地形も含めて早急に調査する予定です」


オペレーション〝ファントム・クロス〟=〝幻覚の十字架〟作戦に近い作戦が、かつて報じられたことがあり、現在でもアメリカ軍はそれを進行させているという。プロジェクト〝ブルービーム〟という。

〝ブルービーム〟ではUFOから各国々の神が映像として照射されるため、仏教国では仏陀が、ヒンズー教国家ではヒンズー教の神が現れるよう仕組まれているらしい。

オモテ向きには、地球を侵略に来た宇宙人から神が人類を救う、という筋書きらしいが、真なる目的は「人類家畜化計画」なのだそうだ。

対して〝幻覚の十字架〟作戦の場合、映像はすべてキリスト教に結び付くものばかりだが、ひょっとすると仏教国に対してはキリストの手のひらの上に仏陀を乗せたりするかもしれない。

天竺をめざした孫悟空や三蔵法師でさえ、どこまで行こうがお釈迦さんの手のひらの上。

まぁ、実際に手のひらの上を旅したわけじゃないんだけど、どこまで行こうが何をしようが、お釈迦さんの意の中でのこと。

そのお釈迦さんがキリストの手のひらに乗っているとなれば、キリストはどんだけ偉大なんだ、仏陀よりもキリストの方が大きい、ああ、これからはキリストが救って下さるありがたや、となるであろうから。

で、世界中の意識がキリストに向いたところで真打登場と相成るわけだ。

その真打ちとは、キリスト再臨、ニセメシアである、肉体を持った。多分、イギリスあたりから出てくると思う。

そのニセメシアが、白人キリストを思わせる風貌なのかどうかはまだ判らないが。

ジョン・レノンになりきり男はすぐに判る。

キリストも同じで、白人国家にはキリストそっくりさんがたくさんいるし。

まともに考えれば、いくら何でもマンガチックすぎやしないかとも思うが、いやいや案外侮れない。

何しろニセウルトラマンを科学特捜隊は見破れなかったんだから。テレビを観ている全国の子供たちは、一人残らず区別できたのに。

今はもうモデルチェンジしてしまったが、いっときのトヨタ・エスティマの顔がニセウルトラマンそっくりだった。そんなことはいいんだけど、案外効果あるかもしれない、そっくりさんでも。

で、その男が何をするかといえば、まずは奇蹟をジャンジャン起こす。

そりゃもう連日連夜奇蹟の報告が各メディアで取り上げられ、核兵器廃絶も調印させてしまい、仕上げには戦争を止める。

とはいうものの、初めからニセメシアに止めさせるために戦争を起こすのだから、止まって当たり前。

核廃絶だってオモテ向きの調印など何とでもなる。

しかしだ、人類はそんなメシアにハマる。もう夢中だ。

メシアがコーラを飲めば10億人がコーラを飲み、メシアが家族を捨てよと言えば1億人が家族を捨て、メシアの好物がフライドポテトと聞けば信者は毎日それを食べ続け、世界中でメタボが激増することになるであろう。

メシアは世界中の人々から考える力を奪い、そしてあらゆる分野でコントロールをする。

だーかーら、今のうちに自らがメシアであることを自覚し、外側へ神を求めないように訓練しておくことが大切なのだ。

本当に人類を救う力となっているのは、シャルマ先生のような銀河仲間である。

この恐しい〝幻覚の十字架〟作戦だが、当初は２０１６年に決行予定だった。が、〝ヤタガラス〟作戦で犠牲になったブライアンとビリーの弔い合戦として、システム未完成のまま開始されることが決まった。

これで日本の経済破綻及び国土分割を目論むオペレーション〝51〟など、本格的な日本潰しが、いや、世界支配が始まってしまった。

*

神界における激動の２０１０年は幕を閉じた。

そもそも２０１０年元日は満月で、しかも未明に部分月食が見られるという神秘的な幕明けだったし、最初の新月1月15日は日没が部分日食だった。最後の満月12月21日は月の出に皆既月食が起こり、始めから終わりまで「日」と「月」が魅せてくれた。

これでいよいよ物質界にとって激動の２０１１年が幕を明ける。

神界での動きがどのように現れるのだろうか。

その2　中東の風色

2011年の幕明け

1989年に始まった東ヨーロッパの民主化は、ベルリンの壁を崩壊させ、ルーマニアのチャウシェスク処刑、ついにはソビエト連邦が15ケ国に分裂し、ワルシャワ条約機構をも解体させた。

ミレニアムの2000年が鏡となって1989年を写すのは2011年。

とうとう中東のアラブ諸国も、無理矢理はめられた箍(たが)が外されるときが来た。

そして、その流れはミロク菩薩によってもたらされた力でもある。いや、如来となって再来したミロクのハタラキなのかもしれない。

それを数霊が端的に示してくれた。

2011年に入ってまだ2週間、旧暦では12月11日のその日、非常事態宣言が発令されていたチュニジアで、とうとう悪党独裁者のベンアリ大統領が国外へ亡命した。民衆の勝利だ。

この勝利は「ジャスミン革命」と名付けられ、中東各国並びに中国の民主化にも影響を与えることになるのだが、ここにミロク如来の力を観た。

チュニジアの国番号は「216」番。

「216」は6の3乗。

つまり、216＝6×6×6　なのだ。

この流れ、止めるわけにはまいるまい。

「ジャスミン革命」から10日後、エジプトはカイロの郊外、カフラー王のピラミッド上空に日本とエジプトの神々が集結していた。

陣頭指揮を取る吉備津彦(きびつひこ)神の手には、イザナミ大神から手渡された軍配が握られている。

その周りにはトゥトも一火もいるし、年が明けてからこちらにやって来た志那都比古（しなつひこ）神の姿もある。志那都比古は風の神である。

キビツヒコ＝１３５になる。

『今や基準は１３５……』というわけで、こんなところにも現れていた。

そして、

シナツヒコ＝９１。

〝戸隠〟に同じだ。

また、「９１」は〝波動〟でもあり、どんな波動の風を吹かせるのだろうか。

で、キビツヒコ＋シナツヒコは「２２６」になる。

〝日之本開闢〟でもある「２２６」は後ほどたくさん出てくるので憶えておいてほしい。

チュニジアの「ジャスミン革命」後は急速に慌しさが増し、特に志那都比古神のハタラキは重要だ。

その風を受け、どれだけの人々が勇気を持って自由のために立ち上がるかが、歴史を動かす鍵となるからである。

志那都比古神と共に動いたのは、エジプトの神マアトだった。

頭上にダチョウの羽根を載せた「真理」と「正義」と「法」の女神マアトは、太陽神ラーの娘なので、日本でいうニギハヤヒ尊の末娘高照娘っぽいかもしれない。

マアトの名は〝宇宙の秩序〟を意味しており、民衆の秩序を保つハタラキをしている。

そして、〝秩序〟＝１３５。

やっぱりここでも「１３５」は現れる。

そしてついに民衆が立ち上がった。吉備津彦神の出番だ。

１月末には１００万人規模にまで膨れ上がったデモ隊に対し、吉備津彦神は軍部を押さえた。

結果、軍は政府と民衆のどちらにも軍配を傾けることなく、大統領辞任にまで追い込んだ。

残念ながら大統領側の治安部隊によって８００人以上の市民が命を奪われてしまったが、もし軍部がデモ隊に向けて発砲していたら、確実に第二の天安門事件になっていたであろう。

エジプトでデモが始まったのは1月25日。

「１２５」は〝軍配〟であり〝菊理媛〟だ。

媛の力は遠い異国の地でも見事に花開いているのだ。

そして吉備津彦神だが、戦いの神というのは〝戦いに勝つ〟神ではなく〝戦いを司る神〟だ。

なので戦いを始める力もあるだろうが、戦いを避けるハタラキも持つ。

エジプトの歴史的革命に吉備津彦神が送られたのは、勝つためでなく回避させるためだったのだ。

〝回避〟＝41。

これぞまさに神のハタラキである。

結果として2月11日、日本では建国記念の日にムバラク大統領は退陣し、30年間の独裁政権に幕が降りた。

健太と言納が金銀の鈴を振り振りして始まった〝お日の祭り〟から3年後のことだった。

民衆デモの拠点になったタハリール広場はツタンカーメンの黄金マスクが展示してあるカイロ博物館のすぐ目の前であり、健太たちがロイヤル・スウィート・ルームを与えられたホテルとは隣接している。

〝お日の祭り〟や、多くの日本人による陰の神事がエジプト開闢に発展したことは間違いないであろう。

そしてそれを日本の神々がバックアップした。

現在日之本に暮らす人々の3千数百年前の子孫たちは、かの地で大きな第一歩を踏み出したのだ。

民主化が進むのか。あるいは、よりイスラム色が濃い国家になるのか。彼らの挑戦はまだ始まったばかりである。

エジプトの民衆蜂起はチュニジアの「ジャスミン革命」に触発されたのだと考えられがちだが、必ずしもそうでない。

２０１０年６月。健太が戸隠の宝光社で、祭りの御神体ともなる〝軍配〟を授かったちょうどその頃、エジプトではある青年が警察官から暴行を受けて死亡した。

青年の名はハリド・サイード、28歳。コンピューターのプログラマーだった。

彼は、麻薬取引をした警察官の映像を、ネット上で告発したのだ。

すると、悪事をバラされたことに怒った警察官二人が彼を殺害したのだが、今度は市民がそれを見過さなかった。

殺された青年の母は、立ち上がった若者たちの身を案じたが、若者たちはフェイスブックなどを通じて腐敗した社会に戦いを挑んだのだ。

一人の青年の正義感と、青年を想う若者たちの勇気が国家の体制をも覆してしまうほどの力へと発展した。

真なるエジプト開闢とならんことを。

戸隠では何度も出てきた「１０１」だが、日本の国番号「81」とエジプトのそれ「20」が合わさると、ここにも「１０１」が現れる。

さて、カイロのタハリール広場で大規模な民衆蜂起が始まった１月25日のまさにその日、日本ではすでに26日に日付けは変わっていたが、宮崎県と鹿児島にまたがる霧島連山の新燃岳が爆発した。52年ぶりのことだ。

「52」は２×26だが、それはまだ置いといて〝シンモエ〟は「52」になる。

26日以降も爆発は続き、28日はすさまじい大爆発が起こっており、２月２日には８回目の、翌３日には9回目の爆発が、そしてとうとう10回目の爆発が2月11日に起きている。

　エジプトではムバラク大統領が退陣に追い込まれるその瞬間だ。


　新燃岳最初の噴火からほんの数日前の1月23日から25日にかけて、宮崎・鹿児島両県で鳥インフルエンザが発生した。

　特に宮崎では殺処分が決まったニワトリが41万羽にものぼり、そこへ火山灰が大量に降り積もり、まさにダブルパンチだ。

　実を言うと霧島連山や宮崎市は、エルサレムの旧市街から真東にあたる。旧市街とはユダヤ人の希望「嘆きの壁」やクリスチャンの聖地「聖墳墓教会」が城壁に囲まれたあそこだ。

　なので新燃岳も、健太と言納が散々歩き回ってやっと見つけたシオンの丘に生える松の木や、バイブル・ヒル＝聖書の丘とは真東・真西の位置関係にある。

　城壁には8ケ所の門が設けられていて、8番目の門「黄金門」だけは閉じられていた。

　理由は、メシアが再臨する際、東からやって来ることになっており、黄金門はメシアが開けるためだ。

　そのメシアは東から西に向かうのだろうが、宮崎から真西に向かえばエルサレムの旧市街に到達する。

　北緯３１度４５分から３２度００分の帯。何もそこまで限定しなくてもよかろうが……。

『舟はゆく
長き時空のその中で
すべるが如く　波の上
舟はゆく
天翔(あまか)けてゆく　山上を
そして人馬はもくもくと
羊　引き連れ黙々と

東へ東へ向かいゆく

何が東で待つのやら
お日をめざして進みゆく
長き時空のその中で
あらゆる人種　東へと
向かいてゆくは日の定め
お日の帝国　いづこにぞ』
（『ヱビス開国』39～40ページより）

3千年前のエブス族も、二千数百年前の12部族たちも、それぞれが海路や陸路で東へ東へと向かい、東の最果ての日本列島にやってきた。ちょうど真東は宮崎だ。

人気があった前知事や火山の噴火、09年5月の豚インフルエンザに続いての鳥インフルエンザ。

宮崎は何かしら古き大きな歪みが、全国に先がけて正されたのかもしれない。

膿を出しきればあとはもう、新たな国造りに光明が射すばかりである。

それにしても諏訪↓戸隠のぴったり南北経度ライン、エルサレム↓宮崎のばっちり東西緯度ライン。

これ自体も何かを表しているのであろうが、思い出すのは「鍵」も「鍵穴」も〝十〟ということ。縦と横が少しでもブレると、その意識から造り出される鍵には歪みが生じ、〝✢〟文字の鍵穴にはまらなくなってしまう。

真っすぐな縦と横、ブレないようにしなければ。

アラブ諸国ではチュニジア、エジプトに続き、リビアで、バーレーンで、シリアやイエメンでも大規模な反政府デモが相次ぎ、１９８９年の社会主義国家が民主化へと移行したときと同じ様相を呈してきた。

しかし、残念ながら神々の世界が整っていない現れとして、それらの国々では混迷が続いている。

イスラエルにとってもアラブ諸国のさらなるイスラム化は脅威なはず。

タガーマ・ハラン（高天原）はシリアとトルコの国境付近に位置しているし、かつてはペルシャからも大勢の民がこの日本へやって来ているのだから、中東の安定は本来日本人の願いでもある。かつてそこに生き、残した子孫が今でもそこに暮らしている。自分たちの後を継いで。

自分の子どもがどこか遠くの地で暮らしていれば、親としてはその地の平安を願うように、日本人は先祖として中東の平安を願うのは当り前のことで、それを忘れると時空を越えた超意識による〝十〟なる鍵の縦が歪む。

世界全体が我が内にあり、我が内こそが世界なのだ。

＊

2月中旬、ＤＩＡのスタッドラー長官は、すべてが味方についてくれていることに上機嫌だった。

3月11日の関東大停電に向けて着々と準備が進んでいる最中、2月15日には太陽で巨大なフレアが観測された。

かなり大規模な爆発だったようで、これほどのものは２００６年12月以来、４年２ヶ月ぶりである。

この爆発で宇宙空間に放出された荷電粒子は、２日から３日で地球に届く。

とすれば、3月11日に起こす予定の大停電テロも太陽活動の影響にすれば、今後さらに活発化するであろう太陽活動に対処するためにと、新たな発電・送電システム売り込みの後追しにもなる。

「もっと激しく爆発すればいいさ。今となっては神も悪魔も我々の味方だ。思い知らせてやる、黄色いサルどもに」

黙れ、半焼けのパンめ、と言いたいところだけども、2月22日にはニュージーランド南島のクライスト・チャーチでマグニチュード6・3の地震が発生した。

この地震による死者は日本人28人を含む240人。

ちょうどアラブ諸国ではエジプトのスエズ運河をイランのフリゲート艦と補給艦が通過してシリアへ向かった。イスラエルでは緊張が高まったであろう。

そしてリビアではデモ隊の死者数が800人を越え、バーレーンの首都マナマでも数万人規模のデモが。イランでも改革派が立ち上がっていた。

これらはみな同じ2月22日の出来事で、人間社会も大自然も、本格的に激動の瞬間へと突入した。関係ないかもしれないけども……。

1994年10月7日に始まったナンバーズくじ。3ケタの数字を当てるナンバーズ3と4ケタのナンバーズ4がある。

そのナンバーズで初の3ケタ・4ケタ揃って同時にゾロ目の当選番号が出たのは、新燃岳が大爆発を起こした2日後、2011年1月28日のことだ。

当選番号はナンバーズ3が「222」。

なので2月22日を気にしていたら、クライストチャーチで大地震が。しかし、そんなことは予想できるものではない。

では、ナンバーズ4はというと「1111」なので、11月11日か？

しかも2011年なので尚さら気になってしまうのだが、11月11日に何かが起きると考えるのではなく、2月22日に始まった変改が11月11日まで続く、としておこう。

さらに余談だが、通常は平均26口しか当たりが出ないナンバーズ4のストレートだが、この時は436口も売れた。せっかく当たっても配当金はほんの僅かしかなったはず。

「おめでとうございます」なのか「お気の毒様」なのか迷うところだ。

ナンバーズ3も平均133口のところ、555口の当選だったそうな。

閑話休題。

２００９年９月９日、七福神の乗った宝船が世界中に降り、それは一人一人が宝船に乗り込んで、自らが八福神になる日だった。

その約３ヶ月後にはエルサレム上空に世界中の女神が集い、女神サミットが開催された。

そのころが人類にとって「７」から「８」へと移行する時期で、９方陣８霊界が示しているように、四方八方どちらを向いても〝我が心の鏡写し〟であることと、８霊界は縦・横・斜めそれぞれの和がどれも「１３２」になるため、「１３２」＝〝まごころ〟がテーマであった。

健太はエルサレムへ持って行くべきモノを尋ねた際、まっ先に言われたのが『まごころじゃ』だったし。

そのようにして世界各地でまごころが発生し、人類は「７」から「８」への移行に成功した。

35	80	17
26	44	62
71	08	53

《９方陣８霊界》

この８霊界をよく見ると、「44」を中心に
縦は８０４４０８（０８４４８０）。
横は２６４４６２（６２４４２６）。
斜めは３５４４５３（５３４４３５）と
７１４４１７（１７４４７１）。

すべてが「4」と「4」の間で境に鏡写しになっている。また、2010年度は国家予算（一般会計予算）までもが92兆2992億円だった。

「92」は〝鏡〟であり、29・92は中心から上にも下にも「92」。見事な鏡写しだ。

先ほど「132」を〝まごころ〟としたが、他には〝門出〟〝瀬戸際〟〝七福神〟など。

実は〝核爆発〟も「132」なので、早いところ人類の全体意識を「9」までもっていかないと、またどこかでやらかすかもしれない。


次は最終「9」へのステップだ。

「9」まで達すればこのステージが終了し、また次の大きなステージの「1」へと進むことになる。それは意識次元の上昇だ。

9霊界はすべて9の倍数から構成されており、次のステージへ進むための最終ステップとしては「9」の要素ばかりで実に相応しい。

9霊界は、縦・横・斜めの和がどの列も「135」になる。

必要な「135」は〝秩序〟であるが、他にも紹介しておくと、〝達磨〟〝つながり〟〝役割〟〝摩可不思議〟。

36	81	18
27	45	63
72	09	54

《9方陣9霊界》

神の名では〝キビツヒコ〟〝アソヒノオホカミ〟〝タケハヤスサノオ〟など。

スサノヲでなしに、スサノオで数えた場合だ。

あと、ポパイの大好物〝ほうれん草〟とか。

また〝左（ヒダリ）〟に対し、本来は〝右（ミギリ）〟と読むべきで、〝ミギリ〟は「135」。

ヒダリは「火足り」、ミギリは「水極り」で水の働きだ。なので女性数と言ってもいい。

〝ヒダリ〟は「136」。

左右の手を合わせて拝む姿はヒダリ「136」＋ミギリ「135」で、合わせて「271」になる。

「271」は〝極薬浄土〟〝大願成就〟そして〝毘盧遮那仏〟などである。

で、いま思い出したんだけど、この話は『数霊』（たま出版）でも書いていた。もう止める。

＊

先ほどの「……本格的に激動の瞬間へと突入した」のところで触れようとも思ったが、ややこしくなりすぎるので分けて書くと、吉備津彦神や一火たちがエジプトへ行った夏以降、日本及び韓国が狙われた。

いや、日本の場合は利用されたと言うべきか。

まずは2010年9月7日の尖閣諸島中国漁船衝突事件だ。

事件の詳細については省くが、中国漁船に側部から衝突された海上保安庁の巡視船は「よなくに」。

ヨ＝37　ナ＝21　ク＝8　ニ＝25

なので「91」になる。今は「91」を攻撃させてはいけない。それに、9月7日は旧暦7月29日、七福の日だ。そんな日に船が攻撃されたとあっては七福神に申し訳が立たない。宝船が沈んでは困るでしょ。

が、そもそも中国政府が尖閣諸島の領有権を主張しはじめたのは1971年だ。

日本は1895年からすでに尖閣を日本の領土とし、国際的にも認められている。

それに終戦後の1951年、サンフランシスコ講和条約で尖閣がアメリカの施政下に置かれることになった際も、中国政府は異を唱えていない。

なぜなら尖閣は日本の領土であって、中国とは関係ないからだ。

ただし、本来は島も大陸も海も人間は地球から借りているのであって、所有などできない。誰が許可したんだ、そんなこと。

約2ヶ月後の11月1日、今度はロシアのメドベージェフ大統領が北方領土の国後島においでなすった。ソビエト時代を含め、ロシアの国家元首が北方領土を訪問したのは初のことである。

これについては翌年に控えた大統領選挙に向け、国内へのアピールもあると思うが、それにしても各国の政府に対して日本という国は、何の威厳も持ってないということか。

そりゃまあ、彼らにとっては「日本分割構想」で日本全土を分割してしまうつもりなので、今さら遠慮は要らないだろうけど。

日本列島は昇り龍と下り龍が合体した姿で、北海道が頭の昇り龍にとって北方領土はヒゲだ。

また、九州が頭の下り龍は沖縄列島がヒゲにあたり、ヒゲは方向性を示すハタラキを持っている。龍にとってツノはパワー、ヒゲは方向性の象徴なのだ。

昇り龍と下り龍、その双方のヒゲを他国に押えられたことは国家として大問題で、国体も何もあったもんじゃない。

国民が、そして国民の代表である政府が、生きるための指標を失っているのでこうゆうことになるのだ。

政治家はアメリカの支配から日本を守るために命を犠牲にしないし、メディアも特にテレビは表面的なアホくさい情報しか流さない。流せないんだろうなぁ。

だからこそ、国民が生きる指標を持ち、方向性をしっかり定めること。

日本列島全体はアーチ式ダムの形をしている。ダム湖は日本海側ではない。太平洋側だ。地図を見れば判る。

ということは、日本列島はユーラシア大陸を太平洋から守るためのダムであり防波堤の役割りをしているのだ。

大切にしておかないと知らないぞ、中国やロシア。


3週間後、韓国でドエライ事件が起きた。北朝鮮軍が韓国のヨンピョン島を砲撃したのだ。

発射した砲弾170発のうち、約80発が島に着弾し、兵士2人と島民2人が死亡した。よく4人で済んだものだ。

あれは北朝鮮の体制強化を目的とした国内向けのアピールなのか、アメリカに対して国力を示したかったのか。

いやいや、韓国内の〝アメリカから武器をどっさり買いましょう〞派が、〝そんなことに国民の税金を使うのは反対〞派を説得するため、アメリカと仕組んだ作戦かもよ。

もちろん北朝鮮もそれに乗ることで何らか大きなご褒美が貰えただろうし、アメリカは武器が売れ、〝買いましょう〞派にはワイロが入って、もう言うことなしなのかもしれない。だって、全然納得できへんもん、あの事件。テレビは絶対に本当のことを伝えないし。

そもそも8ヶ月前の3月26日、韓国海軍の哨戒艦「天安」が韓半島西岸の黄海で、北朝鮮からの魚雷攻撃を受けて撃沈した事件からして怪しい。

全長88メートルの艦体はほぼ中央部で真っ二つに引き裂かれ、乗組員104人中46人が死亡し、うち6人は遺体も見つかってない。

あの事件、本当に北朝鮮が攻撃したのだろうか。

魚雷の残骸に書かれていた北朝鮮の文字が発表された瞬間、ＣＩＡが頭に浮かんだ人は全国で15万人を越えたと報告を受けている。誰からじゃ。

ともかく、これも韓国側の人間がどういったカタチで絡んでいるのかの追求はもう止めるが、韓国の国番号は「82」。

「82」の数霊力が弱っているのは確かのようだが。

本来、日本と韓国は〝元ひとつ〟。韓国の国旗の中央にある赤と青の太極図は、日本と韓国を示す。サッカーのユニフォームが端的に示している。赤（火）の韓国、青（水）の日本、二国が尊び合って太極和合。

この際、ドラマでもアイドルでもいいから、日本と韓国の深い絆を結んでおかないと、共にやられてしまう。

結ぶのはやっぱり高句麗姫（＝菊理媛）のミハタラキなのだろう。

で、ソウルの街がクリスマスムードで盛り上がっている12月18日、黄海の排他的経済水域で中国漁船が韓国海洋警察の警備艇に体当たりをしていった。

日本の次は韓国か。

中国はそこまでして国外に敵をつくらないといけないほど、国内の不満を沈静化できない状況なのだろうか。そうだよ。

次々と発生する各地の爆動を、ＣＩＡのスティーブ〝マンモス〟対外作戦部部長らがさらに激化させ、２０１３年春節に向けて中国崩壊を加速させているのだから。

＊

戸隠の〝古き神々への祝福〟以後、言納は「むすび家　もみじ」の仕事に集中していた。

お蔭でモーニングもランチも盛況で、毎日が充実しているのだが、手が空く時間になると貴女紅葉のことを思い出す。

爬虫類と化したかつてのプレアデス人から祭りを護るため、一人で矢面（やおもて）に立った誇り高き女性紅葉のことを。

言納が「もみじ」をオープンさせる際、はじめからその名前を考えていたのではない。

健太と出会ってからというもの、どこへ行っても瀬織津姫と縁があり、正確には出会う前から導かれていた。鞍馬山で健太と出会う直前に寄った上賀茂神社がそれだ。

それに、藤の花やラベンダー色など瀬織津姫を表すものばかりがやって来て、店の制服は奈良県の石上（いそのかみ）神宮で授かった反物を使って羽織にしている。色はもちろん藤色だ。

なので店の名前には〝藤〟の文字を入れるつもりだったが、なかなか気に入るものが浮かばない。

それで健太にも相談したのだが「藤屋」だの「藤子」だの、そのまま「藤」とかで、それではケーキ屋かルパンの彼女か駅裏のスナックみたいだ。

そんなときだった。

言納のお屋敷は門を入ると大きなもみじの木が植えられており、秋になると見事に紅葉する。近所の人は〝もみじ屋敷〟と呼んでいるくらいだ。

しかし、札幌で暮らす言納が母の実家犬山を訪れるのは、学校が休みになる夏か冬か春だったため、紅葉するもみじを見たのはこちらに越してきてからだった。

晩秋、真っ赤に染まるもみじが言納は好きで、店をオープンする前の秋にその名にしようと決めたのだ。それに「もみじ」ならケーキ屋やスナックに間違えられることもないだろうし。

『言寿（ことほぎ）の姫よ
船より眺めた地球の姿
覚えておられますでしょうか
星にことほぎ　もたらすために
今このときに降り立ちし姫よ

人にことほぎ　届けるために
勇んで決意した姫よ
苦難の道もよろこびに
変えてしまうは　言寿の姫』

戸隠から帰って数日後、貴女紅葉から届いたものだ。

〝ことほぎ〟とは言葉による祝福のことで、「寿」「言寿」「言祝」どれも〝ことほぎ〟と読む。

言納が言納と名付けられたのは、言寿の姫として玉し霊がそうさせたのかもしれない。

だが、内容からすると貴女紅葉は、プレアデスからUFOで地球にやってきた自分の先祖と言納を重ねて見ているふしがある。

『船より眺めた地球の姿　覚えておられますでしょうか』というくだりなど、先祖に向けてのメッセージのようにも受け取れる。

『苦難の道もよろこびに　変えてしまうは言寿の姫』も、苦労したんですよ、けど頑張ったんですよ、と先祖に訴えているのかもしれない。

ひょっとしたら、先祖が地球なんかに来るもんだから、子孫の私がこんな苦しい思いをすることになってしまったのよ、と怨みつらみをうたったのだろうか。ご苦労されたのであろう。

しかし言納はある考えに及んだ瞬間、シャルマの教えがストンと腑に落ちた。

大昔、プレアデスからやって来た紅葉さんの先祖って、私なの？　と。

店の名前が「もみじ」になったのも、そんな過去と無関係でないのかもしれない。

すべては循環。

メッセージを届けてくれる高次元の意識体が、かつては自分の子供だった玉し霊かもしれないように、自分よりも千年以上も前に生きた人の先祖が自分であるかもしれない。

しかも紅葉は、地球でも高次元意識から生み出される能力を持ったまま生きたわけだが、その能力は言納から受け継いだものなのか。

〃十〃のま中こそが我。

〃マナカ〃＝「58」＝〃弥栄〃である。

このたびの立て替え立て直し〃天地大神祭〃にて人が身につける最終課題、それが〃十〃文字の鍵を持つことだ。

宇宙の中心は我が内にあり、だ。弥栄。


健太は戸隠祭り以後、しばらく腑抜け状態になっていたが、1月も終盤になると連日エジプトのニュースが報じられるようになり、やっと自分を取り戻すことができた。

そこでまず感じたのは、自分の内部で何かしら「放射線」「放射能」についてを知りたがっていたことだ。

だがよく理解できないのが、それらについての知識を求めているのでなく、自分の奥深くが懐かしがっているというのか、いとおしいのだ。

それで健太は「何でやねん」とツッコミながら、とにかく本屋で専門書を買ってきて読んだ。

一火が帰って来たのもそんなころだ。

『戸隠、大成功だったみたいだなぁ』

(あれっ、一火？ 帰ったんだ。見てたよ、ニュース。凄かったね)

『〃お日の祭り〃が懐かしかったよ。あれがなければ今日のエジプトもない。変わらぬままだろうな』

(そうなの？)

『金銀の鈴や方陣盤、憶えてるだろ』

(もちろん)

『過去への懺悔もしたもんな、ラムセス2世と一緒に』

(そんなこともあったね。アブ・シンベル神殿が貸切りになっててね)

ウソみたいだが本当の話だ。『天地大神祭』177ページに出ている。

それと、アブ・シンベル神殿も2月22日は特別な日である。それは175ページ。


『そうそう、スカビーが会いたがってたぞ、お前たちに』

(スカビーって、カスベラのスカビー？)

『ああ、とても感謝してたよ、〝お日の祭り〟を。特にハトホル神の封印を解いたことに喜んでたな』

(じゃあ、エジプトも開闢だね)

『そうなればいいんだけど……』

(けど、何？)

『軍部はたしかに軍配を傾けず、政府側にも民衆側にも肩入れはしなかった。多少民衆寄りだったことは否めないが、あれは正しい判断だったと思う。けどなぁ、今回の改革は軍事クーデター的な要素があるのも事実なんだ』

(やっぱり。そう感じてたよ)

『あとは今後、軍の連中が自分たちに軍配を傾けないことを祈るばかりさ』

(だったら、まだ帰って来ちゃ駄目なんじゃないのか)

『いや、それは違う。エジプトの改革はエジプト人とエジプトの神々で成してこそ意義がある。いつまでも日本の神々が手を出すべきじゃない』


うん、確かにそうだ。後進国への援助も、その援助がなくなっても暮らしていけるように育てなければ意味がない。

なのでエジプトが成熟した社会の国家となるよう、ムバラク退陣後に日本の神々は引き揚げた。

（忘れてた、一火。シャルマさんのこと、ありがとう）

『勉強になっただろ。戸隠のことも褒めてたぞ。あっ、そうだ。何かメッセージを送ったとか何とか……』

一火は健太の部屋の中を見回した。

『その本だ』

（本？　どれ？）

『それだ』

それは放射線や放射能について書かれた本のことだった。

ということは、健太がそれをいとおしく感じたのは、シャルマからのメッセージだったということか。

なので健太は再度それを読み始めた。

そして2011年3月9日。

カール・コールマン博士の説ではマヤ暦が最終の9段目にシフトアップするとされているその日、午後10時ごろだったろうか。

仕事で疲れたため、健太は自分の身体の手入れをしていたときだった。

〝ダ――ンッ！〟

本棚から突然一冊の本が落ちてきて頭を直撃した。それは例の本で、他の本は静かに自分が置かれた場所に並んだままだ。

そして、本が頭を直撃した瞬間、健太は忘れていた数字を思い出した。

〝古き神々への祝福〟の翌日、お礼と報告に訪れた宝光社で出てきた数字を。

『51　51 51　51 51 51
153　53　1　1053』

その3　開始直前

２０１１年３月11日

14時15分。

東京都内の一部の地域で、携帯電話がつながりにくくなったり無線に雑音が入るなど、通信システムに乱れが生じ始めていた。

が、それほど大きな被害があったわけではないので、９日に確認された太陽フレアの影響であろうと考える者が多かった。

最近活発化している太陽表面での爆発現象は、巨大な太陽フレアを生む。

このフレアは高さが数万kmから十数万kmにも及ぶ炎の柱で、地球全体よりもはるかに大きい怪物である。

太陽フレアと共に太陽から放出された荷電粒子は２日か３日で地球に到達し、電子機器への影響が懸念されている。

太陽フレアについてもう少し詳しく述べておくと、太陽から放出された電磁波や粒子線などは約８分で地球に届くが、それらは地球の磁気圏や大気圏を通過する際にほとんど減衰してしまう。

そして数時間後に放射線が到達し、２日から３日かけてプラズマ＝荷電粒子がやって来るのだが、こいつが曲者で、場合によっては停電や電力システムの破壊を招く可能性がある。

ＤＩＡが企てた東京大停電は、この原理を意図的に発生させて行う。

なので２月中旬や３月９日の巨大な太陽フレア発生は願ったり叶ったりなのだ。

14時すぎに発生した小さな通信システムの乱れも、太陽フレアの影響と印象づけるために仕組まれたＤＩＡの予備作戦である。

特殊な電磁波を放出しながら明治通りを新宿方面に向かうアメリカ陸軍のトラックを、怪しむ者など一人もいない。

背が高い荷台のそのトラックには、日本で最も有名な宅配のロゴが入っており、運転手も宅配会社の制服を着た日系アメリカ人なのだから。

現在は3台のニセ宅配トラックが都内を走り回っており、2時間ほど電磁波をバラ撒いた後、それぞれの持ち場となる変電所へと向かう予定だ。

トラックには他にも「電磁誘導装置」が積んである。

見かけの小さなこの装置こそが真なる悪魔で、送電線の電気的バランスを崩して大電流を流すことができるのだ。

すると瞬間的に変電所を破壊することができ、関東一円を同時に大停電にすることが可能で、重要な働きのハブ変電所3ケ所で一斉にやる。

作用としては、誘導性インピーダンスを操作することで主磁束の磁界の位相を調整してインダクタンスをイテッ、痛い痛い、止めろ……あー、びっくりした。とうとう出やがったな、ジイめ。

「お前、この本はテロリスト養成講座か、おい。良い子はマネしちゃいけませんぞ。もう、こんな奴が書いた本など買わずに、そのお金で……うっ、お主っ……おっおっおっお——っ」

すごい効き目だ。スリガラスに爪を立ててこすってやったら、一発で逃げて行った。ひょっとすると爬虫類系宇宙人もこの音が嫌いかも。機会があったら試してみよ。

話を戻すが、ジイの言うようにあまり具体的に書く必要はないかもしれない。

が、この方法ならば突然大規模な事故が発生しても、太陽フレアによる障害として処理されるであろう。

決行開始の夕方5時46分まで、あと3時間半。すべては計画通りに進んでいる。

なお、5時46分に設定されたのは、日本人に「1・17」阪神淡路大震災を思い起こさせるためであり、いよいよ人類が滅亡するのかとの恐怖心を煽るつもりなのだ。

＊

14時30分。

NSAのエリックは、東北地方沖160㎞を航行中の空母ロナルド・レーガンで、作戦に向けた最終チェックをしていた。

あと3時間と少々で関東一円が大停電になる。

日本政府はすぐにでも発電・送電のシステムについて、新たなものをアメリカから輸入することを決定するであろう。もちろん原子炉も一緒に。

だが、国民生活に電気が戻ったわけではなく、帰宅途中のサラリーマンや街へ繰り出す若者たちで、金曜日の夕暮れ後はそこら中がパニックに陥るはずだ。

陽が完全に落ちてから、エリックが乗る米軍ヘリコプター「シーホーク」はゆっくりと空母から離陸し、福島第一原子力発電所沖へ向かう。

すでに待機している地上部隊は、合図を受けたら原発上空にブラック・ゴースト・スクリーンを照らす。

照らすといっても肉眼では何も見えず、そのスクリーンにシーホークから照射するキリスト像を浮かび上がらせるのだ。

空中映像を映し出すには、「ケムトレイル」と呼ばれる金属酸化物の微粒子をジェット燃料に混ぜて大気中に放出することで、鮮明な画像が得られるなどと噂されているが、実用までには至ってないし、原発上空を低空飛行できない。

なのでエリックは、不安定なままでもかまわないのでケムトレルなどの補助を使わず、ヘリコプターからの照射のみでキリストを出現させるつもりでいた。

しかし、東京の大使館から送られてきたブライアンの遺品の中に、エリック宛の手紙が見つかった。死を感じてそうしたのか、手紙にはこう書かれていた。

「オペレーション〝ファントム・クロス〟にて、ケムトレイルは不要。新タイプのスクリーンをOCCが製作中。

これも、彼に毎週2ダースのオレンジクリームチョコレートとピスタチオのアイスクリームを届けた成果であり、チョコレートとアイスクリームの効果は絶大。

装置は近々完成予定。

ただし、毎週195ドルの経費は今後も続くであろう」と。

エリックはすぐにCIAのミラーに連絡を取り、日本から届いたビリーの荷物の中身について尋ねた。

するとそれらしき金属製の箱が見つかり、つや消しのダーク・グレーに塗られたその箱の側面にはビリーの手書きで〝B・B Cord〟と記されていた。

〝B・B〟はおそらくブライアンとビリーの頭文字で、〝cord〟は絆。

つまり、この装置はブライアンとビリーの友情によって生まれたものであり、エリックから説明を受けたミラーは、CIA長官の立場を最大限に活用し、普段は手を組むことのないCIAとNSAとDIAの共動作戦が実現することとなった。

B・Bコードから放出されたブラック・ゴースト・スクリーンに映し出される映像は動く。いや、動いているように見える。

なので2㎞ほど沖のシーホークからスクリーンに向けて現すキリストは、生きているようにも見える。

もちろんのことだが、シーホークから照射される映像は、映画館や家庭用のプロジェクターとは根本的に方法が違うため、光のスジなどはできない。

なのでヘリコプターの存在に気付かれても、そこから映像が出てるとは思われないし、むしろ〝アメリカ軍も見た。奇蹟のキリスト出現！　キリストは原発を推進している‼〟なんていうスクープが、その日のうちに世界中を駆け巡ることになるであろう。

そしてキリスト熱が世界各国で高まってきたころ、満を持して真打ち(しんうち)ニセメシアが出現するのだ。

もちろんその男はキリストの生まれ変わりとして大活躍する……ために用意した戦争を止め、国交を回復させ、核廃絶を推し進め、ついでに原子力発電を絶賛し、遺伝子組み換え食品を世界中に輸出させ、他の宗教を排斥することで一度に20や30の戦争を生むことにもなるのだ。

その第一歩がいよいよ始まる。

エリックは胸に下げた純金製のペンダントを、左手で強く握りしめた。

ペンダントにはこう刻まれている。

〝偉大なる同志
ブライアン＆ビリーに栄光あれ〟と。

＊

14時40分。

宮城県北部の港町、海岸からはずいぶんと奥まった山の裾野に亜美(あみ)の家は建っている。

磯の香りは届かないが、春を迎えると色とりどりの野花が咲き、つくづくここに家を建ててよかったと春になるたびに思う。

茜(あかね)は家と同い年で4歳。幼稚園の年少さんだ。

家を建て始めたら茜がお腹に宿り、生まれる前の月に完成した木造2階建ては、夫で大工の祐輔が親方や仲間の手を借り半年以上かけて建てた。

茜は生まれつき右股関節に問題があり、歩けなくはないが、みんなと同じように園庭で走り回ったりはできない。

それで亜美は毎晩マッサージを施しているのだが、月に一度だけ隣町の治療院へ通っており、今日がその診察日だったのだ。

なので幼稚園はお休みし、治療後は大型のスーパーで茜の大好きなたこ焼を食べるのが恒例で、ついでに買い物も済ませて、たったいま自宅に戻った。

「茜ちゃん、この袋を運んでね」

「うん。そしたら海の公園へ行ってもいい？」

「寒いわよ、今日は。雪もちらついてるし」

「でも行きたい」

治療後は股関節の調子がいいようで、いつもこうだ。

「お買い物を全部片付けてからね」

「わーい」

こうして台所に立ちつつ何気なく時計を見ると2時45分。

「茜ちゃん、3時まで待ってね。そしたら海の公園へ行こうね」

「うん。ねぇ、お母さん、グミ食べていい？」

「公園に行ってからにしなさい」

そう言われた茜は、お気に入りの大きな赤い手さげ袋のポケットにスーパーで買ってもらったグミをしまおうとした瞬間だった。


ガーン、ガーン、ガーン、ドッスーン。

地震だ、大きい。

飛ぶ可能性があるものはすべて飛び、割れる可能性があるものはすべて割れ、倒れる可能性があるものもすべて倒れた、ほんの十数秒で。

「茜、茜、キャー!!　茜……」

「お母さんお母さんお母さんお母さん」

時間にしてどれだけ経ったのか判らなかったが、ほんのわずかに揺れが小さくなった。亜美はそのスキを逃さず這って茜のもとへ行くとそのまま覆い被さり、その後も5分程恐怖に耐え抜いた。長かった。

言ってる最中に割れた陶器の破片でヒザを切ったが、揺れが収まるまで気付かなかった。

「とにかく外へ出ましょ」

泣きじゃくる茜を抱えて外に出ると、やはり大勢が屋外へと待機しており、やがて「津波が来るぞー」と叫ぶ声があちこちから聞こえはじめた。

しかしここは海岸線から3km近くも離れているし、津波など気にしてなさそうな人もいる。

亜美はどうするべきか迷った。祐輔に電話しても通じないし、予震も怖い。けど、まさか津波がここまで来るとも思えない。

と、そんな時だった。

『ここにいては駄目』

そんな声が聞こえ、急にお腹が痛苦しくなってきた。

この気持ち悪さはかつて一度経験し、はっきりと憶えている。3年前に流産したときの痛苦しさだ。

ということは……

「茜、すぐに車に乗りなさい」

亜美は家の中へ戻ると、財布や化粧ポーチなどを入れて持ち歩いている小さなリュックに茜の着替え数枚を無理矢理詰め込むと、急いで車を高台に向かって走らせた。

しかし、50メートルも進まぬうちに倒れたブロック塀が道を塞ぎ、先へ進めない。

仕方ないのでUターンし、一旦坂を下ってから峠へと向かう道へ出ることにした。

が、中心街へ向かう道路は大渋滞。信号も点いておらず、どの方向へも全く動いていなかった。

それで亜美は地元民しか知らないであろう抜け道を通ることで、やっと峠へ向かう国道に出ることができた。

しかし、ここからがまた進まない。

「あーん、どうしよう」

地震からはかれこれ30分近くが経っている。

と、地震中も握りしめて離さなかった赤い手さげ袋からグミを出して食べていた茜が、突然おかしなことを言い出した。

「お母さん、お姉ちゃんが呼んでる」

そう言って、前方上空を指さすのだ。

「えっ、お姉ちゃんて、どこのお姉ちゃん？」

「茜のお姉ちゃん」

「…………」

ということは、やっぱり流産してしまった長女が導いてくれてるのだろうか。

「早く早く、って言ってるよ。こっちおいでもしてる」

茜は特別不可思議な能力があるわけでもなく、こんなことを言うのは初めてだ。

と、そこへ、今度は亜美に、

『何が一番大切なの？』

間違いない。お姉ちゃんだ。

車は一向に進みそうもない。

が、すぐ脇には大きなドラッグストアの駐車場がある。亜美は車を捨てることにしたのだ。

「さあ、茜、急いで降りて」

「えっ、降りるの」

「そう。一番大切なのは茜。今から茜をだっこして走るから、ちゃんとつかまってるのよ」

「茜ね、走れるよ」

そう言うと、亜美よりも先に走り出してしまった。

「待ちなさい、茜。また地震が来るかもしれないから離れないで」

約6分間も続いた本震の14分後、3時6分にもマグニチュード7・4の揺れが東北地方を襲っているので、まだまだ油断はできない。

亜美は茜の手をしっかり握って走った。茜が体をくねらせずに走るのを初めて見たが、今はそんな喜びに浸っている場合ではない。

渋滞中の車の列を横目に、とにかく走った。

道路はすでにゆるやかな登りが始まっており、あと３００メートルも進めば高台にある広場に出られる。あそこまで行けば大丈夫だろう。

「茜、もう少しだから頑張っ……」

あたりから悲鳴が響いてきたので、亜美は茜の手を握ったまま走りつつ背後を振り返った。

すると、真っ黒な波が車も人も丸ごと押し流しているではないか。

亜美が乗り捨てた車があるドラッグストアにも波はすでに到達している。

もし、あのまま車の中にいたら……。

亜美は茜を抱きかかえ、すべての力を出し切り走り続けた。

「早くー!!」

「逃げろー!!」

「もう少しだ、ガンバレー！」

高台にいる人たちからの声がすぐ近くに感じられた次の瞬間、不気味なうなり声と共に黒い波は亜美の足元に迫り、その勢いで亜美を追い越して腰まで飲み込んだ。

そして、波の勢いは弱まっているとはいえども、押し流されてきた漂流物が亜美の腰を直撃し、茜を抱いたまま波の中へ倒れ込んでしまった。

「茜っ、茜っ、あかねーっ」

亜美は波に押し流されながらも茜の名を呼び続けた。

立つこともできない。前もまともに見えない。それでも亜美は叫び続けた。

「茜ーっ、茜ーっ!!」

と、その時、亜美は誰かに腕をつかまれ、気が付くと波の中で立ち上がっていた。

幸いなことに、津波の勢いが完全に止まったのだ。

それでも20メートルほどは流されただろうか。

流れの止まった黒い海水の中には、浮いたまま起き上がらない人がたくさんいる。

「茜ーっ」

「おーい、おめえんとこのわらしか？」

「茜っ」

一緒に波から逃げていた年配の男性が、亜美の手を離れた茜を波の中からすくい上げてくれていたのだ。

「よかった。茜、よかった。ありがとう……」

もう声にならなかった。

だが、よく見ると茜は頭から血を流し、ぐったりしている。

「病院さ、連れていがねばな。頭こ、切れてら」

見ると出血が激しい。

だが、ありがたいことに、近くにいた看護師経験のある女性が応急処置をしてくれた。

「すぐそこさ、おらほうの軽トラがあるすけ、それさ乗ってけ」

茜を助けてくれた男性が病院まで連れて行ってくれると言う。

「ありがとうございます」

すると、すぐ近くで様子を伺っていた青年が声を掛けてきた。

「峠は道に亀裂が入ってて、軽トラでは無理だ。俺の車に乗っていけ。俺のはタイヤがデカイから何とかなる。さぁ、こっちだ」

青年の車は広場の先の立派な家の駐車場に停めてあった。ジープタイプの国産四輪駆動車だ。どうもまだ新車らしい。

「さぁ、乗って」

「でも、シートが汚れてしまうから、何か敷くものでも……」

「そんなこと言ってる場合じゃないでしょ。早く乗って」

そう。イザというとき、人は遠慮などしてていけない。

遠慮してるうちはまだ余裕があるということ。迷惑かけたと思ったら、後から返せばいい、本人にでも、世の中へでも。ああ、これは厳龍の教えだった。(『日之本開闢』46ページ)

亜美は厳龍の教えなど知らないので仕方ないが、とにかく青年の車の後部座席に、茜を抱きしめたまま乗り込んだ。

ちょうどこのころ関東でも茨城県沖を震源とするマグニチュード7・7の地震が発生し、茨城県の太平洋岸各地を震度6弱の揺れが襲った。

東京でも被害が出ており、ビル火災が発生したり東京タワーの先端の一部分が曲がってしまった。

また、専門学校の卒業式が行われていた九段会館では、天井が落下して2人が亡くなり26人が負傷した。2人と26人。

人の悲しみを数霊として取り上げるのは苦しい限りだが、少し気になる。この2人と26人は。

九段会館は戦前「軍人会館」と呼ばれ、昭和11年の二・二六事件では戒厳司令部が置かれたところ。いわば二・二六事件の対策本部だ。

その場所で2011年に2人と26人が。

考えてみれば今回は「01・9・11」と「11・3・11」によって「2012・12・22」が導き出されるところばかりに目が行ってしまいがちだが、ニューヨークの世界貿易センタービルでのテロは「9・11」が初めてではない。

1993年にも地下駐車場で爆弾が爆発しており、このときは死者6人、負傷者1042人。

犯行はイスラム過激集団のオマル・アブドゥル＝ラフマーンとアルカイダのウサマ・ビンラディンが関与したと発表されているが、本当にそうだろうか?

「9・11」に向けたCIAの予行演習だと見る向きも実はある。

まぁそれはともかく、その日は１９９３年の2月26日だった。

ナイル年表には、

『２００8年2月26日
日之本神宮・奥の院開き』

とあるが、これはつまり〝日之本開闢〟のことだ。

〝日之本開闢〟を数にすると「２２６」

いったいこれはどう考えればいいのだろう。

「3・11」の津波によって流失した漁船は約2万6千隻と発表された。

しかも〝船〟は、フ＝28　ネ＝24　で「52」になる。52＝2×26だ。

被害状況が明らかになりつつあった4月半ばごろから数が減りはじめたが、それまでは死者・不明者の数も約2万6千だった。

漁船と人的被害の合計5万2千にしばらく頭を痛めたが、減ってよかった。

が、「9・11」10周年で各国から湧き上がる自作自演説を誤魔化すために、アメリカ政府は海軍特殊部隊の手でパキスタンに潜伏中のウサマ・ビンラディンを殺害した。

日本時間では5月2日、「52＝2×26」の日だ。

ただし、この事件についてはものすごーく気分悪い。

ビンラディンが本当に殺害されたかは大いに疑問が残るし、アラビア海北部で空母から水葬にしたというアメリカ側の発表は１００％ウソだ。しかも水葬にした理由を、イスラム教の習慣に従ったとしている。

調べてみた。

イスラム教で水葬が許されるのは、遠洋を航海中に事故死または病死してしまった特別な場合だけだ。それ以外は禁止されている。

そもそもだ。もし本気になれば、9・11テロ直後、すぐにでも捕らえることができたはずだがそれはせず、10年の節目の対外パフォーマンスとしてビンラディン殺害。

我が国が安保条約を結ぶ大国は本当にご立派なお国ですこと。

ビンラディン殺害1週間前の4月26日は、チェルノブイリ原発事故からちょうど25年になるが、2011年の4月26日は元ライブドアの堀江貴文被告に実刑判決が言い渡され、懲役2年6ヶ月。

ここに現れた数字は、例えば地球の歳差運動の周期約2万6千年とか、二・二六事件のような体制に対するクーデターを示唆しているのだろうか。

東海地方に大被害をもたらした伊勢湾台風からも52年の2011年は、大正100年にあたる。

大きく正される年なのであろう。

ついでに〝台風〟も「52」だ。

新燃岳も52年ぶりに噴火し、〝新燃(しんもえ)〟が「52」なので、後ほど「52」については答えを出すことにする。

で、話は変わるが、「3・11」を地震兵器によるテロと見るのは自由だが、1週間前に茨城の海岸でイルカが52頭も打ち上げられたり、ニュージーランドの場合は地震の2日前2月20日にやはりゴンドウクジラ107頭が現地の海岸に打ち上げられていることから、地震前に発生する海底からの電磁波の影響と思われる。

したがって、水爆説は完全に却下。

奇しくも2011年は、1611年の慶長三陸津波からちょうど400年である。

*

15時42分。

東京電力福島第一原子力発電所の1号機と2号機で、緊急炉心冷却システムが作動停止。

これでスリーマイルを遥かにしのぎ、チェルノブイリに匹敵する原発危機が日本で始まった。

15時58分。

東京都港区にある雑居ビルの一室。ここにＤＩＡの作戦指令部が設置されていた。

大使館や米軍基地内では、他にこの作戦が知られてしまう可能性がある。

それで人目に付かないここが選ばれたのだ。

室内の散らかりようは惨たんたる状況だった。

が、現場の指揮官はこれが自然災害なのかＣＩＡが独自に勝手な作戦を遂行したのかが判断できず、情報を得ることに全力を挙げていた。

そして本国のスタッドラー長官からこう告げられた。「作戦は中止だ」と。

なので指揮官は3台の宅配車に基地へ戻るようにと指示をした。

止むを得ない。この状況下で関東一円を停電にしたところで原因は地震のためであって、新たな原子炉の売り込みなどできやしないのだから。

16時17分。

空母ロナルド・レーガンにも撤退命令が出た。

その3分後には、日本政府が今回の地震の名称を「平成23年　東北地方太平洋地震」と発表。

菅首相が日本では初めてとなる「原子力緊急事態宣言」を発令したのはその2時間40分以上も後のことである。

このとき枝野官房長官は会見で、

「問題点は解消できる。被害が出るような状況にあるわけではない」と強調した。

しかし、アメリカ軍の司令部から空母ロナルド・レーガンにはこのように伝えられていた。

「間もなく福島第一原発が爆発を起こすであろうから、大至急撤退せよ」と。

よその国の人たちの方が詳しく正しい情報を得ているとは、いったいどうゆうことだ。

ＮＳＡのエリックは事の顛末をニューヨークのミ

ラーに報告し、何とか作戦を決行できないものかと尋ねてみたが、答えは〝ノー〟だった。

たとえCIA長官といえども空母を福島沖へ戻すのは100％不可能だし、シーホークを勝手に飛び立たせたところで、爆発する原発上空にキリストが現れたとなれば、キリストは原発の爆発を防ぐために現れた↓けど原発は爆発してしまった↓キリストも原発に反対であろうから、神の意を汲むためにもこれからは脱原発運動に力を入れよう、ということになって全く逆効果だ。

なのでエリックは、戦闘機が並ぶ甲板の隅から、沈みゆく太陽をただぼんやりと見つめるしかなかった。虚しい想いを抱きつつ。

マグニチュード9・0の大地震と大津波は、午後5時46分に発生するはずだったDIAによる関東一円大停電及び、CIA主導のオペレーション〝ファントム・クロス〟を、ひとまず中止に追い込んだ。

犬猿の仲のCIAとNSAがめずらしく手を組んだこの作戦は、必ずどこかで再開させるはずだ。

しかも日本だけでなくアジア各地やヨーロッパ、南米でも中東でもだ。

絶対に惑わされてはいけない。

求めるのは内なる〝十〟文字の鍵。

それはパワーグッズなどの物質でもなければ、何々学と呼ばれるような技術でもない。絶対に違う。

霊止（人）の隠された戸の鍵穴は〝✚〟。

そこにピタリと収まる〝十〟文字の鍵は、時空を越えた超意識に他ならない。

その超意識を持って三次元での暮らしを喜びで生きること。

外へ救いを求めると、必ず騙されることになるぞ。

空中に不思議な十字架やイエス様が現れても追っかけてはいけないし、喜んでもダメだ。

それ、奴らがどこかから映し出しているだけなんだから。

その4 「51」

3月12日

午前3時半すぎ。

健太はテレビの前から動くことができず、もう何時間もただニュースをぼんやりと見続けるばかりだった。

このような状態のとき、意識には〝今〟も〝ここ〟も無い。

なので健太はメシアを見失った状況にある。

が、しかし、くり返し流される津波の映像に衝撃を受けない者がいたとしたら、その方が恐い。

それに言納からは、従姉妹(いとこ)とその家族に連絡が取れず、札幌の両親が大騒ぎしていると何度かメールが来ていた。

一番の懸念は、3月9日に本棚から突然落ちてきた本のことだ。

なぜ自分は戸隠祭り以後、放射線や放射能に興味を持ったのか?

しかも、ただ興味を持っただけでなく、いとおしさまで感じる。

本が突然落ちてきたのは、マヤ暦関連で世間が注目していた3月9日。

その2日後、地震と津波に大ショックを受けているのに加え、原子力発電所が危険な状況下にあるという。

健太は食事もノドを通らず、風呂へ入る気にもなれず、ただただボーッとテレビの画面を眺めていたのだ。

それからさらに30分程が経過した。

テレビ画面に表示される時刻は午前4時を過ぎていた。

(あっ、また地震)

地震速報のテロップが流れた。

〝12日午前3時59分ごろ、長野県北部で強い振れを……〟

「長野県北部っ！」

健太は大声で叫んでしまった。

長野県北部といえば戸隠があり、祭り後の11月7日には上田市の山中で南紅と一緒に小さな祭りをやっている。


キャスターが最新の情報を伝えた。

「先ほど、3時59分ごろ長野県北部で観測された強い地震は、栄村で震度6強。地震の規模を示すマグニチュードは6・7で、雪崩などの危険性があるため充分にご注意ください。くり返します。3時59分ごろ……」

（あー、もうダメだ）

健太はそのまま床に倒れ込んでしまった。

＊

一方、言納は長野の地震で目が覚めた。といっても家が揺れたからではない。

この地震は震源となる栄村が震度6強だったにも拘らず、強く揺れたのはごく限られた地域のみだった。

なので言納が目を覚したのは他の理由だ。

『ウルファの神は　真東に
贖い求め　突き抜けた
153転じて世を正せ
頭を垂れよ
53の民よ』

強烈だった。意味は全く判ってないが、雷に打たれたような衝撃で、眠気などは瞬間的にふっ飛んだ。

続きがある。

『ハランの女神も　東へと
地蔵見つめるその先で
153の光を放て
放つお力　81能
栄（は）えよ栄（さか）えよ　53の時
お日のお光　53の地で』

布団から起き上がった言納は、すぐに健太へメールを打った。

〝起きてる？〟

体の震えが止まらないので、それ以上長い文章が打てなかったのだ。

メールを見た健太はフラフラしながら言納に電話した。

「起きてるよ」と。

そして言納が慌てふためく様子を感じ、やっと正気に戻ることができた。

というよりも、

『51　51 51　51 51 51
153　53　1　1 0 5 3』

を解明しようとしないので、仕方なしに神々が言納を遣って健太の尻を叩いたのだ。

だが、電話中もずっと床に倒れたままでいたので体が冷えてしまい、なので風呂に入ってから少し仮眠したら、あらもう出勤時間になっていた。

が、仕事は暇だったし、師匠の黒岩も不思議な数字や地名に興味を持ったため、午後からは他の弟子も巻き込んで調べた。

すると、とんでもないことが見えてきた。

まず、

『ウルファの神は　真東に
贖（あがな）い求め　突き抜けた』

についてだが、ウルファはトルコ南東部の都市シャンルウルファのことだった。

　エルサレムへ向かう途中、ハランにしばらく滞在したアブラハムの生誕地が、ここシャンルウルファだ……と、イスラム教では伝わっている。

　だがアブラハムの正体については『天地大神祭』でイクナートン＝奇人アメンヘテプ４世＝ツタンカーメンの父親と結びつけているため、真意のほどは保留。

　で、真東に贖いを求めて突き抜けたのだから、まずはシャンルウルファの緯度を調べた。

　古代の都市がどれほどの面積だったのかはもう調べようもないので、現代の地図上でシャンルウルファの中心地を求めることにした。

　北緯３７度２５分。大ざっぱだが、そこをシャンルウルファの基準にし、真東へと突き進むと、おお、ちゃんと日本列島にたどり着くではないか。

　まずは石川さゆりの能登半島先端を少しだけかすめ、再び海上を通って新潟へ上陸した。

　北３７度２５分は……ゲッ、ちょうど柏崎刈羽（かしわざきかりわ）原子力発電所だ。

　柏崎刈羽原発といえば、２００７年７月16日に新潟や長野で震度６強を記録した地震で火災と放射性の水漏れを起こした原発だ。

　マグニチュード６・８でも原発は壊れていた、このころから。

　その日は午前に新潟・長野、夕方は三重・京都・奈良・夜は北海道・青森・岩手で地震が揺れた、ユレユレの日だった。

　なお、柏崎刈羽原発の東経１３８度35分ラインを真南に約50km進めばそこが長野県栄村である。

　さて、新潟から上陸した北緯３７度２５分ラインをさらに東へ向けると、福島県の郡山を抜けて間もなく太平洋に……。

　うわっ、太平洋への出口に寸分の狂いもなく福島第一原子力発電所があった。

　シャンルウルファから真東へ向かう北緯３７度２

5分ラインは、入口が柏崎刈羽原発で、出口は福島第一原発だった。

ということは、ウルファの神が求めた贖いとは、ウラニウムやプルトニウムをコントロールできると勘違いしている傲慢さへの懺悔なのだろうか。

やはり原子力発電というものは……。

「わっ、先生、健太さん、ちょっと見て下さい、これ」

テレビ画面には爆発する福島第一原発の1号機が映っていた。

〃本日午後3時36分、爆発音を伴った水素爆発が福島第一原発の……〃

ガシャ、ガシャ。健太の脳が活動を開始した。

『153転じて世を正せ』

の「153」は〃災い〃だ。

ワ＝46　ザ＝56　ワ＝46　イ＝5　合計153。

なので

『災い転じて世を正せ』

ということだった。そして、

『53の民よ』

は、前文の内容からして「53」は〃稲穂（いなほ）〃であろう。

従来ならば〃水穂〃の（国の）民よ、であろうが、この場合は、

「実るほど　頭（こうべ）を垂れる　稲穂かな」

が元になっているだろうし、〃稲穂〃は「53」なので間違いないと思う。

虚謙さを忘れるでないぞよ、日本人。

これは後々のことなのだが、ドイツでは2022年までに国内17基の原子炉を閉鎖することが決まり、その翌週にはイタリアで原発再開を問う選挙が実施され、94％が反対の意思を政府に突き付けた。

チェルノブイリ後に原発を全廃していたイタリアでは、今後も原子炉を運転しない。

さすが三国同盟で結ばれただけのことはある。さ

ぁ、どうする日本政府。

他国には、災い転じて世を正した。同盟国が自らを正したんだから、当事者がこんなことではダメなんじゃないですか。ねぇ。

これは余談だが、ドイツでは日本の復興を支援するための義援金を集める赤十字の口座番号が「41 41 41」だ。すごいね。

だが、ちょっと気になることもある。

ドイツでは福島第一原発の事故後に実施された、南西部のバーデン・ビュルテンベルグ州など2州の州議会選挙で、反原発を掲げる「緑の党」が大躍進した。

ちょうどこのころ、ヨーロッパでは腸管出血性大腸菌「O-104」が感染拡大し、5月に入ってから はハンブルグなどドイツ北部で多数の死者が出た。

感染源はスペインから輸入されたキュウリやトマト、レタスとの見方が強く、スウェーデン、デンマーク、イギリス、フランス、オーストリアでも感染が確認されているが、なぜかドイツ北部での被害が大きい。

ドイツ北部への意図的な攻撃か?

そして5月22日、ドイツ北部のブレーメン州での州議会選も、反原発「緑の党」がまたまた躍進し、メルケル首相率いるキリスト教民主同盟を第3党に引きずり下ろして見事第2党の座に就いた。

「O-104」の感染拡大と反原発党の躍進は因果関係などないのかもしれない。

が、陰謀説が生まれても不思議ではない何かがあった。

「104」は〝礼儀〟や〝お蔭様〟だし、〝七〟をそのまま7で数えれば〝七福神〟もそうだ。それに〝同盟〟も。

反作用は〝穢れ〟。「104」になる。

三国同盟の日本では「O-111」の問題で〝エ

ビス〟の名が穢されていた。

その名は焼肉屋につけるべき名前でないのかもしれない。


それともうひとつ。

先ほど、日本と韓国が攻撃の対象になっているので二国間で絆を深めることが重要だと述べたが、日本の国番号は「81」で韓国は「82」。

地名を数にすると仙台が「81」で福島は「82」。「82」も素晴らしい数なので、このままでは終わらせないからな、「82」。

「82」は〝柱〟なのだから。


まだ後半があった。

『ハランの女神も　東へと
地蔵見つめるその先で』

なので、トルコの地図でタガーマ・ハランの位置を確かめると北緯36度53分ぐらい。

ハランも古代都市がどれほどの大きさかが判らないため、幅を持たせるとすれば36度53分プラスマイナス5分ほどか。

1分が1・85kmなので、中心よりプラマイ約9kmになる。もう少し小さくてもいいかも。

ハランの女神が東へ東へと進むと、またもや能登半島を横切って富山から上陸し、2回目のゲッ、戸隠かっ。

いや、戸隠は少しだけズレている。

が、ウルファの神は真東を目ざしたが、ハランの女神は東へ向かったわけで、とっても都合よく考えれば、戸隠での〝古き神々への祝福〟は会場に設けた祭壇が西向きだった。

なので、ほぼタガーマ・ハランを向いていたわけだ。

だが、あまり都合のいい解釈ばかりしていると、悪魔に玉し霊を売り払った東京電力のお抱え学者みたいになってしまい、それではご先祖様に申し訳が立たない。

だから都合が悪いこともちゃんと申告すると、戸隠の位置はタガーマ・ハランの許容範囲から４㎞ほど南にズレ、むしろ範囲内に収まるのが12日の地震の震源地・栄村なのだ。やっぱりスゴイ。

だから、

『栄えよ栄えよ　53の時』

なのか。

この「53」は〝平成〟のようだ。

ただし、『地蔵が見つめるその先で』とは、まだこの時は判らず、答えは雪解けまで待たねばならなかった。

前半にも「153」は出てきたが、ここにもある。

『153の光を放て
放つお力　81能』

の「153」＝〝祓い清め〟だ。

つまり「153」は〝災い〟であり〝祓い清め〟なので、言い換えれば〝祓い清め〟は〝災い〟としてやってくる、ということだ。

ここで健太の脳裏をある疑問が掠（かす）めた。「153」に関してだ。なのでそれを、謎解きの途中だが計算してみることにした。２０１０年10月10日から、この3月11日までの日数を。

「えー、10月10日の当日から数えると10月は………22日、11月は30日、12月は……」

というように。

22＋30＋31＋31＋28＋11、合計で、３回目のゲッ、ゲッの３乗ゲッゲッゲッ。

２０１０年10月10日から数えて１５３日目は２０１１年3月11日。

その日に「１５３」＝〝祓い清め〟が〝災い〟としてやってきたのだ。

それに、〝九〟を9で数えれば〝九頭龍〟も「１５３」になる。九頭龍が動いたのか？

残りも一応解明できた。健太はちっとも身が入ってなかったが。

「81」は〝放射〟。

なので
『祓い清めの光を放て
　放つ力が　放射能』

放射能とは〝放射〟する〝能力〟のことであって、汚染物質のことではない。

では何を放射するのか。

それは個々が〝祓い清め〟になるような光を放つ。だから「81」番の国の民なのだ。

最後の
『お日のお光　53の地で』

の「53」は〝日本〟かと思っていたが、どうも〝お日のお光〟なので〝日光〟だ。

ニ＝25　ツ＝18　コ＝7　ウ＝3
ちゃんと「53」になり、タガーマ・ハランからの北緯３６度５３分ラインを栄村よりも先へ進めると、尾瀬を通り、4回目になってしまったがゲッ、日光だ。

戸隠の次は日光ということか。

それにしても緯度と経度をこれほど重視したことはなかったし、さらに原子力発電所との関係も不思議だ。

諏訪の守屋山山頂と戸隠の「ゲストハウス岩戸」がぴったり南北方向にあることは先に述べた。東経１３８度０５分３０秒だ。

それを真南に下って行くと、０３分ほど東にズレるが浜岡原発が建っている。

エルサレムから真東にユーラシアの果てまで来ると最後は九州にぶち当たり、新燃岳近辺を通って宮崎へ抜けることもすでに述べたが、エルサレムのほぼ中心北緯３１度４６分～４７分ラインで真東へ向かうと九州の入口にはぴったしカンカン鹿児島県の川内(せんだい)原子力発電所が建っている。

ビンラディンが殺害されたことになっている日本

時間２０１１年５月２日の２年前、２００９年の５月２日は「ＲＣサクセション」のボーカリスト忌野清志郎さんが肉体から旅立たれた日だ。

　もう生のうた声は聞くことができないが、当時は発売禁止にされてしまった曲「サマータイム・ブルース」を、電力会社はぜひとも朝礼のＢＧＭにしていただきたい。

♪暑い夏がそこまで来てる
　みんなが海へくり出していく
人気のない所で泳いでいたら
原子力発電所が建っていた
……（中略）……
東海地震もそこまで来てる
だけどもまだまだ増えていく
原子力発電所が建っていく
……（中略）……
それでもＴＶは言っている
「日本の原発は安全です」
さっぱりわかんねぇ　根拠がねぇ
……（中略）……
たまのバカンス田舎へ行けば
37個も建っている
原子力発電所がまだ増える
………………

　発売禁止の圧力をかけた連中は、お詫びに今後10年間毎日、清志郎さんの顔をプリントしたＴシャツを着て仕事しろ。

　で、話を戻し、戸隠のどこかで「26」＋「１１７」は「１４３」で、それは瀬織津姫がうんぬんと述べた。

〝緯度〟＝「67」、〝経度〟＝「76」で合計すると「１４３」になる。

　この「１４３」は、ひょっとして千手観音を表しているのかもしれない。

〝千手観音〟が「143」になるのはもちろんのことだが、10月10日は1010。これって千と十。ゴロ合わせみたいで説得力がないけど、〝センジュウ観音〟。

大勢の人々に手を差しのべるため、千手観音がおハタラキになられたのではないかと……。

それと、先ほど出てきた縦のライン東経138度05分30秒上の守屋山と戸隠だが、〝守屋山〟＝「125」、〝戸隠〟は「91」なので、合計すると「216」。

これはチュニジアの国番号で6×6×6だったが、ここでも出た。なので弥勒さんもいらっしゃる。

他にも10月10日は国常立尊の日でもあるようで、クニトコタチといえば「艮の金神」で東北だ。

まだまだこれから判ってくるのであろう、そのあたりは。

*

3月13日
午前8時25分、宮城県登米市を中心に震度5弱の地震発生。震災から3日目の朝を迎えた被災地を襲った大地の揺れは、外部と遮断されたまま希望が見えてこない人々の心に、ますます不安を掻き立てた。

祐輔にしてもそうだ。

震災直後、仕事現場の大崎からすぐに自宅へ向かったが、たどり着いたのは陽が暮れてからだった。

途中で車を乗り捨て、ガレキをまたぎ、そこで息絶えている人を見つけるたびに自分の家族でないことを確認し、安堵すると同時にその人の家族のことを想うと涙がこぼれ出た。

「何でこんなことになったんだ。亜美ーっ、茜ーっ、亜美ーっ、茜ーっ」

涙を流しつつ狂ったように大声で家族の名を呼び

続ける男がいても、不審な目で見る者など誰一人いない。みんながそうだったのだ。

昨日は夜明けとともに自宅周辺を探した。

祐輔の自宅は波の勢いが弱まっていたせいで、ちゃんとカタチを留めており、一階はおぞましい様相を呈していたが、二階にはほとんど水が入っていなかった。

が、亜美も茜もそこにはおらず、家の周囲にも姿はない。

祐輔は空腹と乾きのため、泥をかぶってひっくり返った冷蔵庫を開けてみた。

するとまず目に入ったのが茜の好きなヨーグルトやカップに入ったフルーツゼリーだった。

「茜、頼むから生きててくれ。お願いだ、茜。もうキツく叱ったりしないから。これからは外が寒くても公園へ連れて行ってあげるから、生きててくれーっ……」

祐輔はどれだけ空腹を覚えていても、そのヨーグルトやゼリーを食べることはできなかった。

食べてしまうと茜の姿が記憶からも消えてしまいそうで恐かったのだ。

二階から山登り用のリュックサックを降ろしてきた祐輔は、それらヨーグルトやゼリーと、亜美が買い置きしているペットボトルの炭酸飲料、そして想い出が溢れるアルバムを詰め込み家を出た。

途中、何十人も何百人も家族を探してさまよう人たちと遭遇した。

一人の女性がガレキに埋まった母親の手を握って泣き伏せていた。

祐輔は黙ってガレキをどけ始めた。

ガレキといっても、それまでは誰かが大切にしていたものばかりだが、こうなってしまうと怨めしい。

20分、いや30分ほどかかっただろうか。

最後に残った畳ほどの大きな板をどけると、出てきた女性の母親は上半身しかなかった。

女性はただ泣き崩れるばかりで、祐輔は自分を責めた。

そして、もしこれが逆の立場だったらと思うと、自分も立っていられなかった。


自宅から緩やかな坂を海側へ400メートルほど下ったところに、茜の友達の家がある。

昨日は治療のため幼稚園を休んだので、ひょっとすると午後から遊びに行っていたかもしれない。そこで津波に……。

大した距離ではないが、そこへ行くまでに1時間近くかかってしまった。

わずか400メートル。坂の下にあるはずのその家は、それがどこにあったのかさえ判らなくなっていた。

かろうじてそこに残っている柱だけの建造物にしても、中には乗用車が逆さまに突っ込んでおり、割れたフロントウインドウからは仰向けになったサラリーマンらしき男の身体がはみ出ていた。

ここでこんな状況なんだから、母と弟が暮らす地区は壊滅的であろう。

「何にも残ってねえだ」

擦れ違いざまに男がつぶやいた。

小さな印刷工場を丸ごと流されたというこの男も、家族はまだ誰も見つかってないと言う。

祐輔はこの男の話を、それはこの場所よりずっと海沿いの地区での話なのだが、聞いているうちに感情のコントロールが一切効かなくなってしまい、通りすがりの若い男性も一緒になって大声で泣いた。

それは、すべてを飲み込む津波が襲って来たときよりも、波が引いていった光景を目にしたときの方が恐ろしかったという話だ。

津波が徐々に引き始め、そこに現れたのは、倒れずに残った電柱や電線に大勢の子どもの遺体が引っかかった光景だったのだと。

幼い子どもたちの体がいくつも電線に引っかかっている光景など、今まで想像したこともないし、たとえ戦争をしている相手国にだってそんなことは起こってほしくない。

だが、被災地では、こんな体験を、生き残ったすべての人たちがしていたのだ。

ゆうべはいくつかの避難所を探した。

自宅近くの避難所には何人かの顔見知りがいたが、誰も亜美と茜の姿は見かけてなかった。

それで、もし自宅にいたのならおそらくはここへ逃げるであろう裏山の高台にもう一度行ってみることにした。

母と弟も心配だが、まずは亜美と茜を探し出す。

祐輔は、自分が生涯このまま二人を探し続けるのかもしれないけど、それでもいいやと思っていた。

そして、すでに目的の高台に到着しているというのに、真っ先に亜美と茜の姿を探そうとしてない自分に何の疑問も抱かなかった。

もし、期待して探しても、そこにもやっぱりいなかったとなると、その現実を受け入れることが恐いからで、一種の自己防衛だ。

なので決して祐輔が冷たい男なのではなく、麻痺してたのだ。祐輔だけじゃない、誰もがだ。

「おめえ、生きてたが？」

出し抜けに声が掛かった。

「……あっ、おやじさん」

それは祐輔たち家族が、休みの日にときどき食事に行く食堂のおやじだった。

「おやじさんもよくぞご無事で」

といっても店は海岸沿いの国道に面しているので、跡かたもなく流されてしまっているだろう。

「おやじさん。うちの亜美と茜をどこかで見かけませんでしたか？」

「なんだ、おめえ、聞いてねえのが？」

「…………」

「おめえほうのかっちゃとわらしは病院さ運ばれてったぞ」

「えっ、病院。何があったんです？　生きてるんですか、亜美と茜は」

祐輔の心臓は、それを成りたたせている筋肉が耐えていること自体不思議なほどに激しく鼓動を打った。

「かっちゃは大丈夫みてえだが、わらしこ心ぺえだな。津波さ飲まれ、頭さケガしてぐったりしてたぞ」

「で、病院はどこですか？　そのときはまだ生きてたんですね。亜美は大丈夫だったんですね」

どこの病院かはおやじが知るはずもないが、だいたい見当はつく。いなけりゃ見つかるまで探すだけのことだ。

とにかく、亜美は元気そうで、茜も津波にさらわれたわけでないことがはっきりした。生きている！

車まで戻るよりも走った方が早いであろうから、祐輔は走った。とにかく走り続けた。

峠を越えて15km。いや、20km以上あるかもしれない。

だが、亜美と茜がそこにいるのならば、その程度の距離が何だというのだ。

たとえそこが１０００km先でも走り続ける。

もし二人が自分のことを待っているのであれば、道が尽きようが嵐になろうが二人に向かって走り続けるのだ。

そこには祐輔にとって〝宇宙の存在〟と同義語でもある〝家族〟がいるのだから。

しかし、漁に出たまま海で遭難した父の亡き後に兄弟二人を必死で育ててくれた母と、不良仲間としょっちゅう悪さをしていた自分とは違って、生徒会の会長まで務めた弟の晴彦の安否はまだ判らぬままだった。

それに、従姉妹についてはメラク&ミルクから生きてることを聞いてるし。

ただ、判っててもそれを伝えることができないのはもどかしいが。

『ねぇねぇ、彼氏。ユー　ガット　メール。フロム　ポーラ・スターよ』

ミルクだ。どうせ、どこかの家か店に忍び込んでメグ・ライアンの映画を観てきたのであろう。

が、北極星から何かメッセージが届いてることは確かのようで、だとすればシャルマからだ。

それをミルが読み上げるようにして伝えた。

『苦難の大きさに比例して人々は成長し、向き合う本気度に比例して人は気付きます。

大きく背負った二つの疑問、一つはこの二人が答えを知っています……うふっ、わたしたちの

*

3月14日

今日は月曜日のため「むすび家　もみじ」は定休日だ。

普段なら予定がない休日は近くの喫茶店へモーニングを食べに行く。むすび家ほど上品さはないが、ボリューム満点でなおかつ安い。

が、とてもそんな気分になれないので、健太と二人テレビニュースに見入っていた。

札幌の母も店が休みと知ってか、1時間おきに電話が鳴り、今朝はもう3度目だ。

言納の従姉妹の安否が判らないのはもちろん心配だが、犬山にも津波が来やしないかなんてことはいらん世話で、ここをどこだと思っているんだ。というより、そもそも犬山は自分の実家じゃないか。

言納はあきれ顔で電話を切った。

ことね……ですって。ユー　ガット　メール』

それがお気に入りのようだ。

で、健太は考えた。

（二つの疑問ったって、判らないことや知りたいことなんてどれだけでもあるのに……何だろう……）

「見て、健太。また爆発したんだって、福島第一原発の3号機って言ってるわよ。キノコ雲とかも出るのかしら？」

出ない。原子炉建屋が水素爆発しても、核爆弾が爆発したようにはならない。

が、このニュースで健太は疑問の一つが限定できた。

戸隠以降、放射線・放射能についてが気になって仕方なく、専門書を買ってきて読んだ。

それが3月9日、突然本棚から落ちてきたので〝これは何かあるぞ〟と思っていたところへ福島第一原発の事故だ。

その影響で大勢の人が苦しんでいるというのに、健太の奥底から湧いてくるような放射線・放射能へのいとおしさ。

それについて言納は、原発に反対することと、お世話になっているウランやプルトニウムに感謝することは別問題だと訴えていた。その通りだ。

永き歳月を地中深くで静かに眠っていたウランを地上に掘り出したのは人間側だ。ウランが自らの意志で地上に這い出てきたのではない。

ウランから核燃料を製造し、真っ暗な中で四六時中強制的に労働させていたところ、地震と爆発の後に暗いお部屋から青いお空が見えたのでちょっとお散歩に出てみたのだ、ウランたちは。

すると人間は散々世話になっておきながら〝汚ないからこっちへ来るな〟〝危ない、あっちへ行け〟って。〝いつもありがとう〟の一言さえない。

原発に賛成だろうが反対してようが、恩恵を受けているのは確かなので、まずはお礼を伝えるのが礼儀ってものだ。

なので言納は空に向かって、ウラニウムの〝ウラちゃん〟とプルトニウムの〝プルちゃん〟、ストロンチウムの〝トロン君〟にセシウムの〝セッシー君〟らに「ありがとうございましたー』と叫んでいた。

なるほどとは思う。

が、それでも健太には納得できない玉し霊の感情があり、それが理解できないのだ。


健太はメラク&ミルクと直接対話できないため、すべて言納を通す。といっても、健太の声や意志はメラク&ミルクに届いてるため、メラク&ミルク→健太へのみに言納の通訳が入る。

「福島ではまた爆発があって多くの人が大変な状況下にいるのに、何か奥底に喜びみたいなのがあるのはナゼですか」

『変態』

「えっ?」

『変態よ』

ミルクがそう答えたので言納は笑いながらそのまま伝えた。が、健太は怪訝な顔をしている。

その顔を見た言納はある事件を思い出し、とうとう笑いは収束不能に陥った。


2週間ほど前のことだが、言納は健太と大型のショッピングセンターへ買い物に出掛けた。

言納が新しい鞄を欲しがったので二人して鞄売場をブラついていると、すぐ横で売り場担当の女性店員と、鞄の仕入れ担当らしき男性従業員が会話をしていた。

「お疲れ様。どう、売れてる?」

「お疲れ様です。今のところはミセス向けの定番が少しだけ」

「ああ、そう。在庫とかも大丈夫?」

「はい、在庫は大丈夫ですけど、こうゆうタイプのものが売れすじなので、こんな感じのがあればもっと種類を増やして下さい」

「了解」

と、ここまではいたってフツーの会話だった。

男性が「了解」と答えた瞬間だった、女性が豹変したのは。

それまでは一応敬語で接していたのだが、態度も言葉使いも一変し、男性従業員にこう噛み付いた。

「何でワタシが妖怪なの！」

「…………………？」

男性はうろたえるばかりだ。

「今、ワタシのこと〝妖怪〟って言ったでしょう」

「えっ……？」

「言った、言った。妖怪って言った」

女性は、上司である男性の顔を指さしながら責め続けている。

「ぼ、ぼ、ぼくはただ、〝了解〟って言っただけですよ」

「はっ？」

「〝了解〟しました、って」

「〝了解〟か。だったらいいわ」

この事件を目撃した言納と健太は腹筋がつっても笑い続け、その後も事あるごとに思い出して笑った。食事中に味噌汁を吹き出して笑い、仕事中に突如思い出しては笑った。

そもそも、上司が部下の女性に向かって何の脈絡もなくいきなり「妖怪」なんて言うはずがなかろうに。

仮にそう言ったとしても、理由さえ確かめずにあんな怒り出すのはやっぱり変だ。

きっと子供のころ男子から「妖怪やーい」ってからかわれ、それがトラウマになっているに違いない。でなきゃ、仕事中に売り場であんなメクジラ立てて怒らなくったっていいはずだもん。

同じようなことが目の前で起きた。

健太は特に怒ってるわけではないけど、ミルクに突然〝変態〟呼ばわりされて驚いている。

まぁ、確かに変態かもしれないが、ミルクからそう呼ばれるようなことをした憶えはない。

なのに言納は笑うばかりで話が進まないため、メラクが説明を始めた。


『変態って、その変態じゃなくってよ。生物の生態形が変容する方の変態のことなの』


何だ、その変態か。

動物が卵から孵化した後、成体になるまで、時期によっては異なる形態をとることがある。カエルや昆虫などがそうなのだが、その形態の変容が変態なのだ。


『あのね、地球では約5億4千万年ぐらい昔に〝カンブリ大爆発〟っていうのがあってね……』

メラクはミルクと違って、判りやすく話してくれた。


カンブリア紀というのは約5億4千万年から5億年ほど前までの時代で、三葉虫ほか多数の無脊椎動物が爆発的に出現したので、メラクが言うように〝カンブリア大爆発〟と呼ばれている。

そのカンブリア期に「生命史上における最大の変改」と呼ばれることが起こった。

というのも、それまでの生物は「触角」などで周囲の状況を探るような、動きの遅い軟体動物が中心だったようだ。

が、カンブリア期に入ると「眼」を持った種が出現し、〝触って探る〟世界から〝見る〟世界へと移行し、当然「眼」を持った生物の動きは俊敏になり、行動範囲も広くなる。

この大変化を起こした原因は、放射線によるDNAの異変だというのだ。

そして、健太の玉し霊が喜んでいるのは、ついに地球人類が新たな変態・変容を迎える時期に入ったためだ、という。

ただしその変態・変容は、今後大量に降り注ぐであろう宇宙からの放射線によるものであって、核廃棄物から放出される放射線ではない。

だが、福島の事故がそれに気付かせてくれ、人類が放射線に対する意識を改めるきっかけにはなっている。

また、核廃棄物からの放射線であっても、人の意識がどうあるかでその放射線が人や大自然に与える影響は変わる。

意識によって放射性物質の基本周波数を無害な状態にできるということだ。

それを知ることも大きな学びとなろう。


なので美濃や安芸など、地底にある〝根の国〟から長(おさ)を召集した豆彦国底立大神は、彼らをまだ待機させたままだ。

ウランやウランから生まれた放射性元素の暴走を防ぐのは、やはり地中の神々の力が必要で、特に放射線量が高い地域の神々はその扱いに慣れている。

が、もしその神々が福島で暴れる核燃料の暴走を抑えてしまったとしたら、人類は核燃料のコントロールなんて簡単簡単と錯覚してさらに原子力発電を推進するであろうし、放射線に対して考える時間が短かければ新たな意識が生まれない。

それで豆彦は、まだ彼ら〝根の国〟の長たちを待機させたままでいるのだ。

ただし、出雲神魂(かもす)神社のイザナミ大神がそう呼ぶ国常立大龍王は、龍神として必死に核燃料エネルギーを和(やわ)されているが。


神々は、人を助ける以上に人を育てる。

親が子供を助けるのは当然だが、いつまでも助けが必要なままでは困るのと同じだ。

政府もメディアも国民を育てよ。

受ける側の人間性も芸術的感性も育たないような子供のアイドルを、夢中になって売り出すのはもうそろそろ卒業したらどうだ、音楽業界。国民を育てるどころか、バカにするのが目的なんだろうが。

あかん、軍配を傾けてしまった。


それよりも、来た。

『いよよ変態近づきたると
知りておるかや　人々よ
繭（まゆ）の中ではもぞもぞと
蛹（さなぎ）は動きを始めたる
体調の
不安に怯えてなるまいぞ
深き呼吸と清き水
身体の浄化に励みたもう』

やはり人類は宇宙放射線により変態・変容を迎える時期に入った。

半霊半物質の世界になるというのも、この変態・変容のことを言っているのかもしれない。といっても、突然人類が半透明になったり、壁を通り抜けたりするのではない。

まず人間社会に表れる変化は「食」についてだと思うが、そのことについてはまたいずれ。

言納の脳が覚醒し、いつものようにガシャガシャと迷の解明を勝手に始めた。

『51　51 51　51 51 51
153　53　1　1053』
をだ。健太がどれだけ考えてもよく判らなかったこれらの数が、やっと解かれる。

真（しん）〝我（が）〟となりなさい。
〝勇気〟を持って〝克服〟すれば
〝変態〟進み、〝至福〟なる未来が〝決定〟される
ことでしょう。

〝アトム（原子）〟の水準から大自然と〝一体感〟を持つことで、〝禊（みそぎ）〟は〝寿（ことぶき）〟に転じ、〝災い〟は〝祓い清め〟になりましょう。

まず前半の〝　〟内はすべて「51」になった。

なので『51　51 51　51 51 51』は、『(真) 我　勇気・克服　変態・至福・決定』を表している。

変態・変容の時が来たのは間違いないようで、宇宙放射線も勇気を持って受け入れることが至福の未来、つまりそれがミロクの世だが、決定づけられるということ。

言い換えれば、ミクロの世の訪れを決定させるのは、人の意識であり、恐れに対しての勇気ある克服である。

後半は……。

『51　51 51　51 51 51』を『51　51+51　51+51+51』にし、『51　102　153』とする。

〝アトム（原子）〟と〝一体感〟は「51」。

〝禊（みそぎ）〟と〝寿（ことぶき）〟は「102」。

〝災い〟と〝祓い清め〟は先にも出た通り「153」なので、足した数にも深い意味が込められていた。

〝淡路島〟〝普賢岳〟も「153」で、どちらも近年大きな〝災い〟に見舞われているが、これも〝祓い清め〟なのだろうか。

2010年1月13日、ハイチで大地震が起き、死者・不明者が23万人以上の大災害になった。

この地震は日本で起きるかもしれない地震の身代わりだった可能性があり、国番号「81」に代わって

〝ハイチ＝81〟で起きたと『ヱビス開国』には書いた。

というのも、木星に彗星が衝突した年対称日に阪神淡路大震災が起きたときと同じパターンが、１９９４・９５年に続き２００９・１０年にもあったからだ。詳しくは『ヱビス開国』１７９ページから１８４ページ。

ただし、そこではハイチの地震を現地時間の1月12日で捉えた解釈がしてあるが、『今や基準は１３５』なので、明石１３５度が標準時の日本時間で考えると1月13日になる。「１１３」だ。「３１１」の鏡写しではないか。

ハ＝26　イ＝5　チ＝20　で「51」になる。

また、ハイチの地震から1ヶ月半後にはチリでもマグニチュード８・８の大地震が起き、日本にも津波が到達した。

チリとの連動は戸隠祭りの夜に明らかになっているように、日本と南米各国も非常に深い関係性がある。

国番号「51」はペルーだが、ペルーも日系人大統領や、センデロ・ルミノソによる日本大使館人質事件など、日本との関連性が表に現れている。

もし「51」の数霊力を日本人が身につければ、おそらくオペレーション〝51〟は失敗するであろう。失敗させてやろうよ、日本人。

イチロー選手も背番号は「51」だし。

で、言納の脳ミソガシャガシャはまだ終わっていない。

後半の『153　53　1　１０５３』だ。

「153」は〝災い〟として訪れる〝祓い清め〟のことで、「53」は〝日本〟。

「1」は〝ひとつになる〟ことを表しており、「１０５３」は81×13なので、13番目の部族が中心点になって他の部族をまとめあげる数であった。

そしてアブラハムを表してもいると。それも『ヱビス開国』に詳しい。

13番目の部族はエブス族や土着民のことであり、アブラハムが暮らしたタガーマ・ハランが高天原であることなどから、『153　53　1　1053』は、「戸隠から153日目に〝災い〟として訪れた〝祓い清め〟により、〝日本〟が〝ひとつ〟になり、土着の神や西から来た神と共に新た世を築け」といった捉え方をすればよいのではなかろうか。少なくとも言納はそう解釈した。

それと、先ほどイクナートン＝奇人アメンヘテプ4世の名前が出ていた。

彼が信仰したのは「太陽」ではなく「大陽」「大陽の光」、つまり日光だ。

〝日光〟も「53」になることから、やはりその地は今後鍵になってくるであろう。

日光の社寺が世界遺産に登録されたのは1999年。ひと回りしたのが2011年だ。

長野もオリンピックで世界中の神々が集った1998年からちょうどひと回りした2010年に戸隠の〝奥の戸〟が開いたので、日光もそろそろか。

その5「171」

3月15日

いつもよりも帰りが遅くなった健太は、父親に勧められるまま普段は飲まない日本酒を飲んだ。

勧められても断ることが多いが、家族が離ればなれになった被災地のニュースを見ていると、お酒に付き合うだけの親孝行ぐらいはしておこうと思ったからだ。

それと、酒の銘柄が「真澄」だったこともある。諏訪の酒だ。数にすると「79」だし。

諏訪に関しては気になることがある。

トルコのシャンルウルファやタガーマ・ハラン、イスラエルのエルサレムから真東に向かう緯度ラインが大きな意味を持っていたように、諏訪にもそれがある。

2008年8月26日の〝和睦の祭典〟会場となった諏訪大社前宮を通る北緯35度58分ラインを真東に進むとその果ては、何と諏訪タケミナカタ神を封じたあのタケミカヅチ神を祀る鹿島神宮なのだ。このラインもまったく誤差がないほどのぴったり東西ラインである。

鹿島神宮では今回の地震により、3月11日の16時40分に大鳥居が崩壊した。

諏訪タケミナカタ神側の神事ばかりをおこなってきた健太にとっては、やや複雑な思いである。

この北緯35度58分ラインは諏訪から真西へ進むと、岐阜県石徹白（いとしろ）の白山中居神社を通る。豆彦が命を懸けて邪のモノたちから健太を護ったのがここだ。そして封じられていた国常立久那土大神が出た。

そんなことを考えていたからであろうか、座イスにもたれてニュースを見てるうちにウトウトと夢の中へと堕ちていった。

ヘンテコな夢だった。

おそらく東北地方のどこか大きな神社だ。

目の前には長く急な階段があり、多くの参拝客はそこを往き来しているが、なぜか健太だけは登ることを許可されてないように感じて下から見上げていた。

すると、他の参拝客には見えてないようだが、体が透けた鳩が階段に沿って飛んで行った。

健太は鳩を目で追いつつ階段のてっぺんまで視線を移すと、うっわっ、巨大な……神様?……が立っており、どうゆうわけだかその神はマラソンランナーのようなゼッケンを付けていた。

何で神がゼッケンを付けているのかは判らないが、はっきり「93」の番号が確認できる。

そして両の手にはそれぞれ宝珠らしき玉が乗せられ、その中に片方は「92」、もう片方は「94」の数字が見えた。

気が付くと一人の仙人のような老人が健太の目の前に立っていた。

「………こんにちは」

健太が挨拶すると、老人は丸いお盆のような鏡をこちらに向けた。当然自分が写る。

「あっ」

思わず声をあげてしまったのは、何と自分もゼッケンをしていたのだ。

健太はあわてて自分の胸を見ると、確かにゼッケンが付いている。

が、おかしい。

胸のゼッケンには何も書かれていないのに、鏡の中のゼッケンには「13」の番号が。逆さ文字にもなっておらず、誰が見ても「13」だ。

と、そこへ、先ほど飛んで行った半透明の鳩が鏡の縁(ふち)に止まった。

鳩は首を傾けて鏡の中を覗き込むようにするので健太も視線を鏡へ移すと、デジタル時計の時間が進むように、ゼッケンの番号も「13」から「14」に変わった。

そして老人はこう言った。

『世の仕組みは変わる
「13」から「14」へじゃ
驕る者は弾かれる
仕組みが変わるからじゃ』

老人は消えた。鳩もだ。

今まで気にしてなかったが、老人が現れてからは階段を往き来する参拝客はピタリと止まったまま動かず、まるで団体〝ダルマさんがころんだ〟をしているようだったが、老人が消えた瞬間からまた動き出した。

（「13」から「14」へ仕組みが……）


『「14」の者』

老人の言葉を思い浮かべていると誰かに呼ばれた。多分自分のことであろうと何気なく階段の上を見上げた。するとゼッケン神が、

『〝微差〟が〝大差〟生む』


それだけを伝えると急に辺りが霞み、まるで霧の中に一人取り残されたようになってしまった。

何も動かず、何の気配も感じない。

と、そこへ、
バシッ。

何かが顔面にぶつかって来た。

「うっ」

健太が両手で顔を覆うと、
バシッ。

今度は背中へ突進してきた。

それで咄嗟に振り返ると、そこにはスター・ウォ

ーズに出てくる皇帝陛下のようなガウンに身を包んだおぞましい雰囲気の老人が立っているではないか。明らかに先ほどの鏡老人とは違う。右肩には目が3つある鳩がいて、その目は別々の3方向を見ている。健太にぶつかって来たのはこいつであろう。

後ずさりする健太との距離を保ったまま老人はするどい眼光でこちらを見つめ、口元はうすら笑いを浮かべていた。

健太は気付いた。その老人もガウンの中にゼッケンが付けられていて、やはり「93」番なのだ。

ただし、階段上の巨大神の「93」は白く輝いていたが、この老人のは黒くくすんでいる。

『「13」の者よ
力を見せつけてやるのじゃ』

健太は恐しさのあまり何も答えることができず、ただ静かに後ずさりするばかりだ。

『「13」の者よ
お前は支配者だ

「13」の者よ
恐れる者など何もない

「13」の者よ

……』

〝ピンポン　ピンポン　パンポン
緊急地震速報です。緊急地震速報です。
間もなく強い揺れが……〟

健太は地震で目が覚めた。いや、テレビから流れる緊急地震速報のチャイムでだ。それで地震に気付いてこちらの世界へ帰って来れたのだ。

しかし、夢と現実の区別がつかず、まだ朦朧としたままだ。

（地震でも鳩は飛べば大丈夫だから心配ないか……）と。完全に寝ぼけている。

そんな健太を我れに返らせたのはやはりアナウンサーの声だった。

〝22時31分の地震では静岡県富士宮で震度6強の揺れが観測され、地震の規模を示すマグニチュードは6・4。余震に注意して下さい。大きな余震が来る恐れがあるため充分に……〟

「富士宮で震度6強っ」

酔いはすっかり醒めていたが、今度こそ完膚（かんぷ）なきまで打ちのめされた。


富士と戸隠はオモテ・ウラ。

シンボルとなる太極図は富士がピンクとラベンダー、戸隠は緑と青だった。

2010年8月8日の〝二二八八れ十二ほん八れ（富士は晴れたり日本晴れ）〟は舞台が静岡県富士宮市で、10月10日の戸隠と11月7日の上田は共に長野県北部地域にある。

健太が打ちのめされたのはそのことと大いに関係があり、3・11からこれまでで震度6以上の地震が起きているのは長野県北部と静岡の富士宮市だけだ。

（オレは何をやってきたんだろう。神々の封印を解くだの人々の意識を変えるだのとやってきたけど、実はこの国を壊してるんじゃないだろうか。悪の根源はオレなのか……あー、もうダメだ……）

本気でそう思った。

そして、現実を直視することに耐えられなくなり、今度は缶ビールを開けて缶のまま飲み始めた。

そんな健太をほっとけなかったのであろう、久しぶりに一火が現れた。そしてメラクも。

健太はメラクの存在には気付いていないが。


『それがもう一つの疑問だろ、お前がまだ答えを見つけられずにいる』

（……んっ、一火か、何しに来た？）

『そんなつっかかるなって』

（別につっかかってやしねえよ）

『その怒りがトカゲどものエネルギー源になるんだぞ』

（黙れ。いくら立て替え立て直しだからって、あんなに大勢の子供たちまで流されなきゃいけないのか。2万人も3万人も死なないとオレたちは意識を正せないほどおちぶれてしまってるのか。ダムも原発も国家ぐるみで国民を騙してこれからも造り続けるだろうし、お前たちの指示通りに富士や長野で祭りをやったら、やった所ばかりで地震が起きて……震度6強だぞ、両方とも……）

『なんだお前、泣いてるのか？』


健太が責任を感じるのも無理はない。こんなにピッタリ当てはまれば、自分のやっていることを疑うのも当然だ。

（おい、一火。オレは見えない世界から世の中をよくしてるのか、壊してるのか、どっちなんだ。地震や津波や原発事故も本当に〝天地大神祭〟の一環なのか、ただ地球が壊れていく過程なのか、どうなんだ。この苦難も良くなるための出来事なのか、乗り越えてもさらに悪くなっていくのか、もうオレには判らない。祭りなんてもうしない。オレが祭りをやるとそこで地震が起きるんなら……うー、うーっ）


健太は机に伏せ、声をあげて泣いた。

被災地の人々を想って泣き、己れの無力さに泣き、地球が壊れていくことに泣いた。


『そこへの答え、すでに届いてるんだぞ』

（……………）

『何のためにテレビばかり観せられてるのか判ってないのか』

たしかに3・11以降はテレビの前に居る時間が飛躍的に増えたが、そうさせられていたというのか、健太の意志とは別の何かに。

『日之本の国民1億3千万近くいる中で、お前が真っ先に気付かなければならないんだぞ』

（えっ?）

伏せたままだった健太が顔を上げた。

『極言すれば、お前さえ気付けば、残りすべての国民がそれに気付かずともそれだけで意義があるほどのメッセージだ。共に歩む神々からのな』

（どうゆうこと?）

『テレビを観てればすぐに判るさ』

（テレビを?）

『そうだ。神々からの礼状だと思え』


メラクが一火にささやいた。

『彼は純粋ね』

『アホなだけだよ』

『そんなこと言っちゃって。自慢してたくせに、あちこちで〝彼は俺の親友だ。時空を越えた絆があるんだ〟って』

『まぁ、少しは立て直しに貢献してるからな』

『ふーん。それが地球人類の友情なのね』

『いや、男の友情だ………あっ』

『ほら、やっぱり大切なのね、彼が。へー、素直じゃないのね、男の友情って』

『いやっ………』

『地球人類が愛に対してもっと素直にオープンな受け答えができるようになるには、もうしばらく時間が必要なようね』

そうかもしれない。いや、メラクの言う通りだろう。

愛に対し素直に、そしてオープンになることは地球で肉体人間をしている者にとっては最重要課題だ。

しかし肉体三次元は高次元意識が歪(ひず)みを持った状態で創造された世界。

なので少々強がりを言ってみたり意地を張った中でのやりとりは楽しくもある。

人の持つ意識の歪みが解消されれば肉体三次元世界は消えてしまうかもしれないが、同時にこれほど〝体感〟できる世界は他にない。

楽しいことも嬉しいことも、そして悲しいことも辛いことも。それを体感することで玉し霊は成長するのだ。やっぱり弥栄、三次元。

健太は再び涙を流していた。今度は静かに、そして心おだやかに。

（自分を信じてやってきて、本当によかった。ありがとうございました。一火、判ったよ。やっぱりオレ、正しかったんだ……）

一火らが去った後、言われるままにテレビを観ている健太に、やっと神々からのメッセージが届いたのはニュースの中からではなく、ＣＭでだった。

〝災害用伝言ダイヤル「１７１」……〟

いったい今まで何度このコマーシャルを目にしてきたことか。20回や30回ではないはずだ。何で気付かなかったんだろう。

朝から晩まで〝災害用伝言ダイヤル「１７１」……〟。毎日毎日〝災害用伝言ダイヤル「１７１」……〟。

探してる人が〝い・な・い〟から「１７１(いない)」なのだろうと世間は思う程度でも、健太までがそんな解釈では済まされない。

「171」は〝天地大神祭〟であり〝白山菊理媛〟なのだから。

日本中で真っ先に健太が気付くべき、神々からのメッセージ。

それが〝災害用伝言ダイヤル「171」〟だったのだ。それに健太の身長は171cmだし。……それは関係ないか。

ともかく、いかなることが起ころうとも、すべては〝天地大神祭〟のうちにあり、ということ。

そしてそのメッセージは白山菊理媛や日本の神々からだけのものではなかった。トルコの女神からでもある。

〝タカマガハラ〟＝「171」だ。

タガーマ・ハランの女神も、おそらくシャンルウルファの神々も、健太へ想いを伝えてくれているのだろう。

そうか、トルコの国番号は「90」だった。

日本「81」とトルコ「90」が合わされば「171」だ。

それに、これは『弥栄三次元』でも書いたが、日本の〝日の丸〟とトルコの国旗が交われば、紅白で「日・月・星」が現れる。何とおめでたい。ついでに〝日〟と〝月〟と〝星〟を足してみると「30」＋「28」＋「42」でちょうど「100」。「100」は〝不足のない満ち足りた〟の意だ。

日本政府はトルコと安全保障条約を結ぶべきだぞ。


さらに、突然だが缶ビールが置かれた食卓の上に木彫りの小さな仏像が出現した。物質でだ。何の前ぶれもなく。

それはすぐに円空彫りと判った。健太は『臨界点』で円空と縁が結ばれている。

現れたモノが本物の円空仏なのか円空っぽい仏像なのか、このときは判らなかったが、後日岐阜関市の洞戸（ほらど）にある円空記念館の館長に鑑定を依頼したところ、「おそらく本物の円空仏であり、間違いなく虚空蔵菩薩だ」とのことだった。
虚空蔵菩薩と白山神界の縁は深い。
それにだ、
〝コクゾウボサツ〟＝「171」だ。
恐れ入りました。

仏像出現直後、言納からもメールが来た。

『日之本の
その龍体はいよ動き
身体くねらせおることを
知りて恐れることならじ

雛形は
雛形としてのご用あり
日の民は
日の民としてのお役あり

魂は知りたる生きとおし
贖いも
犠牲も魂の約束と
判りてほしや　人々よ

深き深き神意とは
受け入れ難きと思えども
龍体に
神意託して日の民に
届けて欲しや　この日々に』

昇り龍と下り龍が合わさる姿の日本列島で、東北から関東にかけての太平洋側が大きく動いた。ならば崩れたバランスを戻すために各地で地震が起きるのも当然といえば当然だ。窮屈に歪んだままで長い歳月が流れれば、また大きな災害を経験することになりかねない。
あとは歪みを戻すための地震を震度4までで済ま

せてもらえれば何よりだ。

もし歪みを正すエネルギーが震度4で済まないのなら、震度6、震度7で大地を揺するのでなく、震度4を5回の分割揺れにしていただくとか、震度6で30秒揺れるところを震度4で2分ぐらい揺れて治まっていただければ本当にありがたい。

大地の揺れも人々の心の鏡写しなので、人々が天に向かってだけでなく、大地へのお詫びとお礼を忘れることなく暮らせば、同じやさしさや思いやりで大地も人に接してくれる。

あらゆる事象は、我が内なる〝十〟文字の中心点から始まるのだ。


さあ、これで解釈に苦しんだ3・11の受け取り方については解決した。

宇宙からの放射線による変態・変容。

神々からの礼状だった災害用伝言ダイヤル「171」。

これを納得したことで、久しぶりに健太の心は晴れた。

あとは同じ日本人として何をすべきかが問題で、殻に閉じ込もって悩むのはもう終わりだ。

でないと被災地で必死に生き抜こうとしている人たちに対し、申し訳ないし情けない。

ただ、気分が晴れたのと同時に、あの夢のことはすっかり忘れてしまっていた。あれ、霊夢だぞ。けど今日はいいか、それでも。

＊

3月16日
5時45分には福島第一原発の4号機で炎が確認され、8時30分には3号機から白煙が上がった。
「本当に大丈夫？」っていうと、

「本当に大丈夫」っていう。
「心配しなくていいの？」っていうと、
「心配しなくていい」っていう。
「害はないの？」っていうと、
「害はない」っていう。
そうしてあとで不安になって
「ただちに健康被害は出ない」っていう。
こだまでしょうか？
いいえ、枝野官房長官です。

＊

3月17日

シドニー市場で一時、1ドル＝76円台に。戦後最高値を更新したが、翌日にG7が円高への協調介入の声明を出したため、81円台で落ち着いた。

本当は落ち着いてないんだけど。

＊

3月18日

震災から1週間が経過したこの日、札幌から言納に嬉しい知らせが届いた。行方が判らなくなっていた従姉妹と連絡がとれたのだ。

「言ちゃん、お母さんよ。亜美ちゃん見つかったわよ。茜ちゃんも。ちょっと怪我したみたいだけど、もう大丈夫ですって」

「ほーんとー。よかった」

メラ・ミルから生きてることは聞いていたが、やっぱり嬉しい。

「それにね、つい昨日、祐輔さんのお母さんも無事だったのが判ったそうよ。でもね、祐輔さんの弟さんがまだ見つかってないんですって。だからお母さんも心配されてるみたい。見つかるといいわね」

「きっと見つかるわよ」

「そうよね。それでね、お父さんとも相談したんだけど、亜美ちゃんと茜ちゃんだけでも、しばらく犬山へ行ってもらおうと思うんだけど、いいでしょ」

「私はいいよ。部屋もいっぱいあるし。けど旦那さんはどうするの?」

「弟さんが見つかってないのに、離れるわけにいかないでしょ」

「そっかー」

「とにかく亜美ちゃんたちにはそう伝えておくからね。電話通じるといいんだけど」

「うん。準備だけはしておく」

亜美と言納は父親同士が兄弟なので、父方の従姉妹にあたる。

言納が亜美に会ったのは高校2年のときに出席した亜美の結婚式が最後なので、もう9年会ってない。なので茜の顔も知らない。

亜美の自宅は津波の被害で住める状態じゃないし、両親の暮らすマンションもまわりが甚大な被害を受けて生活できるような環境ではない。

福島にある祐輔の実家は地震も津波も大丈夫だったが、悪いことに原発事故による避難指定区域に入ってしまった。

何と不運な、と思うかもしれない。

だが、親類縁者が被災地界隈に暮らす人たちは皆こうなのだ。

それどころか、亜美の場合、旦那の弟が見つかってないが他は生きている。それだけでもどれだけ幸運なことか。

確かに亜美も自宅は津波にやられた。

だが2階には波が届かなかったため、想い出の品も生活必需品もそれなりに残っている。

子供や孫の写真1枚残らず流されてしまった人がどれほどいることか。

しかし、あらゆるものすべてを流された人は言う。

「うちはまだいい。全部持ってかれてしまったが、家族は全員無事だったんだから。お隣りはお子さんが……」

　するとそのお隣りさんは言う。

「うちなんてまだマシです。主人と長男がダメだったけど長女と次男は助かったんですから。裏のおじいちゃんところなんて、みんないなくなっちゃって……」

　家族全員を奪われたおじいちゃんは言う。

「息子夫婦も孫も、誰もおらん。けど、うちはまだいい。何とか全員の遺体が見つかったんだから」と。

「あの人んところは遺体さえ見つかっとらん」

　すると家族すべてを失ったうえに遺体さえ出てこないおばあちゃんは言う。

「私はまだ恵まれてます」と。

「こうして避難所で皆さんが親切にして下さるのだから」

　泣けてくる。

　言葉が出ない。

　以前にもどこかで書いたが、荀子（じゅんし）の唱えた性悪説は少なくとも日本人には当てはまらない。

　孟子（もうし）の性善説に軍配を傾ける。たとえ叱られようが。


　それで亜美と茜は犬山へ行くことになったのだが、不思議なことがあった。

　3月11日、津波から何とか逃れた後、ずぶ濡れの亜美と血だらけの茜を病院まで運んでくれた青年がいた。

　それで、祐輔は亜美と茜が犬山へ発つ前に、青年宅へ家族揃ってお礼に行った。

　場合によっては汚してしまった車のシートを弁償しなければいけないだろうし。

　亜美は元気になった茜の手を引いて青年宅の玄関を入った。

　だが青年は留守で代わりに父親らしき男性が対応に出たため、祐輔が詳しく事情を説明した。すると話の途中でその男性が妙なことを言い出したのだ。

「あんた、村田さんとおっしゃったなぁ」

「はい」

「お父さんは漁師さんか？」

「え、ええ。僕が小学6年の時に海で遭難してますが」

「第8福徳丸の船長さんと違うか？」

「どうしてそれを」

「やっぱりあんた、船長のせがれさんか。おい、かあちゃん、すぐにこっちさ来い」

22年前、祐輔の父が所有する第8福徳丸は、漁に出ている最中シケにあって遭難した。

船が沈む間際、救命胴衣や浮き輪を若い船員の体に付けさせ、船長は最後まで船を操ろうと懸命だったが結局は帰らぬ人となった。

「その若い船員ちゅうのがワタシです。あのころ、うちのかあちゃんの腹ん中、赤ん坊さおって、船長は自分のことのように喜んでくれたんだが……」

それを知ってて、とにかく若い船員だけは助けたかったのだろう。

そして救助された数ヶ月後に産まれたのが四輪駆動の青年だったのだ。

青年は意識せずとも、父の恩人である船長の息子の家族を助けた。

まさに因果は巡る、何事も。

残念なことに祐輔の弟の晴彦はもの言わぬ姿で発見された。

水産加工会社に務めていた弟の同僚によると、津波の直前までまわりの人たちの避難誘導をする姿が目撃されている。

一緒になる約束をした5つ年下の可愛らしい彼女がいたというのに。

しかし、これは後になって判ったことだが、その彼女も津波で流されてしまったそうだ。

祐輔にしてみれば、天国で二人が一緒にいてくれることだけが、今の願いだ。

『恐いーっ、嫌イヤ、そのお化け。オエーッ、
バチカンの亡霊ですって。
ねえ、バチカンって何？』

*

健太の想念を感じ取ったミルクが、吐き捨てるようにして言納に伝えた。

例の夢だ。あの夢の解析をメラク&ミルクに頼んだ。だが今日は天真爛漫娘のミルクしか来なかった。

「バチカン？」

「そうみたい。それに〝バチカン〟って93になるし」

「じゃあ、クニトコタチ・エネルギーの反作用が、そのバチカンってことか」

「バチカンの陰謀のエネルギーだって、ミルちゃんは言ってるけど」

夢に現れた最初の巨大な神は国常立尊で、〝クニトコタチ〟は「93」になる。だからゼッケンに「93」と書かれていたのであろう。

最後に出てきたスター・ウォーズの皇帝陛下みたいなおぞましき老人はバチカンの亡霊だという。同じ「93」でも〝光〟と〝闇〟を表しているようだ。それが世界の縮図なのか。

真面目な信仰者には気分悪い話だろうが、バチカンの企みは〝艮の金神＝国常立尊〟の持つエネルギーの正反対のようだ。

また、「93」＝〝水〟でもあり、核燃料の暴走を抑えるのは結局〝水〟なので、「93」はそれも意味しているのかもしれない。

言い換えれば「火」の暴走を「水」が制すのだから、「男性性」の過ちを「女性性」が正すことを表しているのだ。

それで納得。ゼッケン93番の神は、両の手に「92」と「94」の数字が入った宝珠らしきものを乗せていた。

「92」はウランの原子番号、「94」はプルトニウム

の原子番号であることからも、女性性ならば「92」も「94」も制止できるのだと。

ただしその場合、ゼッケン93番の神は女性神と考えることもできる。

「93」の名前を持つ人はピカソ、ソクラテス、そして高橋尚子がそうで、ラッキーアイテムはペットボトルにイタタタタッ。

「いつからこのシリーズは姓名判断や四柱推命のような占い本になったんだ、おい。とうとうお前も〝数霊〟を〝数霊学〟にするつもりか、なぁ」

ヤバイ。ジイが本気で怒っているので高橋尚子のことは忘れてほしい。

学問にした瞬間、限定された世界になり、「人主学従」から「学主人従」の魔に堕ちる。ジイの怒りはもっともなのだ。

「92」と「94」に関しては「92」＝〝栃木〟、「94」＝〝長野〟でもあるため、戸隠と対になるのは日光を表しているとも考えられる。

「93」に戻って国常立尊だ。

国常立尊の働きが活発化することで、今まで人類が犯した罪、穢れを清めるための厄落しが起きる。

〝クニトコタチ〟＝「93」に〝厄落し〟＝「78」を足すと「171」で〝天地大神祭〟。

国常立尊の怒りは、国造りにおいて人々があまりにも祭政一致から懸(か)け離れてしまったことにもある。

「93」＋〝祭政一致〟＝「78」も「171」で、現代の日本人が改めるべき課題のひとつである。政治家や官僚もだが、民間の財界人からサラリーマンまでみんなだ。

さて、国常立尊の誕生日は、なぜか10月10日とされている。が、納得いく資料が見つからなかったため、京都の明星天子親衛隊本部に問い合わせたら、言霊としての解釈をいただいた。

〝K・U・N・I・T・O・K・O・T・A・C・H・I〟は母音

の最初と最後で「ウイ」

国(くに)も同じで〝ＫＵ・ＮＩ〟だから「ウイ」。

「ウ」は〝宇宙〟の「ウ」であり、天之御中主(あめのみなかぬし)のエネルギー。

「イ」は〝命〟の「イ」であり、大地の母なるエネルギー。

「ウ」と「イ」が合わさると地に足をつける働きになり、命を生み出し、さらに杭を打つ。

つまり国を定めて国造りをするという働きになり、それが国祖といわれる所以(ゆえん)。

「ウイ」は、ウみだすイのちなので、十月十日(とつきとおか)の10月10日を誕生日としているのではないでしょうか。

「艮の金神」としては東北地方との縁が深く、金星と関連する虚空蔵菩薩に同じと考えることも……。

判りやすい解説だ。

ついでに、戸隠祭りの２０１０年10月10日は旧暦だと9月3日、「93」だ。

祭りの陰に〝クニトコタチ〟在り。


先ほど〝厄落し〟や〝祭政一致〟で「78」が出てきたが、東北地方が「艮の金神」国常立尊の都ならば、〝都〟＝「78」＋「93」でこれも「１７１」になる。

国常立尊の功徳は「93」＋〝功徳〟＝「78」で「１７１」。何もかも〝天地大神祭〟だ。

それと、虚空蔵菩薩が「艮の金神」と同じならば、健太の目の前に現れた円空作の虚空蔵菩薩も国常立尊のハタラキか。

それが虚空蔵菩薩の姿として出現したのは、健太に「１７１」を認識させるためでもあるのだろう。ありがたき配慮だ。

「ウイ」の言霊に倣(なら)うなら豆彦〝国底立〟大神も〝ＫＵ・ＮＩ・ＳＯ・ＫＯ・ＴＡ・ＣＨＩ〟で「ウイ」なので、ハタラキとしては共通するところが多いのだろう。

さて、封じられてきた国常立大神のハタラキが本格的になった。

ちょうど２０１１年は夏の甲子園が第「93」回大会だった。

ここのところ〝日光〟の名が頻繁に出てくるため栃木県代表に注目していたら、ベスト4まで進んだ。〝新しきを作る〟「作新学院」だったので決勝戦まで残ると思っていたが、あと一歩のところで敗れてしまったのだ。

が、甲子園後に行われた「全国高校軟式野球選手権」では作新学院が決勝まで進み、野球ではないけども甲子園と同じ時期に開催された「全国高等学校漫画選手権」、通称〝マンガ甲子園〟では栃木女子高校が最優秀賞を受賞した。

栃木開闢は近い。

あと残るは外宮の神々の再立・復活だが、そうなるためには伊勢に激震が……といっても地震でなく、強烈な突風と言えばいいのか……、２０１１年は伊勢湾台風から52年だし……、とにかく内宮をあのままにしておいては〝真なる日之本開闢〟が遂げられないんだけど、伊勢に関してはこれ以上触れたくないからおーしまい。

ところでメラクはどこ行ったんだろう。

その6 「14」世界へ

4月下旬

亜美と茜が犬山に来てから1ヶ月が過ぎた。

亜美は店を手伝い、茜も被災地からの避難者ということで、近くの保育園へ入園が許可された。

津波から逃げたときのように走れはしないが、あの日以来歩くだけならほとんど体を傾けずスムーズに歩けるようになった。

なので保育園まで片道10分の徒歩は、歩行訓練としてもちょうどいい。

また、健太も茜を可愛いがり、仕事が終わってからも土産を持って頻繁に言納屋敷を訪れていた。

目的のひとつは茜の治療で、健太自身にも勉強になるし、茜も健太に懐(なつ)いているので毎回治療後は祖母も含めて座談会が始まる。

話題はやはり震災についてが多くなり、この日は皆が亜美の話に聞き入った。

「私、一人目の子は流産してるし、やっと生まれてくれた茜も股関節が悪いでしょ。だから、何でこんな辛い思いばかりしなきゃいけないのか運命を恨んだこともあったし、茜にはこんな体で生んでしまってごめんなさいって、寝顔を見ながらいつも謝ってたの。でもね、もし茜が他の子と同じように走ったりお遊戯ができる子だったら、あの日だって幼稚園に行ってたはずだから、もし行ってたら今ここでコトちゃんたちとテレビ観たりお菓子食べたりなんて……」

亜美は言葉を詰まらせた。

「幼稚園のお友達は津波で流された子もいるんですか?」

健太が尋ねると、亜美は下を向いたまま何度もうなずいた。

健太が茜に目をやると、言納に買ってもらった絵本を開けたままウトウトしている。

「うちは海岸からけっこう離れてたから、津波が来るぞーって言われたって実感が伴わなくて迷ってたの。逃げようかどうしようかって。その時ね、『ここにいては駄目』って誰かの声が聞こえたんだけど、それが誰なのかも判らないでしょ。だからまだ迷ってたら急にお腹が痛くなって。痛いっていうより苦しいに近い感覚なんだけど、忘れもしないわ、あの嫌な感じ。お姉ちゃんを流産したときの苦しさだったから」

「えー、そうなの」

言納が神妙な顔付きで小さくつぶやいた。

「お姉ちゃんが助けてくれたのよ。私のことを恨んでるんじゃないかって思ってた時期もあったし、茜がちゃんと歩けないのも、何かそこに原因があるのかとも思ってた。だけどね、だけどね、お姉ちゃんは私を恨むどころか、私と茜を護っててくれて……」

亜美の目からは大粒の涙が溢れ、言納も健太も貰い泣きした。祖母も前掛けで涙を拭っている。

何が〝災い〟するか判らないように、どんなことが〝幸い〟するのかも人智では計れない。

真っ只中にいるときには気付けなくとも、〝災い〟は最大の因子になり得るのだ、〝幸い〟への。

*

春の陽ざしに眩しさを感じるようになってくると、雪国でも大地から新たな生命が顔を出す。吹く風も春の香りを運び、長く厳しい冬を耐えてきた人々の心を解放した。

だが、3月12日に震度6強の地震が襲った長野県の栄村では、雪溶けとともに被害の大きさが明らかになり、それを目の当りにした村人は愕然としたのだった。

あちこちでアスファルトの道路がひび割れ、雪が消えた田んぼには大きな段差がいくつもできてしまっている。このままでは水田として使うことはできない。

ここでも復興に向けての日々が始まった。


すぐ隣りの飯山市。栄村とは隣接しているが、こちらはほとんど被害が出なかった。

そして栄村から小さなトンネルを抜けた先の飯山市西大滝地区では、雪溶けによって驚くべき事実が判明した。

JRの西大滝駅は、最も被害が大きかった栄村中心部から、西へわずか8㎞ほどのところにある。

この駅の近く、国道117号線からだと道路に沿って流れる千曲川の向こう側に六地蔵さんが立っている。

六体とも南を向き、きちんと並んだお地蔵さんを、地域の人々は大切にしてきた。

頭には白い頭巾を、胸には前掛けを付け、掃除も挨拶も欠かさず永く共に暮らしてきたのだ。


だが雪深いこの地域は、冬になるとお地蔵さんも雪に埋れてしまい、春になるまで姿を隠したままだ。

震災からしばらくして西大滝地区にも遅い春が訪れた。そろそろ六地蔵さんも姿をお見せになる頃だ。

「ありゃ、お地蔵さんが」

「あれー、不思議なこともあるもんじゃ」


何とその六地蔵さん。それまでは揃って南を向いていたのが、震災後に雪が溶けたら全員「左向け、左」をして見事に東を向いていたのだ。

それもバラバラにではない。「前へ、ならえ」をしたようにビシッと一列に揃って東を向いている。

東に何があるのやら。

東は震源地の栄村がある。

正確には、六地蔵さんの一番西側には、一人だけ胡床(あぐら)をかいたボス地蔵さんがいらっしゃるが、ボスさんだけはコンクリートでしっかり固めてあるため南を向いたままだ。

六地蔵さんは固めてあるわけではない。

なので地震の揺れによってグラリグラリとするうちに東を向いたとも考えられる。もし雪がなければ。

しかし、地震当日は雪ががっちりとお地蔵さんを固めており、あのガチガチの雪に囲まれていては六体揃ってぴったり90度回転するのは考えられない。

地域の人たちは、お地蔵さんが護ってくれたお蔭で被害が出なかったのだと信じ、よりいっそう大切にしているそうな。


と、このニュースをテレビで観ていた言納は、大慌てで健太に電話した。

「判ったよ、お地蔵さん。長野で東を向いて地震が六体とも〝左向け、左なの〟」

「……はっ、何を言ってんの?」

言納の説明は問題外だが、憶えておられるだろうか、これを。

『ハランの女神も東へと
地蔵見つめるその先で
153の光を放て
放つお力　81能
栄(はえ)えよ栄(さか)えよ　53の時
お日のお光　53の地で』

この中で『地蔵見つめるその先で』が何のことか判らなかったが、先には栄村がある。

栄村を東へ進めばやはり日光や那須・塩原など、栃木県へと行き着く。

さらにその先は福島県を抜けて太平洋へと至るのだが、『53の地で』は多分日光だろうし、ゼッケン93番の国常立尊が持つ宝珠の「92」は栃木も表しているると考えられるので、やっぱり鍵は日光だ。間違いない。

すると健太が胸の内を言納に打ち明けた。

２０１０年は7月17日の京都〝元糺の儀〟から一

連の流れが始まり、「富士と鳴門の仕組み」で8月1日の鳴門から8月8日の富士へと移行した。

富士は10月10日の戸隠と〝オモテ・ウラ〟の関係にあり、最後はナイル年表に出ている

２０１０年10月10日　「１７１」　〇祭り

２０１１年４月10日　「１７１」　□祭り

は、戸隠→日光だと感じていたと。

しかし同時に、何かそれを止める力が働いていることも感じていたのだと。だから誰にも話さなかったのだ。言納にも、生田にも。

それに、もし４月10日に日光で何かを計画していたとしても、震災から１ヶ月のその日に果たして開催できたのかどうかは判らない。

おそらくできなかったろうし、無理に開催しても悔いが残る結果になっていたであろう。それに、戸隠での祭りが「〇祭り」と「□祭り」を兼ねたものになっていたので、何かが足りない訳でもない。

健太は気付いてないが、それを止めた意志こそが未来の自分なのだ。

シャルマ先生の教えは、もしそれを身につけたのならば数億円の価値になる。

それと、白山信仰は表向きには十一面観音への信仰だが、裏は地蔵信仰である。

何もかも白山菊理媛に結び付いてゆく。

だがそれは、菊理媛を崇めよ、ということではない。菊理媛が伝えたいことを身に付けよということだ。今までの流れから判断すれば、それは一つしかない。〝0次元への集約〟だ。

東へ東へと向かった古き神々や先人たち。

東は「日向かし」で、日出づる国のことだが、〝ヒガシ〟は「96」になる。

〝引力〟が「96」であるように、日出づる国には何か引っ張る力が作用しているのであろう。それほどに霊的エネルギーの高き島なのだ、この日之本大八洲は。

〝引力〟に引き寄せられた力は、日之本で〝増幅〟する。〝増幅〟も「96」だ。

また、〝放射線〟も「96」、〝融合〟も「96」、〝改良〟も「96」であることから、宇宙〝放射線〟を恐れることなく受け入れ、〝融合〟することで肉体の新たな〝改良〟(変態・変容)が始まるのであろう。

それこそが〝集大成〟であり、ひとり一人が〝菩薩〟の意識にて三次元社会で生きる。

それが三次元的五次元なのだ。

〝集大成〟＝「96」

〝菩薩〟＝「96」

すごい国だな、東の果ての日之本は。

＊

4月28日

アメリカ合衆国南部のアラバマ、テネシー、ミシシッピ、バージニアなど7州で竜巻が大量発生し、死者は少なくとも340人。

現地を取材した記者は、日本の被災地と驚くほどよく似た光景だったと伝えている。

竜巻による暴風雨でアラバマ州のブラウンズフェリー原子力発電所で、原子炉3基が自動停止。

4月中旬にもバージニア州のサリー原子力発電所で竜巻の影響で2基の原子炉が自動停止している。

たしかに日本は世界の雛形だが、アメリカ合衆国とのこの共通性は何だ。

3・11がアメリカの地震兵器による攻撃ならば、同じようなことが我が身にも降りかかったのだと考えることもできる。自業自得であると。

しかし、そうだろうか。

ひょっとしたら太平洋を挟んだ向こうの大国とこっちの龍体日之本は、政治・経済とは別次元の見えない世界で、何かしら運命共同体のようなものを共有しているのかもしれない。

この「4・28」は、「1・17」＋「3・11」でもある。

「9・11」と「3・11」から2012年12月22日が導き出されたように、月と日だけで考えれば〝阪神淡路大震災〟と〝東日本大震災〟から「4・28」が出てくるのだ。

だったら「1・17」と「9・11」を足すとどうなる。

「10・28」。5回目のゲッ。

これってもうひとつのマヤ暦終焉で話題になってる日付じゃんか。マヤ暦が終わるのは2011年10月28日だった、ということで。

くり返すが暦は「循環」なので、終われば初まりに戻ればいいだけで、カレンダーが12月31日に終わっていることに何か不安を感じるわけでもあるまい。

しかし、この説を唱える博士は2011年3月9日からマヤ暦は最終段階へシフトアップするとも訴えている。

3月9日、健太の本棚から放射線について書かれた本が落ちてきた日だ。

となると「10・28」も無視するわけにはいかないかもしれない。

「3・11」と「9・11」が年対称日なので、そこに「1・17」を加えた「4・28」と「10・28」も当然年対称日になる。

また、2011年だとか、11日、それに二・二六事件の昭和11年など、「11」が頻繁に顔を出す。「11日」は「26日」の月対称日でもあり、26日は世界中を不安と対立へ導こうと企む連中が握る数だ。

ということは、その対称にある11日は日本側にあるといってもいい。

また、太陽の黒点周期は11年なので、太陽の数であり、太陽信仰の代表格〝日の民〟の数でもある。

「11」の性質を知るため、久しぶりに例の数を使って計算してみよう。

「1」を「81」で割ると出てくる、

「12345679」

これを使う。

今回の立て替え立て直しは7回目だ。肉体人間にとっては最後のチャンスで、もし今回失敗したなら8回目は神が立て替え立て直しをする。

その際は天地がひっくり返るらしいのだが、この12345679に8を掛ける。電卓で試してほしい。すると見事にひっくり返り、これはポール・シフトを表していると考えられる。

21世紀、人々が気付きを持たずにこのまま悪しき流れを止めなければどうなるかも教えてくれる。

12345679×21

答えは259259259。

これを〝地獄・地獄・地獄〟と読むか、はたまた〝七福神宝船〟にするかは、人々の気付きと意識のあり方次第だ。

〝七福神〟の七はそのまま「7」で計算し「104」。

宝船は「155」なので、宝船に七福神が乗った様子は「104」+「155」で「259」

さて「11」だ。

12345679×11＝135802469。

これ、ちょっと面白い。

最初の「135」は基準となる日本のことだが、ひょっとすると〝エルサレム〟かもしれない。

135・80・2469、と区切った場合、例えば「80」は〝冬至〟、「2469」を読んで字のごとく、いや、読んで数字のごとく〝西向く〟とすれば、日本が冬至に西を向くとか、「80」を〝和平〟にした場合は日本から和平が西に向けられるとか、まあいろいろと考えられる。

「2469」も「24」と「69」に分ければ、「24」は〝智恵〟〝誠意〟〝音〟あるいは〝古都〟だったりも。

「69」は〝高千穂〟だとか〝ヤハウェ〟〝ケルト〟

〝ナイル〟など、けっこう面白い。

〝春〟〝地平線〟〝うさぎ〟もそうだし、〝夏至〟も「69」である。

「135・80・24・69」が、「135・冬至・24・夏至」を表しているとすると、2011年の冬至も楽しみだ。

今のところは解釈の幅が広すぎて、まだ答えは出せない。

「ユダヤ・蛭子(ひるこ)・古都・ナイル」だとすると、モーゼを表すことにもなりそうだし。

だが、これらの解釈とは別に「135」は他に重要なハタラキを持っている。

このまま読み続けてもらえば、遅くとも4分後には判ります。どうかチャンネルはそのままに。

＊

5月初旬

アメリカ政府が発表した「ビンラディン殺害・水葬」という嘘くさいニュースが流れた翌日、やっと一火がやって来た。

『悪かったなぁ、待たせて』

(どこか行ってたの？　聞きたいことがあったから、ずっと待ってたんだぞ)

『ごめんごめん。ちょっと御嶽山へ行ってた。木曽御嶽』

(へー、何しに？)

『木曽御嶽の玄関口って知ってるだろ』

(うん、木曽福島でしょ、あっ、福島だ)

『そう。だから行ってたのさ。それに国常立尊(くにとこたちのみこと)の山だしな』

(そっかー)

　木曽御嶽山には、国常立尊・大己貴尊(おおなむちのみこと)・少彦名尊(すくなひこなのみこと)が祀られていて、健太はここの少彦名尊から多くを教わっている。

『神界にも大きな働きがあってな、長野と岐阜で神々発動の合図がありそうだぞ、近々』

(どんな?)

『直(じき)に判るさ』

(なあ、一人で行ってたの、そんなすごい状況なのに)

『いや、豆彦大王もだ』

(二人で?)

『桜子王妃も一緒だった』

(三人か?)

『………それぐらい』

(何だよ、それぐらいって)

『もう一人いた』

(四人で行ったのか?　誰だよ、もう一人って)

『……………メラク』

(……じゃあ、ミルクちゃんは?)

『行ってない』

(何で二人は一緒じゃないんだ。先週だってコトん家へ来たのはミルクちゃんだけだったぞ。まさか、あんときもメラクちゃんは一火と一緒だったのか、なぁ、一火)

『多分』

(たーぶんっ?)

『かもしれない』

(かーもーしれないっ?)

『だったような……』

(おい、ひょっとしてお前たち二人、ラブラブなの?)

『いや、そうゆう訳じゃないけど』

(じゃあ、どこ行ってたんだよ、先週)

一火は小声で笑えた。

『……………………………（ユニバーサル・スタジオ……）』

（ユニバー……ええーっ、ユニバーサル・スタジオッ、メラクちゃんと二人でユニバーサル・スタジオ行ってたのか）

『シーッ。聞こえるだろ』

誰に聞かれて困るのか判らないが、だから以前も二人で健太宅にやって来てたのか。

しかし、メラクはやがて〝てんびん座のグリーゼ581g〟へ行く。

さあ、どうする。一火青年は。

『お前、聞きたいことがあったんだろ』

（あー、何かどうでもよくなった）

『いいのか、そんなこと言って。シャルマさんが気にしてたぞ。今の疑問はメラクやミルクでは判らないことだからって、手紙まで預かってるんだからな』

さすが、シャルマ先生。

健太はミルクに夢の解析をしてもらったが、ミルクでは理解できないことがあった。

だから一火を呼び出していたんだが、シャルマはそれさえ見越し、木曽御嶽に手紙を届けていたのだ。

すべてはお見通しなのか、それともすべてがオンラインで繋がっているのか。

いや、それって実は同じことなんだけど。

で、シャルマからの手紙は夢に出て来た老人に教わった、

『世の仕組みは変わる
「13」から「14」へじゃ
驕る者は弾かれる
仕組みが変わるからじゃ』

についての解説だった。

「13」から「14」への移行は、ステップというよりもステージ自体が変わるため、社会システムも今までとは変わってくるのだそうだ。

今までの「13」世界は、中心点「1」があり、そのまわりを時計の文字盤のように「12」の点が取り囲んでいた。

世界の支配を目論む連中が「13」を独占したがっていたのもそのためだ。それで西洋では「13」が忌み嫌われるような歴史を創作することで人々から「13」を遠ざけ、一部の人間だけが陰でこっそりと「13」を支配していた。

たしかに「13」の持つ数霊力は統合するハタラキを持っている。

『中心ひとつ
取り囲む12

真ん中の円
取り囲む12の円

13にて機能する
全体で13

統合に向かう鍵』

が「13」の性質だ。

それで守屋山山頂での神事はこのカタチを作って13部族を統合させた。

また、人が何かひとつの物事についてを多面的に考える場合、大まかには13の方向から考えることができるとされている。

それでだろうか、日本では仏教を大まかに分けると13宗派に枝分れしており、神道も明治以降の教派神道は13派へと派生しているようだ。

それはともかく、ひとつの中心が他の「12」を牛耳る世界はいよいよ終焉を迎える。

なので「13」で世界の支配を目論んできた連中も、

これからそのやり方は通用しない。残念ですーっ。

だから『驕る者は弾かれる』のだ。

すでに「14」へ移行していたからであろう。6月27日、東日本大震災の復興対策担当相に随分と高慢ちきで横柄で高飛車な物言いをする御仁が就任したが、9日で辞任した。

あの御仁、たしか松本という名だった。

就任の3日後に長野県の松本で震度5強の地震があり、死者まで出た。関係ないかもしれないが。

ともかく「14」の世界では「13」が持つ〝支配力〟や〝権力〟を振りかざす輩は通用しないのだ。


では「14」世界はどのようなところかというと、中心が決まっておらず互いがそれぞれ結ばれて、必要に応じて中心が変わってゆく……というような理解を、今のところはしている。

これも変態・変容が進むにつれ判ってくるのではなかろうか。


「14」なので、2014年を迎えるころにはもう少し具体的に認識できるのだと、シャルマ先生はおっしゃる。

そして先生によれば、ポイントは原子番号14番の「Si」＝ケイ素にあるという。ケイ素の持つ性質が変態・変容を導くのだそうだ。


さて、この「14」世界への移行が可能になったのがステップ「8」からステップ「9」への上昇である。

ここで注意してほしいのは、出てくる数の「13」「14」と「8」「9」を同一レベルで考えてはいけない。「13」から「14」へは大きなステージの移行で、「8」から「9」へは……えーい、図で説明する。

物書きの端くれとしてはできる限り図や表や写真を用いたくないが、文章力がないので観念することにした。


というわけで、「8」から「9」へはひとつの世界の中でのステップだ。

「8」は〝まごころ〟だった。それを通過して次は「9」だが、9方陣9霊界が示す「135」の〝秩序〟が見つかった。世界一の秩序が、東北に。

あのような状況下においても人々は秩序を保ち、社会を乱すことなく耐え抜いた。

報道されてない無秩序も多少はあったであろうが、そんなことは当り前であってちっとも問題ではない。

大切なことは全体だ。

東北で、あれだけの惨劇の中、人々は世界中に秩序を示した。

それで「8」から「9」へとステップアップし、ついには「14」の新時代へと突入することができたのだ。

3・11が地球人類の行く末を定めた。

失われた多くの命。その玉し霊は一人残らず光の船に迎え入れられ、輝ける旅立ちをしていただいて

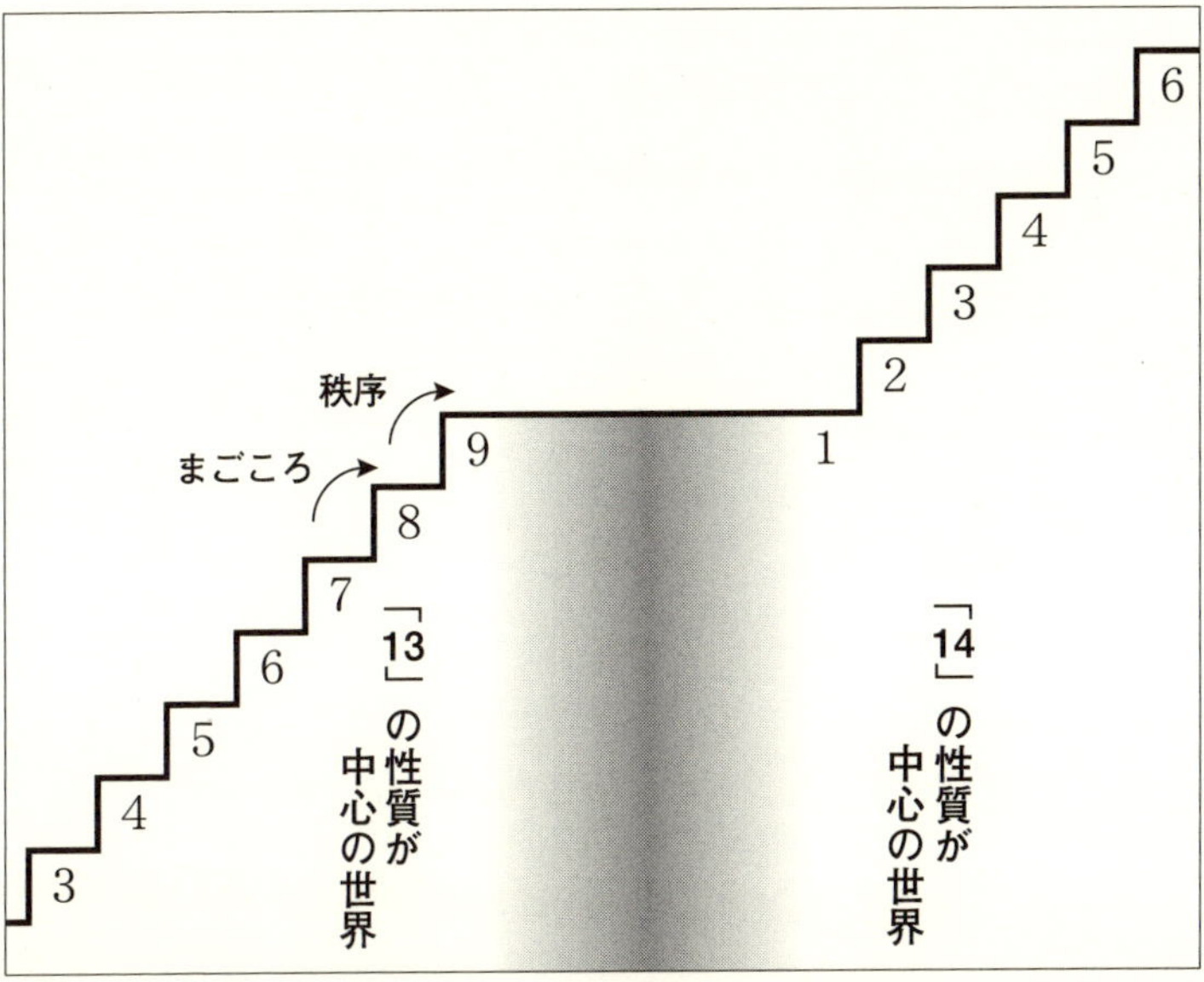

いることを堅く信じる。

でなければ神界に宣戦布告をする。


この図ではステップ「9」が移行したステージは、次のステップ「1」へとスライドするようで、「0」からの出発ではないようだ。

「9」と次の「1」は同じフロアであっても、ステージが違っているので内容も当然のことながら同じではない、と思う。

また、「13」世界の前は「12」世界で、「14」世界の次は「15」世界なのかというと、そんな一次元的な世界ではない、と思う。

たまたま今回は数霊的な「13」と「14」の性質で表現すると判りやすいので、健太の夢にそう現れたのでは……と思う。

正直言ってまだ判らない。

２０１４年まで待とう。


最後に、シャルマから贈られた、「14」世界を迎えるにあたっての心構えを。

『いまやこそ
己れの意識のそのままに
住み分け定まる時　来たり

己れ持ちたる想念の
核はいかに？　と問うてみよ
これよりさらにくっきりと
あぶり出されし想念は
住まう世界を定めしと
知りてお暮らし下されよ

頼るものなどなしと知り
己れの意志で一歩ずつ
歩み続けよ〝素神〟と共に
時のかなたへ天翔(あまか)けよ』

＊

5月15日
エジプトの首都カイロ

ムバラク大統領退陣から約3ヶ月、情勢の不安定が続くカイロへ飛んだエリックは、CIAが用意したセイフハウスで夕暮れどきを今か今かと待ちわびていた。

いよいよオペレーション〝ファントム・クロス〟が再開される。

エリックはすでにNSAの職員ではない。

3・11の失敗により、上層部は作戦から手を引くようエリックに迫った。やはりCIAやDIAとの共同作戦など、始めから本気ではなかったようだ。

だが、エリックはブライアンとビリーへの想いからこの作戦を途中で投げ出すわけにはいかず、現在はミラー長官の右腕として動いている。つまりCIAのエージェントに転身したのだ。

セイフハウスには、CIAの現地スタッフと、彼が雇った3人のエジプト人がいた。

窓からはすぐ目の前にギザのピラミッド群が見える。鋭く尖ったあの巨大な岩山の頂きに、今夜キリストが出現するのだ。

混沌とした国家情勢の中で、神の出現は効果的だ。おそらくクリスチャンへと改宗する者や隠れキリシタンが多数現れるであろう。

そうなればニセメシア出現と共に、イスラム教圏内にもキリスト教徒が急増し、まさしく全世界のコントロールが可能になる。

5月15日が選ばれたのも訳がある。

1948年5月14日、中東にユダヤ人国家イスラエルが誕生した。

が、それを認めぬ周辺アラブ諸国は、翌日に挙って イスラエルを攻撃した。第一次中東戦争が勃発したのだ。

　しかし、エジプト、サウジアラビア、シリア、イラク、レバノン、ヨルダンから同時に攻撃を受けたにも拘らず、イスラエルは勝った。情報収集能力に長けていたからだ。

　現在でもイスラエルの諜報機関モサドが世界一優秀なのは、その情報の有無によっては国家が存亡の危機に瀕することもあり得るからだ。

　結局イスラエルが情報収集の分析を誤って敵国からのファースト・ストライク、こちらが攻撃する前に相手から攻撃されて大きなダメージを受けたのは、１９７３年の第四次中東戦争が初めてだ。

　時の首相ゴルダ・メイヤは、圧倒的不利な状況から脱却するため、核兵器の使用を許可したという。そして核弾頭を載せるためのミサイル準備も始まった。

　しかし、それを思い止まらせたのがアメリカ政府だったらしい。

　ちょっとはヤルじゃねえか、アメリカ政府。

　それで、第一次中東戦争勃発と同じこの日、ピラミッドの頂きにキリストを出現させ、キリストのご加護がなかったので戦争に敗けたのだと噂を広めれば作戦も大成功だ。次はイラクかイランでもやればいい。

　平常時ならばライトショーに集まる観光客もキリスト出現を目撃するだろうが、今は残念ながらそれがない。

　しかし、だからこそ現地の人々には衝撃ともなろう。

　そろそろ陽が暮れる。さぁ、準備開始だ。

　エリックはセイフハウスの窓から、スフィンクスの向こうにそびえる大ピラミッド上空を注視していた。

19時45分。

「そろそろだな」

時間を確かめたほんの20秒後、ピラミッド上空にほんのりと縦長の白光が現れた。

「よし、その調子だ。ブライアン、ビリー、見ててくれよ」

光は輪郭をはっきりさせ、やがては誰の目にもそれがキリストに映るはず……だった。

しかし現れた白い光はキリスト像を描くどころか、ほとんど消えかかってしまい、注意して見てもそこに何かが浮かび上がっているようには見えない。

エリックはすぐに電話を掛けた。映写班の二人はこちらからだとピラミッドの反対側、セイフハウスからは2km西側にいる。

「おい、なぜ投射しない」

「してないいんじゃない。映らないいんだ」

「故障か？」

「いや、マシンの状態は完璧だ」

「だったらなぜ現れない」

「誰かが消してやがる」

「……何だって？」

「何物かがこちらの送る映像を、おそらく何らかの電波をぶつけることで映像が消されてるんだ」

「だったら向きを変えて別の場所に出せ」

「それもやってみた。連中はレーダーのようなシステムで広範囲にその電波を照射しているらしい」

「何者だ」

「判らない。だが、もしブラック・ゴースト・スクリーンの中にこちらの映像がうまく入れば、映し出せる可能性はある。カフラー王のピラミッドは完全に奴らのレーダーエリア内だ。メンカウラーのピラミッドならカフラーの陰で少しはマシかもしれない」

メンカウラー王のピラミッドは、ギザのピラミッド群の中で最も小さく目立たない。

「わかった。スクリーン班に伝える。メンカウラーのピラミッド上空に幕を張れと」

「ああ、頼む」


しかしスクリーン班は二人とも電話に出ない。おかしい、何かあったのか。

エリックはセイフハウスからスフィンクスの正面を通り、展望台へと続くアスファルトの道をガタのきたトヨタのハイラックスで飛ばした。

道路はカフラー王のピラミッド裏を通り、メンカウラー王のピラミッド手前200メートルのところで右へ大きくカーブしている。

そこで車を停めると、エリックは砂の上を走った。

カフラー王ピラミッドの南側に10人ほどの現地人が集まって何やら騒いでいる。

そしてアラビア語だが警察を呼べと叫んでいるのが耳に届いた。

(まさか彼らが……)

エリックは平静を装い彼らに近づいて行くと、そこには横たわった二体の遺体が。

それは探していた二人だった。

(ファッ◆、シッ●、サノ▲ビッ■！)

エリックにはすぐ判った。二人とも至近距離から頭を撃ち抜かれている。即死だったであろう。

騒ぎを聞きつけラクダに乗った男たちも寄って来た。

馬が駆けてくる。あれはおそらく警察だ。間もなくパトカーも来ると思われた。

そうなるとやっかいなので、エリックは暗がりの中で「B・B Cord」を探した。ビリーが製作した、ブラック・ゴースト・スクリーンを空中に作り出す装置だ。

だがどこにもない。

まわりの男が隠してやしないかも注意深く観察したが、どうもそうでないらしい。

するとガラベイヤを着た一人の男が、何やら金属片のようなものを手にしている。

はっきりとは見えないが、ダーク・グレーっぽい塗装が施された「B・B Cord」の破片のように見えなくもない。

馬に乗った警官はもうすぐそこまで来ている。

（まずい、時間がない）

エリックはポケットからドルの束を出すと、10ドル札3枚を抜いてその男の前に差し出した。

「それを売ってくれ。これでどうだ」

男が驚いているとエリックはさらに10ドル札2枚を追加し、無理矢理男に握らせた。そして男の持っていた金属片を奪い取ると、逃げるようにその場を後にした。

やはりその金属片は装置の一部らしい。

おそらくだが、サイレンサーを付けた銃で弾を何発も打ち込んだのであろう。

そして飛び散った一部を意図的に残した。

それはエリックらに、装置は破壊したとのメッセージで、いずれにしてもプロの仕業に間違いない。

これで地上から「B・B Cord」は消滅した。

エリックは福島での失敗やNSAの退職などで忙しく、装置のコピーを作ってなかったからだ。

後日、健太宅に小包が届いた。スイスから発送されている。

包みを開けると中からは可愛らしいカウベルと、スイス国旗でくるんだ、縁が鋭利に切り取られた濃いグレーの鉄板が出てきた。

（何だこれ、あれ、何か書いてある……ビービーコード………あっ、手紙か？）

箱の底にメモが貼り付けてあり、英語でこう書かれていた。

〝ハロー、ミスター・ケンタ
君とコトノさんとエンクさんに会いたいから、近々日本に行く〟と。

ロバートだ。円空さんのことを〝エンクさん〟と呼ぶ円空通のガイジンはそう多くない。

しかし、それにしても何者だ、ロバートは。イスラエルで出会ったデボラにしても、正体は謎のままだ。それにだ。スイス国旗の白十字は鍵穴のカタチだ。国番号は「41」。知ってのことなら恐しいガイジンだが、知らずに偶然でも恐しい。

今度日本に来たらちゃんと聞いてみよう。

*

5月下旬のある日、アラバマ大学の研究チームがエジプト国内で、土に埋もれたピラミッド17基を発見した。

人工衛星から赤外線撮影をすることで存在が明らかになったのだが、ピラミッド以外にも1000基以上の墓と3100以上の集落も見つかり、今後本格的な調査が始まるようだ。

6月に入るとイスラム原理主義組織「イスラム団」が政党を結成し、武器を使ってのテロへは後戻りしないことを正式に宣言した。

この組織は1997年11月17日にハトシェプスト女王の葬祭殿で、日本人10人を含む62人の観光客を殺害するという、エジプト史上最悪のテロをやらかしている。

健太たちを世話してくれた現地の旅行会社セブンツアーズの若社長は、このテロをやらかした犯人の一人と同級生だと話してくれた。


「イスラム団」の脱テロ宣言から3日後、吉村作治教授のチームがクフ王のピラミッド脇で、第2の「太陽の船」復元のために発掘調査を開始した。

1987年の電磁波による調査ですでに発見されていたのだが、資金難などの理由でこの時期にまでずれ込んだらしい。

しかし、エジプト開闢に合わせての発掘になったのだから、ベストなタイミングだ。

このようにエジプトは着実に前進している。

かつてエジプトの地に生きた人の玉し霊は、その人が意識せずとも大変喜んでいるはずだ。

おめでとうございます。


エジプトはよかったが、シリアがダメだ。

連日政府軍に市民が殺されている。

日本神界との繋がりが薄くなってしまっているので致し方ないが、タガーマ・ハランの地は古代シリア地方に含まれていたし、時空を越えた超意識ではシリアの国民も我が子孫であり我が先祖。

世界中には、3・11の被災直後の避難所以下の生活を、ずーっと強いられている人々が億の単位で存在している。

今は被災地にまず目を向けても、復興したらそれで終わりにするのでなく、世界にも同じように同胞への思いを届けることを忘れては「14」世界のシステムから弾かれてしまうかもしれない。

全体の中心が自分であり、自分こそがメシアなのだから。

鍵穴〝✙〟に、鍵の〝十〟。

四方に広がる〝✥（十）〟文字の中心も自分以外には誰もおらず。

『人々よ
己れの中に鎮座する
素神に詣でよ　いつの日も
己れのお胸に手を当てて
深き感謝を捧げよの

これよりは
ますます強く素神との
絆を結べよ　心して
外神を
求め求めて幾山河
旅しておれど救われぬ

真なる平安　己れの内に
ありと言うても耳貸さず
外神求めて幾星霜
彷徨う魂よ　今こそは
ようよう帰家のとき来たり
すべてはここから始まりぬ

新しき
時空の波に乗れる魂
恐れ葛藤手放して
まこと自由な魂なるぞ』

その7　脱神社宣言、「41」から「141」へ

２０１１年夏

ＣＩＡ長官室の荷物を整理し終えたミラーは、座り慣れた椅子で最後のコーヒーを味わいながら物思いにふけっていた。

いろいろなことが思い出される。

長官の座に任命されたころは、世界中のあらゆることがコントロールできると本気で信じていたし、実際に国家間の情勢をコントロールしてもきた。

しかしそれらも、今となっては過去の話。

（ここはもうオレのことを必要としてないし、いつまでも居るところではない）

ミラーは引退することにしたのだ。

妻と二人、カリブ海に浮かぶ島でしばらくのんび

りと暮らす。その後のことは何も決めてないが、国家の仕事に携わることは二度とないだろう。

しかし、どうしても判らないことがひとつだけある。

なぜカイロで実行しようとしていたオペレーション〝ファントム・クロス〟が外部に知られたのかということ。

ごく限られた人間しか知らないはずだし、メンバーの中に疑わしい者は一人もいなかった。

なのに場所も時間も完全につかまれていて、見事に作戦は失敗した。しかも相手が誰かさえも未だに判らない。

これはミラーにとって屈辱以外の何ものでもなかった。必ず突き止めてやろうと誓った。

しかし、頼りにしていたエリックは2度の失敗により、失意のままペンシルヴェニア州の田舎へ帰ってしまった。クリスティーナが消えたことも一因なのであろうが。

カイロからエリックが戻る前日、クリスティーナが忽然と姿を消した。

ミラーのデスクに手紙が残してあり、病気がちの母を看病していた父が他界したので、自分が母を看なければならず、急だが退職させてほしい、とだけ書かれていた。

あれから約2ヶ月、ミラーまでもがここを後にする。

〝ヤタガラス〟作戦は頓挫した。

しかし、ブライアンとビリーが仕掛けた〝神社の天使〟は、日本のどこかの神社仏閣で今日も参拝者にパルスを発信し続けているかもしれない。

それに、オペレーション〝ファントム・クロス〟＝〝幻覚の十字架〟作戦は、これからが本番だ。当初の計画では２０１６年に開始予定だったが、おそらくは前倒ししてくるであろう。

それと、彼らが本気になっているのは〝ファントム・クロス〟よりもむしろオペレーション〝51〟だ。

ということは、「日本分割構想」も進行中で、予定通り日本の経済破綻は2015年に設定されている。

日本政府は震災後もアメリカ国債を売るつもりはないようだ。いや、それどころか、「売りませんから安心して下さい」と密約した男がいるらしい。

政府と民間で1000兆円。

日本が買わされたアメリカ国債だ。

民間が持つ分も政府の保障付きなので、結局は全額日本政府の負担になる。


津波によって全壊・半壊になった民家はどれぐらいあるのだろう?

液状化によって大きく傾いてしまった家屋も含め、全部で30万戸としよう。

まったく大ざっぱな計算だが、1軒あたり平均1000万円を援助しても30万戸なら3兆円。

流された船も大小あるが2万6千隻で平均3000万円の援助ならば約8千億円。合わせても4兆円に満たない。

そんな額は去年1年間で買わされたアメリカ国債を売れば、すぐに補えるのではないのか。

オペレーション〝トモダチ〟。

あの〝友達〟作戦で日本がアメリカ政府に支払うお礼は、5年間の合計で約9000億円。

被災家屋9万戸に1000万円ずつ援助するのと同じ額だ。あるいは被災者90万人に100万円ずつ配ることもできる。

日本政府が何を、そして誰を優先して物事を進めるかが判ったであろう。

これでは日本国破綻など止められやしない。

〝回避〟=「41」するには、一人一人が国家の運気を向上させる意識を持つことしかないのかもしれない。

2016年、2020年がターゲットの思考破壊作戦に乗るな。心も動かすな。本も買うな。

＊

「いらっしゃいませ。あら、健太君」

「こんにちは。コトは忙しそうですか?」

「ランチのお客さんは引いたから、もう大丈夫よ。さあ、皆さんもどうぞお上がり下さい」

健太がもみじへ客を連れて来た。ロバートがとうとう来日したのだ。しかも今回はとびっきりの美女を連れている。

これだけの容姿ならチャーリーズ・エンジェルのメンバーにだってなれる。お子様48人衆とはちょいと違う。

奥から言納が出て来た。

「わーっ、ボブ。いらっしゃい」

「言納さん、お久しぶりです。ステキなお店ですね。やはりジャパニーズ文化は素晴らしい」

「あらっ?」

言納も金髪美女を気にしてる。健太もまだその女性がボブとどういう関係かを聞いてない。

「オー、そうだ、紹介します。彼女はクリスティーナ。最近まではアメリカで仕事をして……」

クリスティーナがロバートの脇を突っついた。

「ソーリー。クリスティーナはアメリカ用の名前でした。彼女はクリッシーです。出身はイスラエルで、今はスイスでボクと一緒に働いてくれてます」

そうなのだ。あのクリスティーナだ。しかもイスラエル人ときた。ならばモサドか。いや、そうではない。

ともかく、CIA長官の秘書を務めていたクリスティーナは、ロバートの組織が放ったエージェントだったのだ。

だからミラーが行方不明になった時、NSAのエリックに居場所を伝えることができた。ロバートに探させたからだ。

カイロでの作戦がバレてたのもクリスティーナからだ。

そして作戦を阻止したのはロバート組のエージェントで、〝B・B Cord〟の部分を切断した鉄板は、ロバートが健太に送ったのだ。記念にと。

クリッシーもランチのおむすびを喜んで食べた。

食事後、健太は用意しておいたプレゼントをロバートに渡すと、発狂しそうなほど喜んだ。イスラエルで助けてもらったお返しに。

とは言っても現地で直接助けてくれたのは、ロバートでなくデボラだったが。あの助けがなければ出国できなかった可能性がある。

「これをボクにかい？　ウヒョー、エンクさんだぜ。見ろよクリッシー、これがエンクさんさ。日本まで来た甲斐があったぜー、ブラボー!!」

まるでピスタチオのアイスクリームを前にしたビリーのようだ。

健太はこの虚空蔵菩薩を国番号「41」のスイスに持って行ってほしかったのだ。〝天地大神祭〟＝「171」の象徴として。

スイスの地にも日本で起きた大変改のエネルギーを届け、それがやがてはヨーロッパ全体の生まれ変わりに繋がればそれでいい。

ロバートのことなので、その仏像を窮屈な棚に閉じ込めたりはしないだろうし。

翌日は月曜日のため店は休み。鬼無里から生田もやって来て一緒に遠出をする。

どうゆう訳か、クリッシーが〝日本のキネレットへ行きたいと言う。

ヘブライ語で〝竪琴〟を意味するそれは現在のガリラヤ湖のことだが、日本だと琵琶湖だ。

〝琵琶湖〟＝「123」。〝イワナガ（ギ）〟に同じだし、新たな答えを出そうとしていた「52」も、やっぱり女性性を表す以上の解釈が健太には見つからなかったのでちょうどいい。

琵琶湖は龍体日之本の子宮。なので「52」が表す代表的な存在でもある。

クリッシーは琵琶湖へ小さな壺を沈めたいのだそうだ。

何でもその壺は自分たちの部族に伝わるレガリアで、女性性を表すのだという。

「その部族ってイスラエルのですか？」

健太が尋ねるとロバートが通訳した。

「そうよ、13番目の部族だけに伝わっ……」

「それってコヘン族？」

「はい。デボラがよろしくって言ってました」

「デボラさんを知ってるんですか？　じゃあ、クリッシーさんもコヘン族の血を」

「イエス。ですが、これでコヘン族の仕事は終わります。『14』の世界へ移行するときがやって来ましたので」

コヘン族とはイスラエル13番目の部族で、12部族から優秀な者をピックアップして生み出した特別な部族だ。なのでコヘン族の一滴の血は12部族そのものでもある。

一般的に知られる12部族にコヘンの名は入ってないが、本当の祭司はコヘン族で、レビ族ではない。

詳しくは『ヱビス開国』２８０ページ。

クリッシーはデボラと同じコヘン族であった。

そして古くからコヘン族に伝わる壺を琵琶湖に沈めたいのだと。その壺は女性性を表すレガリアだという。ということは「マナの壺」コヘン族版ということか。

沈める理由は「14」の世界へ移行するときが来たかららしく、ということは「13」世界の終焉はコヘン族のハタラキも終わらせるのか。

そもそもどうして「13」から「14」への移行のことを知っているのだ。

エルサレムのどこかに健太や言納が写る鏡でもあ

るのだろうか……あるのだ。

　憶えておいでか？

　富士の〝二二八八れ十二ほん八れ〟祭りで、健太は、

「⦿の九二のま九十の⦿の（神の国のまことの神の）」

をこのように解釈した。

「神の鏡（かみ）（＝92）の間（ま）　言納神（ことのかみ）の……」と。

「神の鏡の間」があり、言納の姿が写っていたりしてとふざけていたが、どうやら本当だった。

　富士で受け取った瀬織津姫からのものも、最後の2行、

『神の社の鏡の間
　言納神の姿　映れり』

は、エルサレムのどこかなのだろう。

　それを覗いているのは……ピラミッドの王の間、鳴門、三嶋大社、そしてエルサレムのマリア永眠教会に現れたあのユダヤの婆耶（ばあや）なのか……。

　健太はエルサレムで、

『二本の御杖を一本に束ねよ』

『二本の御杖が一本に束なる丘』

『御杖束なる丘にて待つ（松）』

ということで、その場所を探した。

　結果、どこもオリーブの木ばかりのエルサレムで、シオンの丘だけが松の丘だった。

　そして松の葉は、二本の御杖が一本に束なっている。

　それで〝杖〟のハタラキに深く関わったのだが、今度は〝壺〟だ。

　この〝杖〟と〝壺〟は日本で〝櫛（くし）〟と〝甕（みか）〟が同じ性質のものを表す。

　それは三種の神器のうちの二つで、もう一つは〝玉〟だ。

　これらすべてを与えられているのはただ一人、というか一柱だけ。

　天照国照彦天火明櫛甕玉饒速日尊（あまてるくにてるひこあめのほあかりくしみかたまにぎはやひのみこと）である。

『日之本開闢』ではこの名に〝甕〟が入ってない。当時〝甕〟＝子宮＝女性性のレガリアは伊勢の外宮に祀られる豊受姫大神の元にあったからで、現在はニギハヤヒに戻されている。それで名前に〝甕〟が加わった。

戸隠のところでも出てきたが、伊勢はかつて外宮が中心の信仰で、それは水の神であった。

なので外宮に女性性たる〝甕〟が置かれていても不思議ではない。

〝水の女神〟〝ニギハヤヒ尊と一対〟となるとその豊受姫は瀬織津姫なのかもしれないけど、伊勢には触れないことにしてたんだった。

＊

陽ざしは強いが風が心地よい初夏のこの日、生田のワンボックスカーは満員御礼で琵琶湖へ向かった。

言納と健太、ロバートにクリッシー、そして亜美と茜もついて来ている。

船で竹生島に渡ろうかとも考えたが、どうも違う。湖の西側へ行くべきように感じられる。

なので琵琶湖大橋を渡り、湖岸に沿った国道を北上すること約20km。クリッシーと言納が同時に「ここだ」と湖岸を指差した。クリッシーは日本語じゃなかったけど。

少し先に白鬚神社の大鳥居が湖の中に立っている。

その場所を地図で調べたら、真西へ向かうと出雲国の始まり三刀屋（みとや）があり、真東は二二八八富士祭りの会場を突き抜けた。

車を降りると、健太は湖岸に小さな祭壇を組み立て、御神酒や塩の他に途中で買った大きな花束を供えた。

〝脱神社宣言〟を迫られてから色々と考えた結果、そこに神が祀られた社がなくても同じように大自然そのものを神と見立て、畏怖の念を持って手を合わせることの必要性を感じていたからだ。

その参拝方式ならば、目の前に名の付けられた神がいないため、参拝者の心に「神様、私を見て下さい。私の人生をよくして下さい。私の望みを叶えて下さい」といった望みが湧いてこなくて大変よろしい。

また、神の前だからとお利口ぶらなくてもいいし、世界を平和にして下さい＝神様なら世界を平和にできるでしょ、と依存した祈りをしなくても済む。

目の前は大自然。

〝大自然〟＝「１４１」。

表記を「141」にすれば、中心から右にも「41」、左にも「41」で、すべてが神なのだ。

ついでだが〝お願いします〟も「１４１」になる。

祭壇を前にした健太は、砂の上に正座するとそのうしろに生田とロバートを座らせた。


今から女性性の代表ともいうべき日之本の子宮たる琵琶湖に懺悔するのだ。

これが健太の出した「52」に対する答えで、それは女性性と〝Ｅａｒｔｈ〟＝「52」への思いを改めることに他ならない。

「　歴代の女性の皆様と女神様方へ
いつの時代からでしょうか。男性が、神の国日之本の名に恥じるような傲慢さを持つようになってしまったのは。
本来はやさしく包むべき母を、妻を、娘を召し使いのように扱い、ときには奴隷のごとく働かせて、腕力が強いことをいいことに女性を押えつけること幾星霜。
待つこと、祈ること、堪え忍ぶことばかりを強要してきてしまいました。

このたびの〝天地大神祭〟の只中に、なくてはならない女性性のミハタラキ。

女性の感性、女性の判断、女性の決意なくして人類の歩むべき道は定まらず、正されることもありません。


今ここで、気付きし者が、永きに渡るご無礼を心よりお詫びいたします。

辛き思い、苦しい思い、悲しい思い、虚しい思い、心細い思い、堪え難い思いを幾度も幾度もさせてしまいましたことを、魂の底より悔いております。

大変、大変申し訳ございませんでした。


女性の皆様、女神様方。

女性性の象徴であるここ琵琶湖にて、今後は今までのような過ちをくり返さぬよう宣言いたします。


これからも甘えることは数多くあろうと思いますが、感謝の心を忘れることなく、紅白の太極図のように互いが支え合い、尊び合い、歩調を合わせて新た世を築いてまいりますので、どうぞよろしくお願い致します。


何事をも受け入れ包み込んで下さった大地母神たる母の愛に。

そして、いかなる生命をも育む水の女神様の限りなき叡智に。

これまでのお詫びと感謝を込めて花束を贈らせていただきます。

どうぞお受け取り下さい。

ありがとうございました」


読み終えた健太は祭壇に供えられた花束のラッピングを外すと、靴だけを脱いでそのままザブザブと水の中へと歩いて行った。

花束は色違いで三つ用意してある。

打ち合わせなどしてないが生田も健太に倣うと、ロバートもやや戸惑いながら同じように水の中へと入って行った。

膝上あたりまでの深さまで行くと、三人は一列になって深々と頭を下げ、花束を湖に流した。

亜美は驚きと感激のあまり頬を濡らし、言納は〝水を尊ぶうた〟を歌いだした。

♪みーずー　うるわし
　みーずー　うるわし
　尊しや

すると、茜が沖を指さし叫んだ。

「あそこ、誰か来る」

皆も一斉に沖を見たが誰もいないし船も浮かんでない。

それでも茜が指をさし続けたので目を凝らして見ていると、こちらに向かって一直線に何かが流れてくる。しかもどんどん加速しているようにも見えた。

左右を見渡せば遙か先まで続く湖岸の、ただ一点に向かってやって来るのは、7メートルほどあろうかと思われる流木だった。

そしてその流木は、祭壇正面の砂浜へ突き刺さるようにして漂着した。


「何だろう、この流木（りゅうぼく）」

健太が近づくと、

「龍木（りゅうぼく）よ」

言納が返した。

たしかに曲がりくねったその流木は、龍が泳いでいるように頭をもたげ、こちらを見据えつつやって来た。

そしてその背には弁財天が乗っていた。

きらびやかな衣裳に身を包み、琵琶を持っていたかは確認できなかったが、その手には巻物が握られている。

　それを言納が受け取り、健太に手渡した。弁財天の姿が見えているのは言納だけだからだ。いや、茜にも見えているのかもしれないが。

『人々よ
己れの魂は生きとおし
おなごとしての人生も
おのことしての人生も
ともに味わい体験し
積み重ねつつ熟成す
今生で
選びし性はいかにても
ついには帰る　豊穣の
母なる海と知りたるや

人々よ
十月十日の長き日々
母の宮にて育まれ
ついには月満ち陣痛の
果てなき痛みもなんのその
ようよう生まれしその命
みなみな愛しや尊しや
今生の
性はどうあれ　みな慈母の
愛しき海子にかわりなし』

　やはり琵琶湖は母そのものだった。

　その大自然の想いを弁財天が伝えに来てくれたのだ。健太にはお土産まで用意して。

　このとき健太は感じた。神々は大自然の叡智を人々に伝えるためのお遣いなのだと。

　だからこそ直接大自然に意識を向け、間に介在する神の存在がなくても大自然の叡智を感じ取ることができるようになること。それが〝脱神社宣言〟を迫られた訳であり、神社仏閣へ行ってはいけないということではない。

これで大ざっぱにだが〝脱神社宣言〟の意図が見えて来た。

まず、神を檻に閉じ込めるなということ。特に女神のそれは著しいようで、隠され封じられた神を〝解放〟＝「41」し、神に戻す。

新たに祀られ、女神に被せられた神々を拝むことは、知らず知らずのうちにさらなる封印を女神に掛けてしまうことになる。

解放するには、隠され封じられた神を意識して参拝するとよい。

そして、夢中になる神は自分自身。

追いかけまわす神は自分自身なのだ。

それが最上級の信仰になる。

親の目で子を見てみればすぐに判るはず。

親孝行してもらうのは嬉しいが、いつまでも親を追いかけて自分自身を活かさないようでは困る。お前はお前のやるべきことをやり、歩むべき人生を歩め。そう思うはずだ。それを（我が歩むべき）〝龍の道〟という。

それは、人が神の子として、親である神からの独立にもなる。独立できれば親は安心だ。

また、神社仏閣に祀られた神の御前だけでなく、普段でも愚かな考えが浮かんだり、心が負の感情に支配されているときには、

〝神の御前ぞ　わきまえよ〟

と、本気で自分自身を神として意識する。

〝見てござる〟はよその神仏でなく、己れ自身なのだ。

さらに、特定の神をあちこち追い回すほどその神が好きなら、その神のハタラキに自らがなる。そして三次元でその神の代理人として自らを活かすこ

と。

すればその神は代理人を死守するのだ。

時空を超越した〝十〟文字意識を自らの内側で循環させることで、自身がメシアとしての存在になる。

そして、祈ったのは自分。

しかし、祈られたのも自分。

祈るということは、祈られたという責任が発生するので、その責任をどう果たすかでメシアとしての存在価値が定まってくる。頼り甲斐があるメシアなのか、頼りないメシアなのか。

頼りなければ外にメシアを求めることになる訳だが、外からメシアは現れない。

忘れないでほしい。祈りは自分へと返ることを。

琵琶湖で気付いたことは、けっこう健太の玉し霊を喜ばせた。宇宙の法則が明記された大自然という教科書があり、それを伝える神々という先生がいて、人がそれを学ぶ。

テストの問題は大自然の叡智や宇宙の法則の中から出題されるのであって、先生の生い立ちや血筋や出身地は関係ない。

ならば神を拝んで雑草やてんとう虫を拝まないのは何かがズレている。

太陽や月は神として拝めても石ころやミミズを見下していては、十一面観音さんの顔はありがたいが足は気持ち悪い、と言ってるのと同じでそれも変だ。

大自然は現象でしかモノを言わない。なので人々に大自然の叡智を、ついては宇宙の法則へと導くのが神々である。

だが人は近年、人と大自然の中間に立つ神々のみを拝んできた。

なぜ人は神のみを拝み、目の前の小さな自然は拝まなくなってしまったのであろう。

それは神の在り方に対し

〝自分にとって一切害がなく

利益のみをもたらしてくれる存在〟だと考えているからである。

なので神社仏閣に祀られた神仏は拝めるが、雑草やてんとう虫は拝めないのだ。して、自分自身をも。

自分は自分の期待に応えてくれず、望んだ通りの利益ももたらしてくれない。

それどころか、時には害になることまでやらかし、それがずーっと汚点として心に残っている。だから拝めないし信用もしてない。けど、そうじゃないってば。

7・17の京都で健太が読み上げた表彰状で、もう一度自分を表彰してほしい。きっと素晴らしい神様が見つかるはず。

何ページか現段階では判らないが、きっと編集者が記しといてくれるはずだから。（※86ページです）

大自然にも人間同士でも拝み合い尊び合うことができて、やっとこさ新た世の第一歩が踏み出せる。


大自然のリズムは12進法のため、2012年を機にぜひともそうなりたいものだ。

そうすれば神々は、出されていた〝引き揚げ令〟に従って地球上でのミハタラキを終えられる。人が自分で自分のメシアになり、宇宙の法則が肉体化した存在になるからだ。

〝引き揚げ令〟については『臨界点』で書いたが、神々はほとんど引き揚げてない。

それは人々が神なしでは信仰ができない幼な子だったからで、そろそろ個で自立しないと「14」世界への移行は2014年になっても無理っぽい。

個が自立していると、地球の運気上昇を神々に依存するのでなく、自らが地球の運気を上げる立役者になる。

そんな自分を祝う。メシアが現れたんだから。

そうなれば先祖も神仏も嬉しいに決まっている。

我が子が自分の努力を認め、喜んで生きていれば親として嬉しいのと同じだ。

『神仏を売買して宝物にしとるがの
　その観音さん
　あんたを護るとは限らんよ』

だそうです。マジで笑いました。

ついでにもう一つ。

『こちらの大黒様
あなたは善かれと思ってのことでしょうが
その神小屋の窮屈さに
〝ワシは終身刑かの？〟
とおっしゃってますが』

犬小屋ならぬ神小屋ときなすった。

これは今でも思い出す度に笑える。

もう神さん独占するのは止めにしたらどうなんでしょうかねえ。


寸法計って形や色を整えても、神仏にはそれが監獄行きの場合もあるってこと。

人それぞれ性格が違うように、神仏もそうなんじゃないんでしょうか。

山で熊と出会ったらこうしなさい、なんて言われても、熊だって性格には個体差があると思うんですが。犬だってそうだし。

まぁ、いいや。琵琶湖に戻ります。


たとえ神仏の姿が見えずとも、さすがコヘン族の娘。クリッシーは徒（ただ）ならぬ様子を感じ取り、龍木の背に例の壺をそっと乗せ、何やらヘブライ語らしき言葉をつぶやいた。

「ハイアファ　ミ　ヨツィア　マ　ナーネ、ヤカヘナ　タヴォ」

それって〝ヘブルの合言葉〟現地語バージョンだ。

言納はエジプトで何度もそれを唱えた、というか歌った。

「ヒトフタミーヨ　イツムユナナヤ　ココノタリー」と。

意味するところは
「誰がうるわし女(め)を出すのやら
いざないに　どんな言葉をかけるやら」

となる。

クリッシーがそれの本場モンを聞かせてくれた。すると不思議不思議。

岸に乗り上げていた龍木が、何の抵抗もなく静かに波に乗って滑った。

後ろ向きのままだが、そちら側も曲がった幹は龍が首をもたげているような姿をしている。

この龍木、日本列島そのもので、二体の龍が一体になっていた。それで、日本列島は北海道も九州も両方が龍頭(りゅうがしら)のように、この龍木も両端が頭なのだ。だからバックしてるのではない。

「国常立大龍王のご眷族さんで、竹生島の夫婦龍さんですって」

言納が伝えた。

だとすると、竹生島の都久夫須麻(つくぶすま)神社へ向かう参道途中の「黒龍大神・黒龍姫大神」が流木に宿ってやって来たのかもしれない。

「何で判ったの？」

健太が聞いた。

「ミルちゃん」

「えっ、ミルクちゃんたちも来てるの？」

「ミルクちゃんだけ」

「じゃあ、メラクちゃんは？」

「判らないけど、大事な用があるみたいで今日はそっちへ行ってるって」

「一火だ。まさか今度はディズニーランドじゃないだろうなぁ」

「ディズニーランド？」

「いや、何でもな……あっ」

背中に壺を乗せた龍木が速度を増したのだ。そのまま沖へ向かうのであろう。それとも竹生島へと向かうのか。

「お魚だっ」

茜が魚を見つけた。すると亜美はそれを見て、

「ん？　鯛？　まさか」

「鯉でしょ」

と言納。しかし若かりしころ寿司屋でアルバイトをしていた生田が、

「鯛だ。間違いなく鯛だ」と。

ナノバブル水か琵琶湖は。だったら海水魚と淡水魚が同じ水槽で生きられる。

が、琵琶湖はそうじゃないだろう。

すると健太が突然笑い出した。ゲラゲラと腹を抱えて笑っている。

その鯛の背に、ため蔵が乗っていたのだ。鳴門で現れた自称〝ヱビス遣い〟のため蔵爺さんだ。

鯛は物質としてそこにいるが、ため蔵は健太にしか見えていないようだった。

『あんた、
そんなんで満足するんやないで
けど、まぁ、よしとするか
あとはちゃあんと身に付けることじゃ
そうすりゃもっと見えてくるわい
さらばじゃ』

最後にこちらを向いてニカッと笑ったその口の奥で、金歯が2本キラリンと光った。

神さん、金歯入れてはったで。

それで内容についてだが、これは健太に対して〝脱神社宣言〟の解釈の仕方を言っている。

まだまだ浅い。けれども実践していくことで次第に深いところまで見えてくる。満足したら進歩も発展もそこで止まってしまうぞ、ということなのであ

ろう。

うん、確かに。

龍木が小さくなってゆく。

小判鮫のようにくっついていた鯛の姿はもう見えない。

壺は子宮琵琶湖の奥底まで届くのだろうか。

と、突然龍木が湖面から消えた。潜ったのだ。湖底には龍宮城のようなところがあるのかもしれない。

だとしたら、コヘン族の神宝が放つ霊力により、子宮琵琶湖は蘇りを遂げることになるであろう。

湖底から届いたメッセージを最後に。

『ヱビス開国』で解いたように、イザナギ・イザナミ共にイスラエル人であることを念頭に置いてだと、より理解できる内容だ。

まずはズボンを濡らしながら花束を流した男三人衆へのもの。

『よるべなき（ナキ＝イザナギ）
岸のさざ波（ナミ＝イザナミ）
いつの世も
はかなく消えし
裳裾（もすそ）濡らすも』

裳裾を現代風に言い換えればズボンの裾なので、まさに健太たちのことだ。

しかし、内容としてはどう解釈すればいいのか、ちと難しい。

もう一つ。

これは壺が届いたということも含まれているようにも思える。

みぎり（右）とひだり（左）は、女性性と男性性のことだが、イスラエルと日本のことでもあるように受け取れるからだ。

途中に出てくる〝瘢痕（はんこん）〟とは傷あとのこと。

『凪(なぎ)と波(なみ)（イザナギとイザナミ）
真の和睦のすまぬまま
長き時空の歳月(としつき)は
はかなく過ぎてきたるかし

今となりせば瘢痕(はんこん)も
失(う)せて消えしと思うたが
慈愛の人々跪(ひざまず)き
母の宮入りありがたき

しめ縄の
縄ないてゆけ　等分に
両の手合わせ統合の
真なる世界は来たるらし

みぎりひだりと合わさりて
両の手　天に突き上げよ

いまこそ人よ
その手を上に』

『慈愛の人々跪き』も、砂の上に正座して懺悔文を読みあげた三人衆のことだ。

　大自然にもまごころは通じる。

　富士山に贈った感謝状。琵琶湖に誓った懺悔文。神社を介さず直接、大自然「141」に対峙した健太の行いは、「41」から「141」へ、まさに〝脱神社宣言〟の真髄だ。

　琵琶湖が美しい水に戻るにはどれだけかの時間が必要だろうが、すでに日之本日の民の女性が持つ力は世界に示された。それが〝なでしこジャパン〟のワールドカップ優勝だ。

　〝ジャパン〟が世界一になったのではない。

　〝なでしこ〟が世界一なのだ。

　日本の女子サッカーチームは世界中で〝なでしこ〟

と呼ばれるようになったらしい。

これぞ日本の女性＝〝大和撫子（やまとなでしこ）〟が持つ感性や精神力が、これからの地球人類に最も必要であるということに他ならない。

しかも福島の原発事故後、真っ先に動いたドイツからそれが発信された。

対戦相手のアメリカには、それまで24戦して一度も勝ったことがなかったが、〝なでしこ〟は運気を持っていた。

アメリカの選手も「日本チームは何か見えない力に後押しされているようだった」と話している。

日本時間の7月18日、現地時間では7月17日のことであった。それに、やっぱり「11」は出てくる。

サッカーは11人ずつで戦うのだから。

アメリカは原発推進国。日本はどうあるべきなのか、考えるまでもない。

〝なでしこ〟は「１０７」
「１０７」は〝銀河〟
銀河系代表はスペインのレアル・マドリーではなく〝なでしこジャパン〟か？
ナイル年表の
２０１２年6月6日
「77―１０７―１７１」祭典
の「１０７」は〝なでしこ〟（＝日本人女性が持つ大和魂）のことかもしれない。
何だかすごいことになってきた。

＊

自宅へ戻った健太は、頭の中を整理しておきたかったので神棚の前に座った。〝脱神社宣言〟について、ため蔵の言葉が気になっていたからだ。

灯明に火をつけ、意識だけだが自分の存在を神棚側へと移し、神棚に向かって手を合わせる自分と向き合った。

そうすることで〝脱神社宣言〟においての足りな

いところを自分自身に指導できる。

　神棚側の自分には、背後にニギハヤヒ尊が控え、セオリツ姫もいる。祀ってあるお札（ふだ）のことだ。三社祀りの左殿にはククリ媛が、右殿にはタケミナカタ神もおり、社の前には一緒にエルサレムを旅したヱビスさんも座っておいでだ。

　神棚側の自分には、その神々からの智恵が流れ入り、自分で自分を指導しつつも結果としてそれは我が内に流れた神々の智恵でもある。

　時空間の中心が自分であっても、決して一人で生きているのではないので、神仏の恩を忘れないようにするにはいい方法だと思う。

　が、このとき神棚側健太の脳裏には、求めていた答えではなく、琵琶湖で弁財天より授かった巻物が現れた。

　言納が奈良の石上（いそのかみ）神宮で受け取った巻物はレシピだった。健太のは何が書いてあるのだろう。

　スルスルスルと巻物がほどかれた。

　何と、それは万葉集のように神々の教えが集められた、御教（みおし）え大全というべきものだった。

　健太にそれを授けたのは法海龍王なる神で、弁財天はそれを届けにお出まし下さったのだ。

　法海龍王。その名からすると、大海の水ほど法が溢れ出る龍王なのであろう。

　とにかくその数や、無限ともいうべき量だ。

『素心よのう
　計らず　比べず　こだわらず
　ただ原点を見つめよのう

　素心よのう
　己れの真中に立ち返り
　清（すが）しき裸眼でものごとの
　まことを見通し日々生きよ

眼のくもり　心のくもり
頭のくもり　身体のくもり
すべて晴らして生くるべく
まこと精進なされよのう

来る年は
いよよ正念場となりて
素心（素神）の者こそ　弥栄ぞ』

素心、素神、原点へ返ることは、そのまま〝脱神社宣言〟の解釈に重なる。

次のはちょっと厳しい神からのもの。

いや、厳しいというよりも叱咤激励しているようだ。熱血監督のように。

『立ち上がれ
拳を握り　毅然と立ちて
己れ望みし事を成せ
阻むものなど無しと知れ
信じられぬは己れの心
握りしめたる不安と恐れ
心に秘めたる罪悪感
植え付けられし古き囚われ
今すぐ捨てよ　捨て去れよ
宇宙の果てに　葬り去れよ

突き抜けろ
新た世は
己れの中にすでにあり』

『阻むものなど無しと知れ』なのだ。

勇気が与えられる。

こんな熱血漢の神仏だったら、小さな祠に閉じ込められ、毎朝毎晩拝まれたってちっとも喜ばれんわね。

行動を起こしてこそ神仏の智恵は活きる。


天に輝く星は美しく立派で、地球は………。

次の教えに出てくる「父母」は、表向きが父たる大地と母なる海、つまり地球で、その奥に人間としての両親が隠れている。

神々の方ばかり見るのではなく、たとえ頼りなきところがあろうとも父母の恩こそが神の愛だぞ、忘れるなよ、というのもある。

不器用な親ほど子は親をバカにするが、不器用な親ほど子を育てるのに苦労してくれているのだ。

言い換えれば、経済的に豊かで要領がいい親なら、子を育てるのにそれほど苦労してないだろうし、みすぼらしい身なりに子が恥ずかしがることもない。

粗末な身なりで辛抱しているのは、せめて子どもにはみじめな想いをさせまいと、自分のこと全部あと回しにして子供を優先しているのだとしたら、

〝親にまさる神はなし〟

〝親を思わざるは人に非ず〟だ。

『天よ天よと天仰ぎ
光もたらす天仰ぐ
己れ立ちたる地を忘れ
ひたすら天に視点を上げて
背伸びさえして手を伸ばす
お日は燦々輝いて
万物生かし　育んで
まことまっことありがたや

しかして万物　臺にのせて
ただ黙々とそのすべて
受け入れ抱きてきた父母を
忘れてなるかや人々よ
大地の父と　海の母
忘れてなるかや人々よ』

これでもまだプレアデスやシリウスの方が地球より立派ですかな?

〝臺〟というのは物を乗せる台のことだが、ここでは陸地と海を合わせた地表のこと。

そして人間両親としての臺は、子の責任はすべて負うという覚悟、腹積りだ。深く感謝。

この御教え大全に収められた教えは万葉集並みなので挙げ出すとキリがないが、七福神の誰かなのか、それに近い神仏だと思うが、詠人知らずになっているこんなのもあった。

あれっ、詠神知らずか。

『あほうは無敵
おばかも無敵
何も怖いことあらへんで
呑気は神気
陽気も神気
神の気纏いた一二（日に）暮らし
眉根に三四（刺し）たる力を抜いて
五六づかしいことおいとき七八れ

物事は
己れの魂の思うがままに
良き方へ
善き方へ
流れてゆ九十知りな晴れ』

上手い。上手すぎる。神様みたいだ。実は詠人知らずではなく、名を隠されてるだけなのかもしれない。

２００９年９月９日の七福神迎えのころは、こんな感じのがたくさんあった。

やっぱり七福神のどなたか、その眷族さんっぽいな、詠人は。いや、詠神は。

あーあ、肩の力が抜けた。

健太はこの大全を意識すれば、いつでもその時その場に必要なところがスルスルスルと開かれる。本気で懺悔したことへのお返しだ。

その8　一火の新たな挑戦

琵琶湖へ行った翌日から、しばらく東京で仕事をしていたロバートとクリッシーが名古屋へ戻って来た。

「さぁ、これでやっとエンクさんに会えるぞ。そのために日本まで来たんだから」

というわけで、ロバート達（たつ）ての願いで健太が運転手兼案内役となり、2泊3日の円空仏巡りツアーに出た。

初日は美濃・奥美濃を廻り、高山に泊まった。いつか琴可たちと来た老舗の高級旅館だ。仕事で来られない言納は、ちょっとキレ気味にボヤいていた。

2日目も奥飛騨の寺や資料館を巡り、夜は奥飛騨温泉郷の、これまた格式高いお宿だ。

ジイが勧めるだけあって素晴らしい温泉宿だった

が、肉体を持たないジイたちはいつでも温泉に入りたい放題なのだろうか。

もし幽霊たちの〝入(はい)り逃げ〟を防ぐために結界でも張ってあれば別だが、基本的には自由に出入りできるってことか。

しかし三次元の物質世界は肉体を持つ生命体のために存在しているのだから、本来人間たちにとってのホームで、霊体たちにはアウェイなはずだ。

逆に、霊的世界に影響を及ぼすような何かをしようとすれば肉体人間にはアウェイで、霊体たちにとってはホームゲームになるので向こうは圧倒的有利になる。

そんな訳で、三次元の物質世界で一番力を持っているのは、ここがホームの肉体人間なので、霊的存在が及ぼす影響力は人間の意志と行動で起こした力を越えられない。

が、ジイらがこっそり結界をかいくぐって温泉へ入ったとしても、まぁそんなことはよかろうと思う。

大自然の恵みは人間だけのものではないんだし。

最終日。

この2日間でロバートたちは円空仏を存分に堪能し、山菜や飛騨牛に舌鼓(したつづみ)を打ち、そして温泉にもたっぷりと浸かった。なので健太は最後に二人を上高地へ連れて行くことにした。

季節としては他に比べ夏が一番魅力に欠けるが、それでもここは訪れた人々を魅了するのに充分な要素が溢れている。さすが神降地。

バスを降り、ターミナルからはまず林を抜けて梓川へ出る。

あとは穂高(ほたか)を正面に見て川沿いを進めばすぐに河童橋だ。ここから眺めが最も美しく、噂によると銀河系景勝地百選に入っているらしい。誰の噂だっちゅうの。

平日だというのに橋は観光客でいっぱいだった。

思わず拝みたくなるほど美しい景色に、誰しもが立ち止まってしまうのであろう。

ここまで美しいと、人は大自然に神を観ることができる。

だが、よく考えてみれば、この美しい景色を構成する要素は、草木であれ石ころであれ青空や雲であれ、自宅の周辺に同じものがいくらでもある。

ということは、普段は気付かないだけで、日常生活もまわりは神様だらけなのだ。


３０５ページに「２５９２５９……」という数字が出てきた。

で、これは〝地獄〟じゃなく、七福神が乗った宝物なんですよ、と。

実は〝大自然〟＝「141」自体を第一の神の社とすると、〝一の宮〟は「118」なので、
１４１＋１１８＝２５９
〝大自然〟こそが地球の〝一の宮〟なのだ。

橋の上から大正池側をふり返ると、焼岳（やけだけ）からは内部で高まりつつあるエネルギーの噴出が感じられた。

どうも焼岳の内部もマグマが動いているようで、３・11前後から飛騨地方でも弱い地震が連続して起きている。

また、スーパーカミオカンデがある神岡町、そこは高山市の北に位置するのだが、町内の石割温泉では湧き出る源泉の量が増えて温度も上がった。


２０１０年は4月14日にアイスランドで火山が大噴火を起こした。

噴火したのは首都レイキャビクから東へ１２５km、エイヤフィヤトラヨークトル氷河の火山で、噴煙の影響によりヨーロッパ27ケ国の空港がしばらく閉鎖された。

8月29日にはスマトラ島の休火山シナブン山が４１０年ぶりに噴火。

10月26日、インドネシアのジャワ島でムラピ山が

大噴火して多数の死傷者が出た。

前日25日にはスマトラ島付近で地震と津波が発生し、450人以上が死亡。

その後も30日、11月の1日、4日とムラピ山は大規模噴火をくり返し、火砕流も発生している。

2011年に入ると、1月26日は九州で新燃岳が52年ぶりに噴火し、5月21日にはアイスランドの今度はグリムスボトン火山が噴火した。

6月4日には南米チリでアンデス山脈のプジェウエ火山が噴火して、13日になるとアフリカ大陸のエリトリアでも150年ぶりの噴火があった。

火山と地震は連動し、地球全体が活動期に入ったことを世に示している。


焼岳を背に三人は、梓川左側道を明神池まで歩いて行くことにした。コースタイムは1時間5分。

それにしても清々しい空気と景色だ。

健太は最近強く感じるようになっていたことがある。

神社で祀られた神々の前に立って参拝しているときよりも、大自然という神が、いや、世界最高の芸術家が造りあげた作品を前にしているときの方が、確実に玉し霊は喜んでいることを。心でなく玉し霊がだ。

大自然が教科書で神々は先生なので、美しい景色は教科書であって先生ではない。

いや、大自然と神々を分離して考えるのが愚かなことならば、この景色自体が神でいい。

しかしそうなると本来の御神体は大自然そのものであって、社に納められた御神体ばかりを丁寧に扱うのはとても変な話だ。

御神体は地球そのもの。

名前の書かれたお札が納まる社よりも、その名前の神が信仰している大自然へ手を合わせてこそ、神と同じものを信仰することになるのだ。

社に祀られる神々が何を信仰してきたかを考えた

ことがおありだろうか。

神々がかつて手を合わせてきたその先には何があったのかと。

それは大自然なのだ。

神々が拝むその先のものを見てこそ、神々の想いが観えてくる。

〝脱神社宣言〟の解釈に新しい一面が加わった。それを知ることができたのも、この美しい教科書があってこそ。

いい名前だ、神降地。

〝神降地（上高地）〟＝「71」

「71」は〝地球〟〝国産み〟〝神話（ン＝10）〟〝鈴〟〝音色〟〝初穂〟〝年輪〟。

他にも〝誓願〟〝英断〟〝悦楽〟〝心意気〟……

歩き出すとすぐ清水川に架かる小さな橋ある。川の中を覗き込むと、美しい流れの中にたくさんの魚が群れていた。けっこう大きい魚だ。

えっ、最初は鱒かと思ったその魚は、よーく見ると岩魚（いわな）だった。

国立公園内だから誰も釣り上げようとする者がいない。なので上高地の岩魚は人が近付いても逃げない。

ロバートとクリッシーは未だにどういう関係なのかよく判らないが、互いに写真を撮り合ったり植物に触れたりと、けっこう楽しそうにしている。

スイス在住といっても拠点はジュネーブだし、月のうち〝3分の2〟以上はアムステルダムやベルリンなど他国の都市へ行っているため、マッターホルンの麓ツェルマットやユングフラウを見上げるグリンデルワルドなどへは行ったことがないらしい。

健太は安心した。もしヨーロッパアルプスと比べられたら、いくら上高地でも見劣りしてしまうからだ。

楽しそうにする二人に歩調を合わせ、のんびり歩いていると一火がやって来た。今日は一人だ。

『お前、何を今さらそんなこと考えてんだ』

(わっ、なんだ。一火か)

『大事な話があるから来たのに、びっくりするようなこと考えやがって』

(……………)

たしかに健太が考えてたことは一火に責められても仕方ない。

「ねぇねぇ、宇宙はどうやってできたの？」

「それはね、神様がつくったんだよ」

「じゃあ、神様は誰がつくったの？」

それに答えられますでしょうか？

健太が考えていたのは、大自然が先か神が先かだった。〝卵とニワトリ〟に比べたらどっちが難しいのだろう。

で、健太だ。

(大自然の持つ力やハタラキを〝神〟と呼ぶんだったら、大自然がなければ〝神〟は存在できないってことになるのか……だと、〝神〟がいなくても稲は育つってことになるよなぁ……あれ、ちょっと待てよ。苗って、どこからどう見てもフツーの草だもんなぁ。っていうよりフツー以下かもしれない。何の特徴もないもん。なのに秋になれば米が実る。不思議だよなぁ。苗のどこを刻んでも米の元になりそうな白い粒なんて出てこない……けど苗は育つと米をたくさんつける。それって大自然の中に留められた記憶なんだろうか、それともそれが〝神〟の力なのか。……遺伝子の記憶が大自然のハタラキによって形になるから苗は稲穂に成長する。その作用を人が〝神〟と呼んでいるなら、やっぱり〝神〟がいなくても、というか人が〝神〟を創造しなくても稲穂は育つけど、〝神〟がいたって大自然がなければ米は実らないんだから……そうか。雷だって雷神が鳴らすのではなく、大自然の現象に〝神〟を見出しているのだから、やはり大自然があって〝神〟がある。

ならば〝神〟は大自然の手前にいて、大自然は〝神〟の奥にある。大自然の叡智を理解すれば〝神〟の教えを知ることになるんだよなあ。ありゃりゃ、大自然のハタラキそのものが〝神〟であるなら、大自然がなければ〝神〟もいないことになって、『〝神〟がいても大自然がなければ』という形容自体が矛盾になる。だったらやっぱり大自然が先で〝神〟はあとから……でも〝神〟の意識をカタチにしたのが大自然なら〝神〟が先で……わっ、なんだ、一火か）

という訳だったのだ。

『せっかくいい感じで成長してると思ってたのに、何で今さら神の定義なんてしてんだよ……といってても、まあ判らないでもないぞ。いきなり〝脱神社宣言〟しろっ、なんて迫られたんだから。誰だって戸惑うよなぁ』

（だろ）

『そのために今まで築いてきた宗教概念だって自分で木端微塵（こっぱみじん）に叩き壊して……なかなかできないもんな、自分の過去が間違ってたって認めることは』

（……別に自分の過去が間違ってたなんて思ってないけど）

『……ホントよくやってると思うよ、お前。何事においても言われた通り真面目に取り組むしさぁ、損得なんて一切無視して神々のために……』

（何だよ、気持ち悪いなぁ。何かあったのか、一火。変だぞ）

『別に。何もないよ』

いや、あった。だが言い出しにくいことなのでタイミングを見計らっているのだ。ご機嫌を取りながら。

（何もないんだったら、なんでそんなに煽てるんだ）

『煽ててるわけじゃないけど……そ、そうだ。今日は伝えておかないといけないことが二つあって来たんだ。一つは国常立尊からだぞ、木曽御嶽の』

（えーっ？）

『シャルマさんから教った〝十〟文字の意識のこと、憶えてるだろ』

（もちろん。鍵穴〝＋〟にはめ込む鍵なんだから忘れるわけないよ。奥の戸を開けるための）

『これはすべてが自分から広がっているということを知る意識だろ、〝今・ここ・自分〟を中心に。その中には仏陀やキリストも含まれていたよな』

〝今・ここ〟＝「50」は〝メシア〟だったが、〝今・ここ・自分〟は「179」で〝森羅万象〟だ。

宇宙に存在する一切のものごとは〝今・ここ・自分〟から広がっているということ。

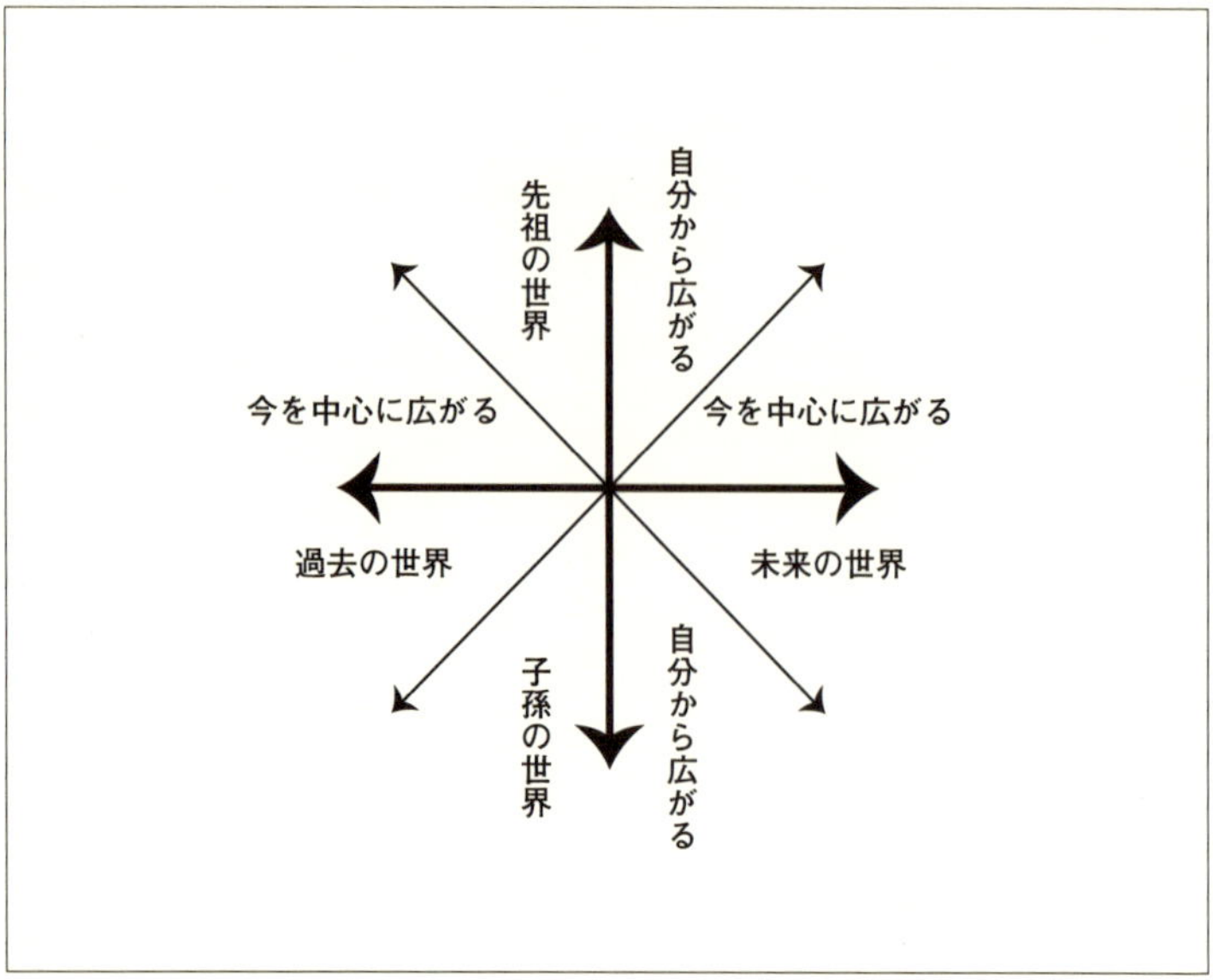

『一方だけでは片ハタラキだから、逆を知れ、逆を』

ということはこうだ。（左下の図）

『すべてが〝今・ここ・自分〟に帰結する。これすごいんだぞ』

（それって〝0次元への集約〟のことなんじゃないの？）

『そうさ、菊理媛のハタラキさ。それを国常立尊から伝えるようにと。ニギハヤヒ尊とセオリツ姫の元つ神だからな、国常立尊と菊理媛は。それでだ。一切を〝十〟文字の中心へ帰結する意識を身につけるとなあ、上の次元から下の次元を見ることができるんだ』

（判んない、意味が）

『今は下から上の高次元を見てるだろ。それでは予想の世界だ。〝0次元への集約〟後に起こる次元反転を経験すると各次元が具体性のある世界として実感できるようになる』

（もっと判らん）

仕方ない。また図を使って説明しよう。もうこれを最後にする。図や表の力を借りるのは。

各次元を表現するのに螺旋を使うので、この図を立体的に見てもらうと判りやすい。
それぞれの次元はこうなっていると仮定する。
こんな仮定はイヤだと言われてもこれでいく。

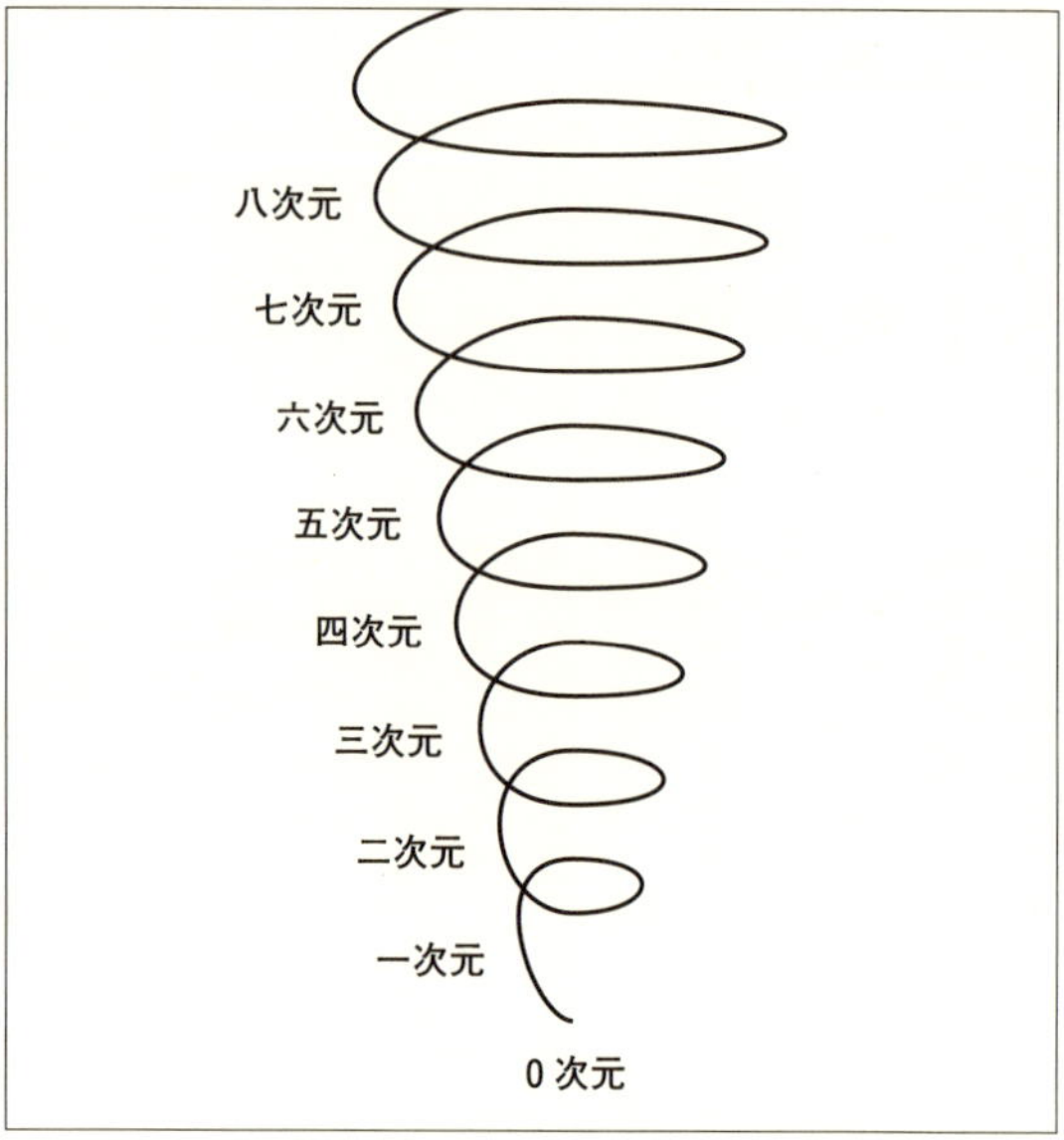

三次元世界から高次元世界を考えるとき、下から上を見上げるかたちになり、いくつかの情報から高次の世界を予想する。五次元の世界はこんな感じで、七次元はこうなんじゃないのだろうかと。

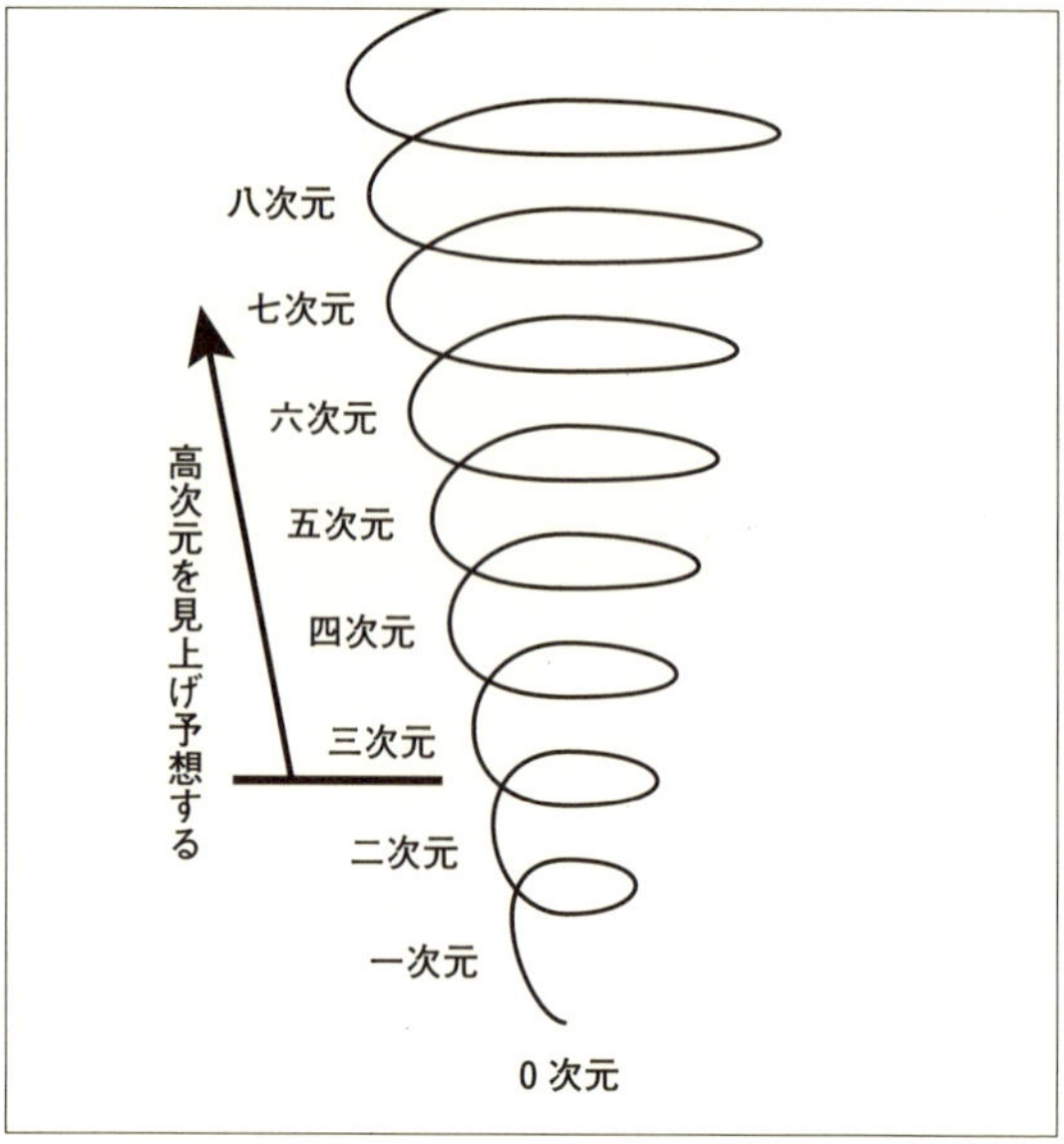

それは決して間違いでなくても実体験として感じている訳ではない。あくまで予想だ。

これは小学生が、中学校や高校・大学の世界をいくつかの情報から予想するのと同じで、その予想は間違いではなかろうが、部分的でしかなく実感も伴わない。

それに、実際五次元世界に入れたとしても、そこから上の高次世界はまた予想するばかりだとしたら、いつまでも同じことをくり返してしまう。

そこで必要なのが内部・内側へ向かう〝0次元への集約〟なのだが、これは視線を、というより意識をだが、地球の内部へ、そして我が内側へ向ける。

つまりこうだ。（左下の図）

地球内部へ向けるべき意識は他でも書いているが、重力（引力）が地球内部からすべての人に向けられた愛だと知ることは、特に重要だ。

0次元から発せられる愛は、一次元のハタラキとして重力（引力）となり、二次元的な地表に隈なく届いてすべての人に行きつく。〝大好きなあなたのことを決して離しませんからね〟と。

その愛の出所を地球内部に求めるのでなく、我が内側に求める。

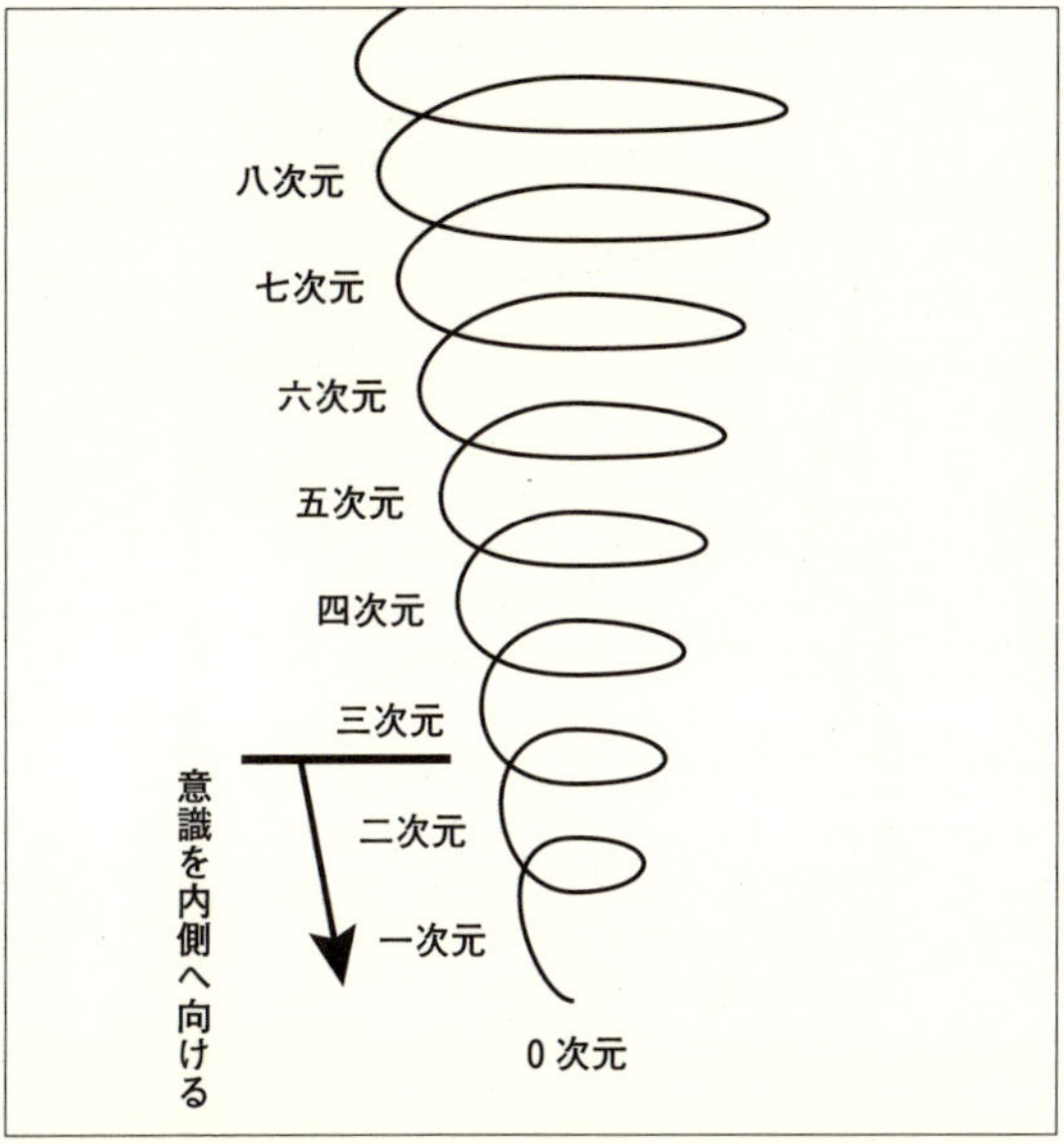

人が母の体内で育つのは地球の恵みがあるからで、それら大自然の恵みが母の体内で子に必要な養分に変化して子は育つ。地球は、母を通して子を育てる母の母なのだ。

なので地球内部の中心点と同じ愛の出所は、我が内側にも必ずある。

そこへ意識が到達し、これが愛の原点だったのかと実感して至福の喜びに包まれた瞬間、意識内で〝次元の反転〟が起こる。

〝0次元への集約〟の目的は、意識内における〝次元の反転〟のことだった。それが起こるとどうなるか。

こうなる。

上から各次元を見おろせるのだ。

こうなると、大学生が高校や中学校・小学校をふり返るのと同じで、そこがどんな世界であり何を学ぶ世界であるかが具体的に判る。

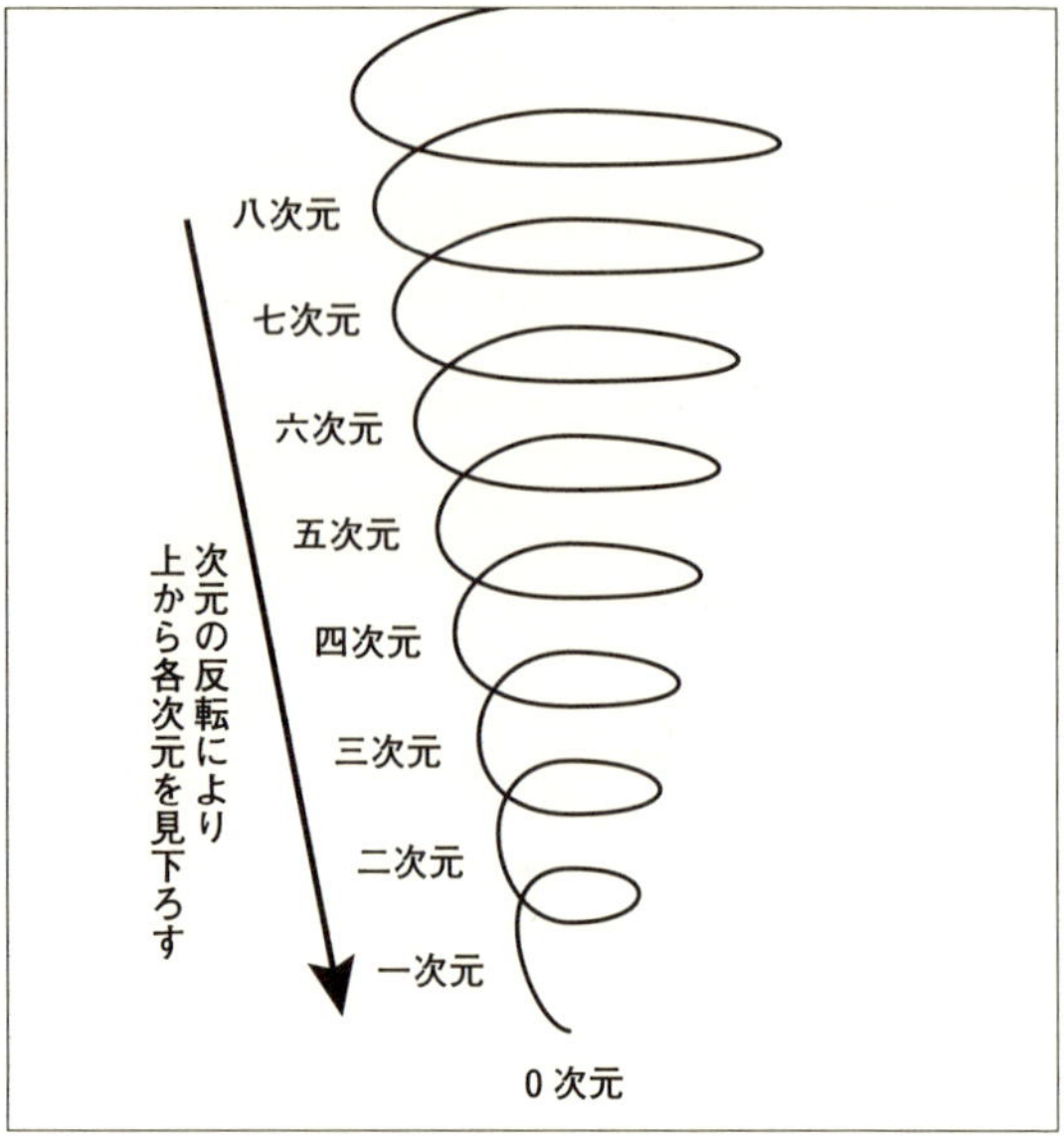

これは予想の世界ではない。

しかし、だ。

この〝次元の反転〟で最も価値のあること。

それは各高次元世界を予想しなくて済むことなど

ではない。むしろそんなことはどうでもよい。

最大のポイントは、三次元世界は何のためにあり、そこで何を学びどう生きるかに迷いを持たなくても済むということことだ。

大学生が中学校を振り返ったとき、そこで何を学びどうあるべきだったか、迷いなく考えることができるようなものだ。

高校でやるべきことを無理して中学生がやる必要はないし、いつまでも小学校で学ぶべきことを引きずっていてもよくない。

同じように、三次元世界での生き方・在り方・学ぶべきことを具体的に、そして迷うことなく自信と安心をもって感じ取ることができれば、これ以上の喜びはないだろう。

一火は健太にそのことを伝えたかったのだ。

同じ〝十〟文字の鍵意識の中にも、外へ向かうハタラキと内へのハタラキがあるということを。

ひょっとしたら聖者・覚者も、意識が我が内の中心点たる根源にたどりついた瞬間、次元が反転して高次元意識へと至った……のかもしれない。

(なんかすごい話だけどできるかなぁ)

『できるか否かじゃなく、知っておけば意識できる。意識することで0次元の中心点に近づく』

(そうだね。……ところでさぁ、何で国常立尊がわざわざそんなことを教えてくれるわけ?)

『あっ、いや、その……』

(何だよ)

『つ、つまり、それはもう一つ伝えておかないといけないことに関係があって、あっ、おい、帰りにした方がいいんじゃないか、ほら』

先に売店が見えてきた。

そこを左へ折れ、明神橋を渡ると穂高神社の奥社があり、その先が明神池だ。

奥社では毎年10月8日、戸(十)開き(八)の日に色鮮やかな平安朝の船を明神池に浮かべて大祭を行う。これは海のお祭りだ。しかし長野県に海はない。

かつて海運で栄えた北九州の安曇(あずみ)族が持ち込んだためで、だからこの地を安曇野と呼ぶ。

奥社では数人の観光客が参拝している最中だったので、健太は軽く会釈しただけで通り過ぎ、池の岸に立った。

「あれっ」

岩の上に数匹のカエル君がいて、健太を迎えていた。

『時の鐘
鳴りても聞こえぬ
今ここに
真(しん)に住まいて
喜びの日々』

安曇族の先人たちからか。

奥社は拝殿のみで山そのものが御神体である。神体山にはかつてこの地にやってきた人々が、山の神として今でも住らしているのかもしれない。カエルはその眷族なのであろう。

帰りは梓川の右岸道を戻った。こちらは左岸道より10分程余分に歩くことになるが、美しいシャッターポイントはこちらの方が多い。

ロバートがこんな話を始めた。

「健太、〝13〟世界から〝14〟世界へ移行することで、これまで〝26〟が支配してきた力は〝28〟のハタラキに変化する。これからは〝14〟〝28〟〝42〟……」

あのときと同じだ。

『臨界点』でロバートは、「13」の倍数を味方にしろと言ってきた。今度は「14」だ。

14、28、42、56、70、84、98、112、126、140、156……。

また健太と言納に課題ができた。

それにこんなことも。原子番号14番のケイ素についてだ。

「まだはっきり判らないことだが、人間の身体が炭素基盤からケイ素基盤に変化するようなことが将来起こり得るかもしれない」

「じゃあ、有機物から……何ていうんだろう、半透明っていうか腐らないっていうか……」

「正直判らない。個人的にはそれほど気にしてないんだが、クリッシーは何度かそれを口にしているから、何かを感じているんだろうな」

「男には判らないのかもね」

そう言って二人は笑ったので、そのやり取りをロバートが彼女に通訳し、次はガイジン二人が笑った。

河童橋やホテルが見えてきた。間もなく到着だ。

帰りは三人の会話が途切れなかったため、結局一火はその日の夜やって来た。

＊

『鳴門の渦にて湧き出た力
淡路の島から琵琶湖へ至り
生まれた姿が富士の山』
（へー。だから琵琶湖が必要だったのか）
『そうさ。お前たちは「富士と鳴門の仕組み」という言葉にばかり意識を向けるもんだから、琵琶湖に足を運ばなかったんだ』
（なるほどね。それで富士山のお祭りが終わっても、何か足りないものを感じていたのか）
『そうだ』
一火がやって来て、8月1日の鳴門と8月8日の富士は、その間に琵琶湖へ行かねばならなかったことを説明した。

『太陽神界の門を開けるのが「富士と鳴門の仕組み」だが、そこでも女性性のハタラキが隠されている』

(うーん、むつかしい………)

『けど大丈夫だ。ちゃんと助っ人が現れただろ』

クリッシーのことだ。

日之本のハタラキを正そうとしているのは日本人だけじゃない。

鳴門の渦から生まれたエネルギーは、男根淡路島から子宮琵琶湖へ送られる。それで誕生したのが富士の山。

これは物理的な話ではもちろんなく、新たな国産みにはこの工程が必要なのだ。

健太はそれを聞いて、自分にとっての〝富士と鳴門の仕組み〟に区切りがついたと知った。

あとはもっと深く携わる人たちが完成させることだろう。その仕組みについては。

(でさぁ、一火。上高地では聞けなかったんだけど、木曽御嶽の国常立さんのこと。もう一つ伝えておきたいことがあるって言ってただろ。それと国常立尊がどう関係あるの?)

『その話な。お前のこと気にされてたぞ、国常立尊は』

(何でよ)

『〝橋渡しの儀〟だ』

健太たちは4年前の旧暦7月7日に、木曽御嶽山の七合目で天の川に橋を架ける祭りを行った。彦星天照国照彦(ニギハヤヒ尊)と織姫瀬織津姫がいつでも自由に行き来できるようにと。

そして夜の天の川に虹の橋が架かった。

その祭りを木曽御嶽の主祭神国常立尊は憶えていたのだ。

（最近よく行くなぁ、木曽御嶽へ）

『う、うん。ちょっと』

（一火さぁ、その話になると何か隠そうとするよなぁ、いつも）

『そんなことないって』

（あるって、そんなこと。何を隠してんだよお。台風のことか？）


国常立は「93」で、9月3日は和歌山や奈良などで100人近くの死者・不明者を出した台風が上陸した。


『そのことじゃない』

（だったら何だよ。言えって）

『判った。言うよ。けど、ちゃんと聞いてくれよ』

（……ちゃんと聞いてるよ）

『俺……俺、メラクと一緒に行くことにした』

（……………ディズニーランドへか？）

『違うよ。そんなんじゃない』

（じゃあ、温泉か）

『あのなぁ。ディズニーランドや温泉行くのに何でいちいちお前に報告しなきゃいけないんだ』

（だったらどこへ……おい、一火、お前まさか……）

『一緒に行って星開きを手伝うことにした。だから木曽御嶽の国常立尊と鞍馬山の紫須天神に許可をもらいに行ってたんだ』


一火は「御主穂（みすほ）の霊団」として地球に降臨した木曽の国常立尊や鞍馬山のサナート・クマラ＝南無天満大自在紫須天神の霊統だ。

だから他の星の、いわば公共事業に携（たずさ）わるため必要な許可をこの二柱に求めたのだ。

「御主穂の霊団」については『日之本開闢』の第一章。そんなに詳しくは書いてないので立ち読みでも結構。（※編集部注　困ります）

（それで、許可は出たのか？）

『ああ』

（いつ行くんだ？）

『予定では来月』

（……もう会えないのか？）

『おい、お前、シャルマさんから教わったこと、ちっとも身につけてないじゃねえか。知ってるだけじゃ、何の力にもならないんだからな』

（判ってるよ）

『いつも一緒だ。意識し合えば遠くにいたって〈密〉でいられるんだから。そんな時だぞ、共通認識が生まれるのは』

（…………うん）

『同時にそっちとこっちで共通の認識が生まれるんなら、そばにいて話し合ったのと同じだろ』

（……………）

『なぁ…………長い間、ありがとう。千年前の白山中居神社のころから、俺の一番の親友は……お前だった』

（……………………）

『向こうでも頑張るから応援してくれよ』

（……結婚するのか、メラクちゃんと）

『多分。でも、それはまだ先だ』

（そっか…………）

『じゃあ、こうしよう。もし俺たちが結婚することになったら、式は地球で挙げる。この日本のどこかで。戸隠でも諏訪でも御嶽でもいい。その時はお前とコトちゃんが立会人になってくれよ。もちろん豆彦大神と桜子王妃も招待しよう。そうだ、エジプトからトゥトにも来てもらおうよ。それから…………』

２０１１年　秋

一火は、メラク&ミルクと共に〝てんびん座のグリーゼ５８１ｇ〟へと旅立って行った。

星開きに向け、新たな挑戦を始めたのだ。

数万年、数十万年後、その星の誕生にまつわる神話の中には〝カズヒ〟の名を持つ神が登場するかもしれない。

頑張れ、一火。しっかりやれよ。応援してるから。

＊

♪春一番が
　掃除したてのサッシの窓に
　ほこりの渦を踊らせてます

　机　本箱
　運び出された荷物のあとは
　畳の色がそこだけ若いわ

一火が遠くへ引っ越すことになったので、エンディングはキャンディーズの〝微笑がえし〟で。

言納は店の仕事が楽しくて仕方なく、最近は亜美と二人でオリジナルブレンドのお茶を作るのに夢中だった。

テーマは「四季五彩」。

季節によって、それぞれ五色の素材をブレンドしたお茶を店で出すのだ。

けっこう気に入った組み合わせができたときには、一回分ずつをパック詰めにして販売したりもした。

はぶ茶・はとむぎ茶・たんぽぽ茶・柿の葉・川原よもぎ、これで〝五彩〟といったように。

そして季節が変わるとイチョウ・ドクダミ・桑の葉などと入れ替え、新たな〝五彩〟ブレンドにする。

厳密には素材によって低血圧の人によくなかったり、また逆の場合もあるだろうが、不特定多数の客に一杯か二杯出すだけなので、細かなことは気にしないことにしている。

茜も犬山で友達がたくさんでき、楽しく保育園へ通っていた。

祐輔は、母親が地元を離れたがらないのと仕事の関係で、しばらくは別々の暮らしになるだろうが、亜美と茜が幸せに暮らしているので頑張ることができる。

健太は本業以外にも森の仕事を始め、週一回程度だが森の再生に向けて山へ入っていた。

そして時々だが、仕事が終わると光害の少ない山中へと車を走らせ、見晴らしのよい場所を見つけてはそこから星空を見上げた。

探すのは北極星だ。

こぐま座のしっぽの先に位置する北極星は2等星の明るさなので、シリウスやベガに比べるとけっこう暗い。

なのでまずは北斗七星かカシオペアを探す。この二つはどんな季節のどんな時間にでも、どちらかが北極星の位置を知らせてくれる。

健太の目に映る北極星の輝きは、いつもやさしかった。

そしてその輝きは、シャルマの教えを次々と思い出させてくれた。

ひょっとしてシャルマが何かを感じ取り、意識を送ってくれているのかもしれない。

次はてんびん座を探す。

てんびん座は夏の星座なので、秋になると早い時間に西へ沈んでしまう。

が、わずかな時間でもかまわなかった。

約20光年離れた〝グリーゼ581g〟という星にはメラクやミルクが、そして一火がいる。

アニメのように星がその人の顔になって話しかけたりはしないけど、健太はそれでもよかった。それに、そもそも健太は一火の顔を知らない。肉体に宿った存在じゃないので。

うっすらと雲が出てきた。今まではっきりと輝いていた星がぼやけて見える。

(そろそろ帰ろうかな)

そう思ったとき、健太は肌寒さを感じた。もう秋だ。

（あれから一年か）

　戸隠の祭りを思い出しつつ車のドアを開けたら、助手席のシートに置きっ放しの携帯電話にメールが届いていた。言納からだ。言納以外は未だに誰とも繋がらない設定のままなので。

　ミルクがこの場にいれば、

『ユー・ガット・メール』

と、地球では時代遅れのことを言うだろうが、もうそれもない。

（何だろう）

　それはたった一行だけのメールだった。

〝健太、赤ちゃんできたかも〟

♪お引っ越しのお祝い返しは
　微笑みにして　届けます
やさしい悪魔と　住みなれた部屋
それでは鍵が　サカサマよ
おかしくって　涙が出そう
1（アン） 2（ドゥ） 3（トロワ）　三歩目からは
1（アン） 2（ドゥ） 3（トロワ）　それぞれの道
私たち　歩いて行くんですね
歩いて行くんですね

以上、『時空間日和』　完。

■参考文献

『インテリジェンス　闇の戦争』ゴードン・トーマス　玉置悟訳　講談社
『ステルス・ウォー』ベンジャミン・フルフォード　講談社
『戸隠の鬼たち』国分義司　信濃毎日新聞社
『河川文化』〈その十六〉社団法人日本河川協会
『戸隠権現鎮座考』端戸信騎　戸隠遊行塾
『日本書紀と日本語のユダヤ起源』ヨセフ・アイデルバーグ　久保有政訳　徳間書店

■著者紹介

前作発表後から、特に成長してもいないので、今回も記すことはナシ。

それに、あまり知らないほうがよい。

※編集部注

ご家族によりますと、どうやら著者は失踪中のようですが、数日前、編集部宛にハガキが届き、このようなことが書いてありました。


「本作品でも、游子さんとはせくらみゆきさんには大変お世話になりました。

東伯先生、竜三大阿闍梨（だいあじゃり）、杉山開知さん、佐藤健作さん、仁王門屋さん、おこたんぺさん、そして小嶋さちほさんとアマノマイ・チームの皆さん、本当にありがとうございました。

また、各お祭りの主催者さんもご苦労様でした。

最後に、〝福岡の専一爺ちゃん〟として登場していただいた山田専太先生。

新た世でのご活躍を心よりお祈りしております」

数霊（かずたま）　時空間日和（じくうかんびより）

二〇一一年十月十日　初版発行

著　　者　深田剛史　ふかだ　たけし
装　　幀　宇佐美慶洋
発 行 者　高橋秀和
発 行 所　今日の話題社　こんにちのわだいしゃ
東京都港区白金台三・十八・一　八百吉ビル４Ｆ
電　話　〇三・三四四二・九二〇五
ＦＡＸ　〇三・三四四四・九四三九
印　　刷　互恵印刷
製　　本　難波製本
用　　紙　富士川洋紙店

ISBN978-4-87565-606-7 C0093